光文社文庫

文庫書下ろし

女豹刑事(デカ) 雪爆(スノウボムズ)

沢里裕二

光 文 社

この作品はフィクションであり、特定の個人、
団体等とはいっさい関係がありません。

著者

目次

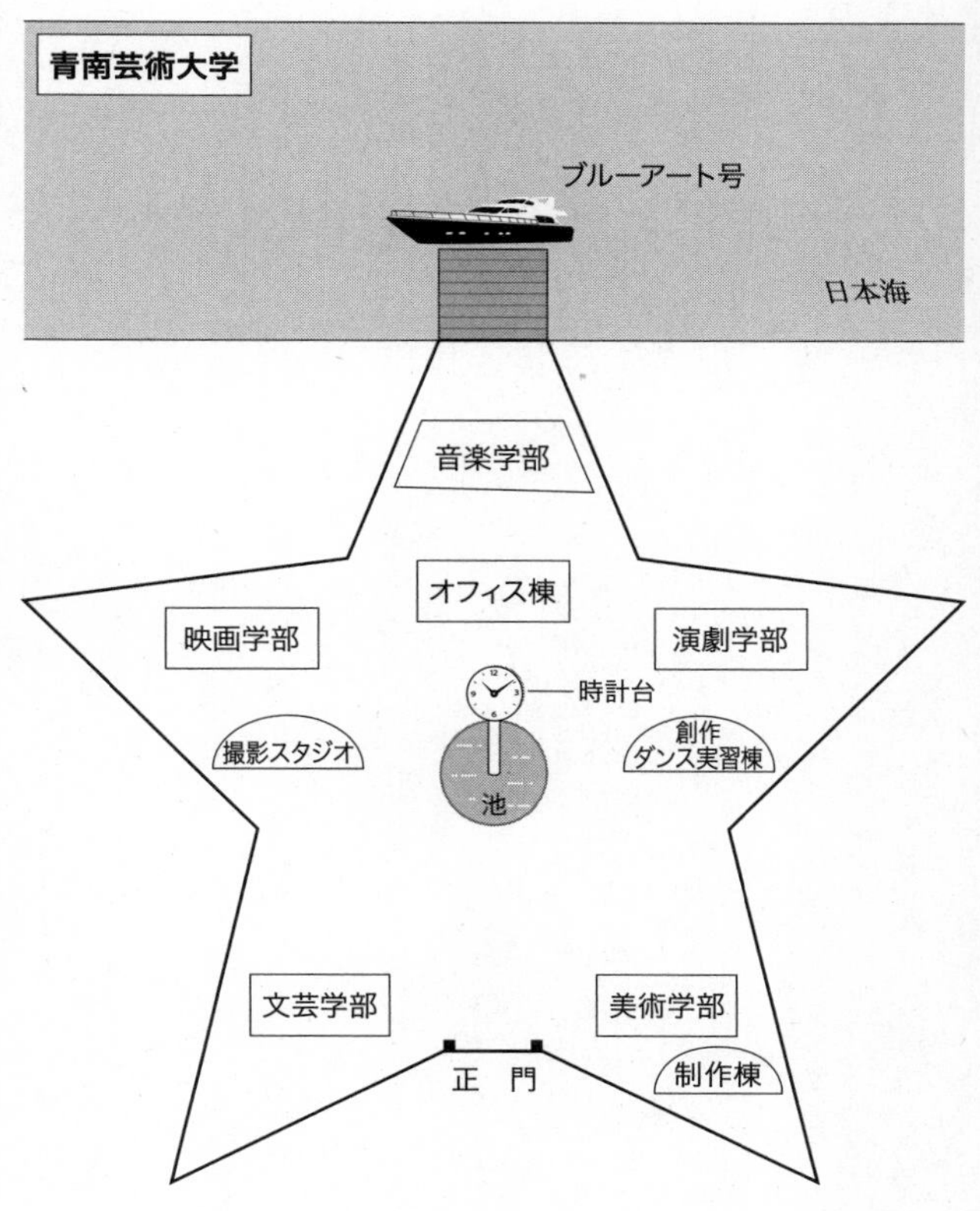
青南芸術大学
ブルーアート号
日本海
音楽学部
オフィス棟
映画学部
演劇学部
時計台
撮影スタジオ
創作
ダンス実習棟
池
文芸学部
美術学部
正　門
制作棟

序章　バックドロップ

汀の手前はほとんど根雪に覆われていた。

その先の海は黒い獣に見えた。轟々と唸り、いまにも襲い掛かってきそうなのだ。

青南芸術大学映画学部撮影学科の講師、棒田純子は暗視カメラのモニターが作動しているのを確認し、夜空に掲げたガンマイクに向かって声を張りあげた。

「二〇二×年。十二月十八日。日曜。二十二時十一分。深良浜。曇天」

乾いた闇の中に、自分の声が響いた。

ただひたすら、夜の海の表情を捉えるだけの撮影だ。

撮影データを蓄積することによって、得られる情報は様々ある。主目的はなくても、蓄積された映像からはさまざまな発見ができる。

それが研究というものだ。

いずれその発見の中から研究テーマを絞り込むつもりだ。

焦ることはない。

そもそも三年前までは研究などということとは無縁の世界で生きていた。

全国各地の報道現場を飛び回る、ポスプロ所属の職業カメラマンだ。これはこれで刺激的な仕事だ。

青森県の日本海側にある小さな町に六年前に新設された芸術大学で講師の口があると聞いて、応募したのは、ほんの気まぐれからだった。

講師としての給料は安いが、常勤の五年契約で寮も完備されていた。アカデミズムには無縁であったが、撮影者としての研究が認められると、准教授、教授への道も開かれているという。

そういう道もあるかもしれないと、応募するとあっさり採用された。純子が名の知れた大学の芸術学部映画学科を卒業していたのも経歴的に有利だったようだ。開学して三年めということもあり、まだ卒業生もいない状況での着任であった。

光浦(みつうら)町での生活がはじまったのは、それからだ。

東京にいた頃とは真逆の、のんびりとした暮らしだ。

海や山といった自然を撮影することはもとから好きで、この機に腰を据えた定点撮影を開始した。

撮影は二時間と決めていた。

毎週日曜日の午後十時にこの海浜公園の東屋(あずまや)から海に向かってカメラを向けるのだ。

三年で約百日分の録画が溜まっている。

一夜一夜分を確認する作業は退屈を極めるので、半年に一度、一週間がかりで見比べることにしていた。そもそも定点撮影とは、蓄積したいくつもの映像を並べて再現することに意味がある。

同じように八甲田山やその周辺の山々でも撮影している。

山なので夜中ではなく黄昏どきと決めていた。光浦町からは車で往復四時間かかるため、月に一度だけだが、夜の海と異なり、黄昏の八甲田山は行くたびに表情を変え、そのどれもが美しかった。

今年の八甲田撮影は先月十五日の撮影が最後になった。

その帰り道、妙な人々を見たのを純子は鮮明に覚えている。

八甲田山よりも遥かに低く、青森市内にも近い通称バリカン山でのことだ。

迷彩服を着て大きなリュックを背負いながら、頂上を目指す男たちを見かけたのだ。

約十人。自衛隊員ではない。

全員マスクをしていたが、彫りの深い顔だちはアジア人のものではなく、明らかに欧米系だったからだ。

バリカン山はハイキングコースなので、リュックを背負った外国人が観光登山をしていても不思議ではない。

が、その表情があまりにも昏く、不気味だったので、深く印象に残っている。

——百二十年前の青森第五連隊の雪中行軍の亡霊。

一瞬、そう思ったほどだ。

それを真似た観光ツアーだとしたら、たちが悪すぎる。

光浦町のマンションに戻り、年が明けたらバリカン山から、雪の八甲田を定期的に撮影するのも悪くないと、ロケハンしようと地図を広げたときだ。

ドキリとした。

地図には肉眼では見えないものが描かれている。

それと、さっき見た兵士のような一団の姿が重なった。もしもあの人たちが、テロリストだったら……とんでもないことになるわ。

まさかね。

東京に帰ったら、馴染みの報道ディレクターにでも話してみようかな。どうせ妄想だと笑われんだろうけど、『まさか』が日常的に起こる、このごろだ。

ウクライナがそうだったじゃないか。

まあいいわ。

今年はこの撮影で終わりだ。

来週早々に東京に戻り、古巣のポスプロのスタジオを無償で借り、じっくりと半年分の撮影素材を観察することになっている。

それが終われば、年末年始は三年ぶりにハワイへ旅行だ。大学講師は薄給だが、学生同様、夏と冬にまとまった休暇が取れる特権がある。

三十六歳、独身女の優雅な年末年始だ。

十五分が経過した。気温は零下だ。

純子は上下黒のスノーボードウエアに毛糸の帽子を被(かぶ)っていた。いつ吹雪になってもいいように帽子の上にはゴーグルを載せている。スノーブーツも履いていた。

万全の格好をしてきたつもりだが、それでもじっとしていると、つま先が冷えてくる。

純子は足踏みをして暖を取った。

全身を黒のウエアで揃(そろ)えたのは初心者だからだ。ゲレンデから外れた雪原で転倒した場合、黒なら目立って救助されやすい。

逆に夜の浜辺では、闇に溶け込んでしまっていた。

まるで怪しい盗撮者のようだが、防犯上はこのほうがよい。真冬の浜辺に夜這(よば)いはいないだろうが、これでも女だ。真夜中の単独撮影は見えないぐらいがちょうどいい。

ヘッドホンから入ってくる風と波の音は、狼の声のようだった。

何かに怒っているように吠え続けている。

沖の方で何か光ったような気がした。

肉眼の察知ではない。

モニター上に点滅する何かが映ったのだ。漁船が出る時刻にはまだ早すぎた。

警備船舶か？

いや、サーチライトほど強い照度ではない。カンテラのような弱々しい光だ。

モニターの中の点滅が次第に大きくなってきた。

数分後には肉眼でも捉えられるような照度になった。

その光がどんどん近づいてくる。五十メートルと離れていない、波打ち際までその光が来たところで、暗視カメラに黒い円形の物体が映った。ゴムボートのようだ。

続いて人影が見える。

大きなリュックのようなものを背負っているようだ。ゴムボートの上に影は三体あった。

この光景は……。

リュックを背負った男たちの姿に既視感を覚えた。

一か月前、夕間暮れのバリカン山で見た男たちと似ていた。

まさか……。

あの時の男たちと、いま浜に迫っているゴムボートの男たちは関係があるの？

あるとすれば……。

上陸。

純子は慄然とした。得体の知れない恐怖が迫ってきているような気がした。

ゴムボートが波打ち際に乗り上げ、三体の黒い影が降りてきた。靴が硬い雪を踏む音が響いてくる。手にしているのはやはりカンテラだ。

確認するように三人が辺りを照らしている。体つきは大きい。男だ。

根雪で固まった浜が青白く光った。

ひとりがゴムボートをナイフのようなもので切り裂いた。

エアが抜ける音とともにゴムボートが縮む。縮んだゴムの塊を回収し、別の男が広げた袋に詰めた。

恐怖に身が縮んだ。

男たちは無言だ。行く手を探しているようだ。

反射的に思い浮かべたのは北朝鮮工作員だ。もしその勘が当たっていたら、見つかったら拉致される。

純子はその場で固まった。

ガンマイクを静かに下げ、息を潜めた。幸いなことに東屋の中だけは雪がなく、自分の身体は闇に紛れたままだ。

ひたすら彼らが立ち去ってくれることを願った。

十日後には灼熱の太陽を全身に受けて、ワイキキビーチでバドワイザーを飲んでいるはずなのだ。

氷点下の浜辺で拉致などされたくない。

と今度は背後から、ざくっ、ざくっ、と雪を踏む音が聞こえてきた。出迎えらしい。カンテラではなくハンドライトで前方を照らしていた。光が長く延びている。高性能なハンドライトだ。

呼吸も止めてしまいたい気分だ。

三人の顔をハンドライトが照らした。

モニターにその顔がハイキー気味に映る。顔は判然としない。サスペンスドラマで視聴者にわからないように、人殺しの顔をアップにした映像のようだった。

次の瞬間、出迎えた男のハンドライトの光が矢のように飛んでくる。

と、その男が顔の前にカンテラを上げた。東屋のほうに向けている。

純子は伏せた。

が、光が暗視カメラのレンズに反射してしまった。

四つの黒い影が、こちらに向かってきた。

近づいてきた男たちの顔がフェイスマスクで覆われている。

「あの、私、青南芸術大学の映画学部の講師です。記録映画を撮影しているだけです。怪しい者ではありません！」

立ち上がり震える声で叫んだ。

男たちは聞く耳を持たなかった。

海からやって来た三人の男たちの手が伸びてきた。毛糸の帽子を取られ右頬を強打される。硬い革手袋の感触だった。

純子はのけ反り、尻から地面に落ちた。

そのとき左足がカメラの三脚を蹴った。カメラは雪の浜辺を滑って海の方へと飛んでいく。

ひとりの男がカメラを追い、別な男が今度は左の頬に拳を打ち込んできた。

「うぅっ」

緊張の極点にいるためか、さほど痛みは感じなかった。それよりも恐怖で心臓が張り裂けそうだ。

そもそも他人に顔を殴られるなど初体験だ。

普通の家に育ち、普通の暮らしをしていて、そんなことはめったに起こらない。友人知人の中にも、そんな経験をした者はいない。

私が何をしたというのだ。運命を呪うしかなかった。

ナイフを持った男に、ジャケットのファスナーをいっきに引き下ろされた。

タートルネックのセーターが現れる。こんな場面で、バストの形がはっきりわかるほど体に密着したセーターだ。

フェイスマスクから覗く男たちの目に卑猥な色が浮かんだ。

カンテラの鈍い光を受けたナイフの刃が揺曳する。その刃がすっと上がった。

「いやっ」

咽喉のあたりから刃先が入ってきたと身を硬くした瞬間、スパッとセーターが縦に切り裂かれた。

想像していたよりも遥かにソリッドな切れ味のナイフだ。

Gカップのブラジャーが男たちの視線に晒された。海風が肌を刺し、髪型を様々な形に変化させた。

一秒と待たずに、男たちが襲い掛かってきた。

スノーボード用の暖パンをふたりがかりで脱がされた。

ブラジャーとレギンスも毟り取られ、最後の砦だったショーツも、左右のストリングをあっさり切り落とされる。ハラリと布が落ちた。

「やめてください！」

一年近くも他人に見せていない秘部が、ハンドライトに照らされる。気絶してしまいたいほどの羞恥だ。

男たちに手足を取られ、むりやり四つん這いにされた。

「お願いします。ここで挿入はしないでください。何でもいうことは聞きます」

純子は泣きじゃくった。

最初のひとりが、ずるっと男根を挿入してきた。リュックを背負ったままだった。

「いやぁあああぁあああああああ」

懸命に叫んだが、その口は黒革のぶ厚い手袋で塞がれてしまった。

目の前では愛用のデジタルベータカムが何度も土の上に叩き付けられていた。

第一章　アックスボンバー

1

十二月二十二日。

マレコン通り。

夜更けのカリブ海から吹き寄せる風は、たっぷり湿気を含んでいた。

気温は二十二度なのに、湿度のほうは七十パーセントを超えている。おかげでブラジャーの内側が汗ばんで、トップが痒(かゆ)くなってきた。

まったくいやになっちゃうわ。

突然東京から接続員(リエゾン)を命じられた紗倉芽衣子(さくらめいこ)は、一九五五年式サンダーバードのシフトをセカンドに落として、アクセルを強く踏んだ。

ガクンとボディが揺れて、加速したが、思ったよりも速度は上がらない。上がるのはライオンの唸りのようなエンジン音と排気口から噴き上げる黒煙だけだ。
二〇一五年の米国との国交回復以来、この国にも最新SUV車が増えたが、まだまだオールドアメリカンな車がそこかしこを走っている。そのほとんどが、一九五八年の年末に米国の富豪やマフィアが、別荘とカジノ同様に置き去りにしていった車だ。質素で勤勉、かつ陽気なこの国の人たちは、それらの車を六十年以上も修理して乗り継いできたわけだが、新車の流入によって修理の腕は少し落ちてきたのかもしれない。

　このフィンテールの初代サンダーバードは、米国本土で走っていた頃にはカーラジオからエルビス・プレスリーやリトル・リチャードのロックン・ロールが流れていたことだろう。

　けれどもアーネスト・ヘミングウェイが『誰(た)がために鐘は鳴る』を執筆したことで知られるホテル・アンボス・ムンドスから、この海沿いの道をずっと流れていたのは、ブエナ・ビスタ・ソシアル・クラブの長閑(のどか)なラテンミュージックだった。

　そう、ここはハバナ。

　アメリカの裏庭と呼ばれるカリブ海に浮かぶ社会主義国家、キューバの首都だ。

　サンダーバードはマレコン通りから、左に曲がり市街地に入った。

　歓楽街が近づいてくる。東南アジアの歓楽都市フィリピンのマニラの風景にどこか似ている。芽衣子はそう思った。

どちらもスペインと米国の支配下にあった国という共通点がある。

古めかしいキャバレーの前で車を止めた。

午後十時からのショーは、すでに始まっているはずだ。

サンダーバードのドアを少し持ち上げるようにして開ける。蝶番（ヒンジ）が少しずれていて、そうしないと開かないのだ。

開いたところでくるりと腰を半回転させて、自慢の長い脚を車外に放り出す。女豹（めひょう）と呼ばれる俊足の脚でもある。

「セニョリータ、キーはお預かりします」

キャバレー『トロピカーナ』のドアマンが東洋人と見るやすぐに飛んできた。

「グラシアス」

あえて下品なほどたっぷりなチップを渡してやる。

米ドル紙幣だ。それも二十ドル紙幣を五枚。この国の人民にとっては大きなチップだ。

ドアマンが恭しくお辞儀しウエイターに引き継いだ。

キューバは社会主義国家では珍しくサービス精神に溢（あふ）れている。芽衣子は席に案内してくれるハンサムなウエイターにもたっぷり米ドルを握らせた。

『謝謝（シエシエ）』を連発された。

気前のいい中国人（チーノ）と思ってくれたらしい。それでいい。

ホールの扉を開けると、強烈なサルサのリズムが襲い掛かってきた。全身が爆風に包まれたような気分だ。

かつてはアメリカンマフィアたちの資金洗浄と麻薬取引の巣窟にされた『トロピカーナ』だが、現在は国営キャバレーだ。そして六十年前は枕営業が当たり前だった裸同然で踊るダンサーたちも、いまはすべて国家公務員となっている。

歴史は面白い。

ステージを見やると、その国家公務員たるダンサーたちが豊満なバストをゆさゆさと振り、腰を卑猥にくねらせていた。

やたらエロティックな社会主義国だ。

芽衣子はステージ上手側のテーブル席に通された。

すでに山崎貴之が座っており、ラム酒をコーラで割っていた。

麻のスーツに開襟シャツ。それに少し鍔をあげたパナマ帽を被っている。『ゴッドファーザー』の見すぎだ。

お互い軽く手を上げた。

芽衣子が椅子に腰を下ろし、テーブルの上にあったグラスを手元に引くと、山崎がラム酒を三分一ほど注いでくれた。その上に自分でコーラを足した。まずは接触成功だ。

「二年ぶりね。無事、脱出できてよかったわ。寒暖差がありすぎると思うけど」

芽衣子はグラスを掲げ、乾杯と笑った。山崎は、潜伏先のモスクワで面が割れたのだ。

「残念ながら、まんまと罠に嵌まったようだ。このキャバレーのあちこちにすでにロシア連邦保安庁の連中が座っている」

「あらそう」

芽以子はラムコークを一口飲むと、だるそうな表情で自分の肩を叩き、首をまわした。ステージの魅惑的なダンスではなく、このテーブルを注視している男女が少なくとも五人はいた。

「モスクワで処分はまずいんで、わざわざキューバまで逃したってことさ」

「そんなの織り込み済みでしょうよ。でも、このキャバレーまで、無事辿りついたということはDIは連携していないってことね」

DIとはキューバ情報部のことだ。

「それがせめてもの救いだ。連携されていたら、ここまでも」

山崎が葉巻に火を付けた。

「まぁ山崎貴之という日本人商社マンをあからさまに消すということにキューバ政府としては協力したくないってことね」

「そういうことだ。俺が中国人に成りすますのを待っている。中国大使館は、パスポートを見て『自国人が事故死した』と発表する。そんな中国人いないのにな」

キューバも中国も自らは手を貸さないが、社会主義国同士の連携だ。

ホイッスルが鳴り、ドラムの音が高くなった。孔雀のような羽根をつけたビッグヒップのダンサーたちが勢揃いしてバストを振りだしている。

「せっかく中国人名義のパスポートを用意してきてくれたのに悪いな。空港に行くのは危険すぎるな」

「出国ゲートをくぐった先で、VXガスの登場かも」

芽衣子は注射器のプランジャーを押す真似をした。

「それが常套手段だからな。さてどうするかね。それにここでFSBは紗倉の面も割ってしまった。悪いな」

山崎は肩を竦めた。

「そこらへんもすべて織り込み済みよ」

「どうするつもりなんだ」

「そりゃもう密航しかないでしょ」

芽衣子は不敵に笑った。

＊

警視庁公安部の特殊工作課の課長小口稔から、ハバナに入るように命じられたのは二日前のことだ。

『実は従弟が寒さで膝が悪化したので手術が必要になった。暖かいところで少し療養が必要なようだ。医者を紹介してくれないか』

いつになくぶっきらぼうな口調から、難度の高い緊急出動だと、すぐにわかった。

いつもなら会話の最初はフェイクから入ってくるはずだった。例えば『五分前にバイデンが階段から落ちたのを知っているか？』なんて類のものだ。そういう時は『もともと左足の膝が悪かったようですね』と芽衣子も答える。

常に盗聴されていることを意識し、最初の二分はそんなやり取りをするのだ。そんな会話をしながら、会話の後半に符牒で『実は従弟が……』と繋いでくるのだ。

その落語で言うところの枕がないだけで、急いでいることが分かった。

日本からの出国では、時間がないことを物語っている。

芽衣子が電話を受けたのはマイアミだった。

マイアミでチャイナマフィアの地下銀行の特定に当たっていたのだ。作業に入って三か月目だった。

日本の準暴力団『城南連合』が、特殊詐欺で稼いだ金の資金洗浄先として、マイアミ在住の澳門マフィアと提携していたのだ。

別名『オリエンタルユニオン』と呼ばれる連携だった。

この場合の地下銀行とは、実際に送金しあうものではない。

東京で澳門マフィアの代理人に日本円が届けられると、マイアミで城南連合の代理人がドルで同等の額を受けとれる、というものだ。

逆もある。

金融機関に足跡を残すことなく通貨を国を超えてやり取りしているわけだ。

警視庁の公安部に所属する芽衣子が、このルートに探りを入れることになったのは、澳門マフィアが実は、中国の工作機関でもあると思われたからだ。

日本国にとってまずいふたつの組織が、水面下で膨大なカネを行き来させている。この地下銀行を叩いておく必要があった。勿論（もちろん）、ＦＢＩにもマイアミ市警にも隠れてである。バレたら国際問題に発展する。

その捜査の途中で、ハバナにヘルプで入るように言われたのだ。

理由は簡単で、マイアミからハバナまでは、たったの一時間二十分の飛行であり、芽衣子のマイアミでの覆面（カバー）が旅行エージェントだから。

偽造パスポートもエアチケットも、即座に手配できうる立場にあった。

とはいえ、公安のリエゾンは書類の引き渡しだけで終わるとは限らない。当然、Ｂプランの準備が必要だった。

もう少し時間があれば、日本の芸能プロモーターとかに扮して、より緻密な作戦を立てることもできたのだが、二日後ということで手間暇かけている余裕はなかった。

仕方がないので、ロサンゼルスで工作していた時の繋がりを利用した。ハバナでの動きに長けたちょっとヤバい繋がりだ。

*

「どういう手でこの国を出るつもりなんだ」

山崎が渋い顔をした。

「まずは寒い国の情報を教えて」

『トロピカーナ』の店内には内緒話には都合のいいボリュームでサルサミュージックが鳴っている。

「Pに特別軍事作戦を進言した保守派の重鎮たちが、追い詰められて暴発しそうだ」

Pとはロシアのトップだ。

芽衣子はラムをストレートで呷った。

Pにウクライナ侵攻を進言した軍の長老たちは、勝たない限り自分たちの末路は悲惨なことになる。メンツにかけても侵攻継続を叫ぶしかないのだ。

最悪な状況になってきた。

戦争というのは、たいがいメンツを気にしだしたほうが負けるものだ。七十八年前の日本がそうだった。

保守派の暴発ほど恐ろしいことはない。

「もはや勝ち目がないのはPも承知で、必死に落としどころを模索しているが、もはや暴走し始めた連中のほうが動きが早い」

山崎がモスクワに潜っていたのは、NATO側の工作状況を探るためだ。

ロシアを非難しつつも、その内実、ロシアにおける権益を守りたい日本政府としては、どこかで丸く収まりはしないかと、首を長くしてその落ち着き先を見守っていたところなのだ。特に手放したくないのは、サハリンにおける液化天然ガス鉱区の権益で、日本の商社の莫大な投資で完成したにもかかわらず、放棄すればたやすく中国企業に取って代わられることになる。

日本はそうしたジレンマを抱えているのだ。

「核使用が現実的になったということね」

ロシアにとってそれ以外に、局面打開はないだろう。

一年以上前から、さほど被害が広がらない草原あたりに一発落として、世界を恐怖のどん底に落とそうとするのではないかとの懸念はあった。

そこではじめて、中国の仲介案を飲むという筋書きだ。

山崎は、ステージに視線を向け沈黙した。芽衣子のことも信用しきっていないようだ。危機を救いに来た同僚が二重スパイだったということは、この世界ではよくあることだ。

ダンサーたちはより卑猥なポーズでヒップを揺すっていた。

芽衣子は、手を上げウエイターにモヒートを頼んだ。ヒリヒリするような酒を飲みたい。

ハバナでモヒート。

観光客らしく見せるにはそれが一番だ。さもなくば、フローズンダイキリ。

ハバナにやってくる観光客は猫も杓子もこのふたつを飲みたがる。ラッフルズ・ホテルでのシンガポール・スリングと同様だ。大昔の作家のステマがいまも効いているのだ。

「知っていることはすべて話してくれないと、私はここで降りるわよ。逃げ場がなくなって」

山崎を睨みつけた。

この場合、芽衣子はある意味クーリエ的な役割も担う。山崎が無事に脱出できなかった場合、口頭情報を東京に伝えるためだ。

最重要情報は文書にはせず、口頭で伝言するのが特殊工作課の決まりだ。山崎はこの情報を本来、ハバナを出国した後、ニューヨーク領事館詰めの別なクーリエに伝えることになっていたはずだ。

「Pの手からこぼれた者たちが勝手に、目的を変えようとしている」

「どういうこと？」

「米国を直接狙おうとしている」

「まさか！」

「ほんとうだ。ウクライナを陥落できないならば、米国との直接対決の空気を醸成して、そこで仕方なく双方が刀を納めるという方向に持って行きたいんだ。それが大国としてのメンツを守る唯一の解決策だと信じている」

「ちょうど六十年前のキューバ危機の状況をつくろうというのね」

一九六二年、アメリカとの国交を切られたフィデル・カストロ率いるキューバは旧ソ連と急接近した。

ソ連はここぞとばかりにキューバに軍事基地を建設し、ミサイルを配備する。

いま、芽衣子と山崎がいるこの国での出来事だ。

これに対して、米国はキューバ付近の公海を海上封鎖する。戦時国際法の解釈に沿って、封鎖線を作ったのだ。核弾頭を運ぶ可能性のあるソ連船を臨検するというものだ。

危機は核戦争ギリギリまで高まった。

国連が必死に仲介に入り、当時のトップ同士であるケネディとフルシチョフが、息詰まる駆け引きを展開したことは後に映画にもなっている。

フルシチョフはすんでのところで拳を下ろしたのである。

結果として米国は二年前まで事実上の保護国であったキューバへの軍事侵攻はないと宣言し、ソ連はミサイル基地を撤廃した。

ソ連がキューバを捥(も)ぎ取った形で危機は終結した。

保守派はそれと同じような形で終わりにしたいのかもしれない。

これは東西のトップ同士の決着だと。

芽衣子はつづけた。

「保守派は、せめてロシアはまだ全体主義国家の雄であると言いたいのね。米国のカウンターは、中国ではなく自分たちだと、そこしか落としどころがないと」

ラムコークを呷り、空を見上げた。星降る劇場と呼ばれるだけあって、藍色(あいいろ)の空に無数の星が浮かんでいた。プラネタリウムを見る思いだ。

「エクサクメンテ(その通り)。軍事侵攻を進言した連中は、中国がいつのまにか米国と並ぶ大国として扱われていることが気に入らない。北朝鮮に対しても、建国に手を貸したのはソ連なのに、いつのまにか庇護者は中国になっている。そうしたことも気に入らないんだ。だが、米国にダイレクトに攻撃を仕掛けるのはリスクが高すぎる」

山崎は日本人商社マンのカバーを被り、二年間モスクワに駐在していた。

中堅商社の小麦輸入担当ということで勤務していたが、実際にはクレムリン内部の情報収集に精を出していたはずだ。

具体的にはモスクワの巨大食品会社の幹部たちとの接触である。

もともと国営企業であったものを民営化する際に、うまく立ち回って大富豪になった経営者が官僚や政権に大きな影響力を持っている会社だ。

経営者はオリガルヒと呼ばれる富豪のひとりだ。その側近たちを籠絡して、精度の高い情報は拾っていた。事実、山崎はかなり以前からウクライナへの軍事侵攻の情報を摑み、東京に逐一情報を送っていたのだ。

深く入り込みすぎたがゆえに、三日前に山崎のカバーは剝がされた。

自分の車での通勤中に対向車がいきなり車線をオーバーしてきてあわや衝突されそうになったそうだ。寸前で回避した山崎は、その足でシェレメーチエヴォ空港に向かい、ハバナ行きの航空機に乗り込んだというわけだ。

小口がマイアミの芽衣子に緊急連絡してきたのは、その直後だ。

「またキューバを使う気なの？」

「俺の摑んだ情報ではロシアの保守派にその気配はある。何らかの手法で、ここに核を持ち込もうとしているのではないか。この三年間、キューバの主力産業である観光業の収入が落ちている。革命世代ではないとはいえ、カネルはバリバリの社会主義者だ。米国をいまだに帝国主義者と呼んで憚らない。中国と均衡を図る意味でも、見返り次第ではロシアに乗るだろう」

カネルとはミゲル・ディアス・カネルキューバ大統領のことだ。革命以来、カストロ兄弟がこの国を統治していたが二〇一八年、ラウル・カストロ前国家評議会議長から政権を禅譲され、翌年国家元首の役職名を大統領に改めている。

「キューバがどう動くか、そこが重要ね。このキャバレーを見ている限りは平和そのものだけど」

「いずれにしろ、クレムリンの保守派は一気に動き出そうとしている。まさに窮鼠猫を嚙むの状況だ。ほとんどが老人だ。いまさら粛清されるぐらいなら、核戦争でみんな死んでしまっても同じだと考え始めている。それは間違いない」

「いったいどんな手をたててくるのか」

「保守派に協力しているオリガルヒの会議室に盗聴器を仕掛けていたが、残念ながらあまり聞き取れなかった。南ロシアの訛りが強すぎたこともある。トンネル作戦といっていたように聞こえたが、おそらくワグネルの聞き間違いだろう」

ワグネルはロシアの民間軍事会社で、統括者は『Pのシェフ』との異名をとるプリゴジンだ。いわばPの私兵だ。

だが、このワグネルが、この期に及びロシアの国家意思とは異なる行動をとり始めている。

山崎はラム酒をストレートで飲んだ。

潜入捜査員に抜擢される者のほとんどが酒に強い。酔っても冷静さを保てる者たちだ。芽衣子も酒には強い。

「ワグネルなら、グァンタナモ米軍基地を奇襲するかもね」

キューバは大きな矛盾を抱えている。

社会主義国として米国と敵対しているのに、米軍基地が存在するのだ。

一九〇三年にスペインからの独立を支援してもらった見返りにこの基地を永久租借地として米国に与えてしまっているのだ。

国際法はこれを認めており米国は租借料の支払い義務があるが、カストロ政権樹立以後、キューバ側が受け取りを拒否している。

ここに米国の国内法も及ばず、さりとてキューバでもない灰色地帯が存在することになった。

「ワグネルは勝手に史上最大の米ロ危機を創出して、両国のトップ会談に持ち込ませようとしているのではないか」

「キューバも、グァンタナモ米軍基地には手が出せないと、中立を装うことができる」

「そういうこった。けれども日本も用心することだ。いきなり北海道に上陸してこないとも限らないぜ」

山崎の目が光った。

「たしかにね。文化四年（一八〇七年）には利尻島を襲撃されているわ。いつでも北海道は自分たちの領土だといいかねないわ」

「それが地政学というものだ。大陸国家は常に領土拡大を狙っているのさ」

「ウクライナで苦戦しているからこそ危ないわね。目先を変えるために、日本を的にかけてくるかも」

「そういうことだ。さぁ、修羅場が来る前にピザでも食わないか。人生最後の食事にならなければいいが」

山崎は笑った。

肚をくくったところで、腹が減ったようだ。

芽衣子はウエイターに手を上げピザをオーダーした。見張っている連中にも余裕があるように見せておきたい。

約二時間のショーは観客を飽きさせることなく進行した。ラムとコーラは飲み放題なので、酔った客たちのテンションも上がり始めている。

フィナーレが近づいてきた。ステージにぞくぞくとダンサーたちが集まり最後の盛り上がりを見せている。

客が総立ちになった。酔って踊りだしている団体客も多い。

Bプランを仕掛けるタイミングだった。

「そろそろ、逃亡の時間だわ。ついてきて」

芽衣子は立ち上がり、スポットライトがクロスしあう客席をステージ側へと進んだ。急ぎ足にならないように気を付ける。山崎も、間隔をあけてゆっくりとした足取りでついてきた。

ここからはハリウッド映画ばりの脱出劇になる。

バックステージへ続く扉の前にチェ・ゲバラのような顔をしたボディガードが立っていた。

芽衣子は事前に手に入れていたアクセスパスとスマホを翳（かざ）す。スマホには、翻訳アプリを使ってスペイン語に変換した文字が並んでいる。

【Tego asuntos en el vestidor. EL homber Detas de mi esta conmigo.】（楽屋に用があるの。後から来る男も一緒よ）

ゲバラのような男は愛想笑いを浮かべ、扉を開けた。山崎のことも手招きしている。

「FSBの連中が一斉に席を立ったぜ」

バックステージに入るなり山崎が早口で言う。

「平気、後十秒で客席はごった返す」

芽衣子は振り返りもせず前へ進んだ。楽屋裏の搬入口に出る。

「マイケル！　準備はできているの？」

芽衣子はシアサッカーのジャケットにホワイトデニムのパンツを穿いたマイケル・サンティに声をかけた。

「OKだ。棺桶二体、ここにある」

マイケルがサムズアップした。

その脇に、三人の派手なアロハシャツを着た目つきの悪い白人が立っていた。いずれも太い腕の持ち主だった。

国交回復以来、マフィアもまたハバナにやってきているのだ。

マイケルは、表向きフロリダやラスベガスのホテルに、キューバの国家公務員ダンサーの興行を斡旋しているプロモーターだが、LAマフィアの一員でもある。

芽衣子はBプランとしてマフィアルートを使った。

小口はCIAにアクセスしろと命じてきたが、FSBを躱すには、マイアミで知り合ったマフィアのほうが組みやすかった。キューバ警察はもちろんCIAにもしっかり賄賂を握らせているからだ。

「すぐに出して欲しいの」

「トラックはエンジンをかけている。すぐに運び出す。明日の朝にはキーウエストさ。早く入っちまえ」

マイケルが示しているのは、興行用の照明や音響機材を入れる黒いハードケースだ。ちょうど人ひとりが入れる大きさだった。

二〇一九年に、カルロス・ゴーンが関西空港からレバノンに逃亡した手口を採用した。

「ありがとう。いかしたサンダーバードは、ホテルに返却しておいてね」

そういいハードケースに美脚を入れようとした。

その時だった。

「待て。逃がさんぞ」

ロシア訛りの巻き舌英語が聞こえた。声の方向を見た。透き通るような青い眼と白い肌の男がこちらに向かって走ってくる。

客席では酔ったふりをしたマフィアが、互いに殴り合いをはじめ、ごった返していたはずだが、それをかいくぐって追ってきたＦＳＢの工作員のようだ。

「邪魔するな！」

瞬時にマイケルが床を蹴り、ロシア人らしき男の首にめがけて丸太のような太い腕を叩きつけた。

アックスボンバーだ。

真正面から受けたロシア人は、目を見開いたままその場に両膝をついた。

マイケルが背後にまわり首を絞めた。男の頭が前にガクリと垂れた。最後は舌が出た。

アロハの男ふたりが、もうひとつ黒いハードケースを引きずってきた。

「そいつは、カリブ海に沈めておけ」

マフィアのやることはプリミティブだが確実だ。

「それじゃよろしくね」

芽衣子は、ハードケースの中に入り、仰向けに寝た。マイケルがブランケットを被せてくれた。山崎も入ったようだった。

箱の蓋が閉まり真っ暗闇になった。

台車に乗せられてバックヤードからトラックに積み込まれたようだ。十分ほどで潮の香りがしてきて、蓋があいた。芽衣子と山崎は暗い岸壁を走った。

一艘の高速クルーザーが待機している。

日頃は犯罪で稼いだドルをせっせとカリブ海の租税回避地に運んでいるクルーザーだ。おそらく海上でのコカインの取引にも使われているだろう。

自分は、ＦＢＩではないので、どうでもいい。

ヘミングウェイが見ただろう海をひた走った。

暗いのが残念だった。波は穏やかだった。

デッキで風を受け、日本に戻ったら『老人と海』をぜひ読もうと思う。

フロリダ州に属するキーウエスト島まで約百七十キロ。海には信号がないので早い。芽衣子と山崎は、真夜中の二時三十分に到着した。

耳慣れた英語が飛び交っているのでほっとする。

桟橋の先にハーバーライトに照らされたレンタカーが二台駐(と)まっていた。逃亡のプロフェッショナルであるマフィアの手配は万全だ。

「ではここでお別れね。王浩宇(ワンハオユー)さん」

山崎は一刻も早くマイアミに行き、今度はクアラルンプールに日本生まれの中国人として潜ることになっている。クアラルンプールとシンガポールは諜報員の交差点とされる都市だ。引き続きロシア情報を集める任務だ。

「世話になった。紗倉はマイアミで半グレの資金洗浄(マネロン)の解明だったな」

山崎がダークグリーンのグランドチェロキーに乗り込んでいく。

「そう。いましばらくかかるわ」

芽衣子はオフホワイトのフォードエクスプローラーの扉を開けた。今夜はホテルで休み、明日朝、マイアミに向かう。

マフィアがしっかりガードするホテルだ。

翌朝は晴天だった。

一人でフォードに乗り込んだ。熟睡したので頭も晴れていた。

三十二の橋を渡る海上国道US1だ。真っ青な海の上を白い車で走るのは爽快だった。

セブンマイルブリッジを渡っていたところで、ホルダーに差してあったスマホが鳴った。東京の小口からであることを知らせる『ゴジラ』のメロディだ。

車のスピーカーに切り替える。

「ボス、任務完了しました。間もなくマイアミに戻ります」

「サンキュー。それで、悪いんだが可能な限り早い経路で東京に戻ってくれ。任務の変更だ。それと山崎のモ情報を聞きたい」

小口が淡々とした口調で言う。モ情報のモはクレムリンのことだ。それが早く知りたいということかもしれない。

「マイアミの方は切り上げですか」

「いや、チェンジだ。組対工作課から黒須路子を引き抜いた。城南連合の事情に精通している」

女性刑事をデリヘル嬢のように扱う男だ。

黒須路子は警視庁内でも名の知れた女性刑事だ。通称『悪女刑事』。顔を合わせたことはないが上層部の弱みを握っては、非合法捜査で悪を潰しているという。公安特工課には向いていそうだ。

ライバルが増えるということだ。

「ずいぶん人手が足りないようですね。私、マイアミで城南連合のカウンターパートナーを潰したら、しばらくモナコとカンヌでバカンスを過ごすつもりでいたのですが、無理みたいですね」

「我が国の公安刑事にイアン・フレミングが描いた英国諜報員のような待遇はない。さっさと戻ってこい。次の任地はニューヨークと同じ緯度の都市だ。フロリダの風に浮かれている場合じゃない」

小口はそれだけ言うと電話を切ってしまった。

ニューヨークと同じ緯度？

それはどこだ？

頭の中に世界地図を広げた。

大西洋を越えてマドリッド、ローマ、テヘラン、北京(ペキン)。そんな都市名が浮かんだ。海外勤務が続くなら、それはそれでまんざらでもない。

芽衣子はダウンタウンの空港に向けて、アクセルを強く踏んだ。

2

十二月二十五日。

日本に戻ると日付が一日進んでいた。人生を一日損した気分だ。

イルミネーションに彩られた銀座マロニエ通りにあるレストランの個室で、小口と再会した。公安が使うセーフハウスである。

メニューは『恋人たちのクリスマスディナー』。

小口は神戸牛がメインのコースはこれしか予約できなかったと言うが、近頃のＯＬなら、上司とふたりきりでのディナー自体、パワハラだと言い出すだろう。

潜入刑事にその感覚はない。

そもそも死と隣り合わせの任務が、パワハラなんていう概念をとっくに超えている。

メニューのタイトルがどうであろうが、最高ランクの神戸牛を用意してくれたのはありがたい。

シャンパンで乾杯し、前菜の温野菜を食べ終えたところで、小口がおもむろに切り出してきた。

「青森の芸術大学へ潜ってくれないか」

「青森でしたか」

芽衣子は気が抜けた。

北緯四十度。

地味すぎて出てこなかった。

脳裏に寒々とした光景が浮かび上がる。正直、気乗りはしない。

ちょうどそこにメインの神戸牛が運ばれて来た。小口ならではの子供の機嫌を取るようなやり方だ。

「青森県光浦町にある青南芸術大学。その大学の映画学部の女性講師が失踪した」

小口が声を潜めて言う。

「失踪は県警の捜査一課の管轄じゃないんですか」

「失踪ではなく拉致の可能性が高い」

小口は眉ひとつ動かさずに行った。

「ということは北朝鮮（DPRK）？」

ならば公安の出番だ。

「ありえる。ただ戦略的拉致なのか、偶発的な出来事なのかわからんがね。拉致の可能性を捨てきれない。もちろん、ＤＰＲＫと決めてかかるのは早計かもしれんがね」

「他国、ということもあり得ると？」

小口が頷（うなず）いた。ロシアも念頭に入れているということだ。

戦略的拉致といったのは、ＤＰＲＫがロシアの手先となって拉致を行ったという推測だろう。

もうひとつの偶発的な出来事というのは、ＤＰＲＫの漁船が日本海で難波し意図せず上陸してしまったケースだ。公表されていないだけで、これは多々ある。いちいちマスコミ沙汰(ざた)にならないように隠密裏に隔離し、情報の吸い上げを行っている。

「先にクーリエとしての口伝(くでん)をしたいのですが」

ここで芽衣子は、山崎から得たロシア保守派、とくにワグネルがキューバを狙う可能性について伝えた。

「なるほど内閣情報調査室(サイロ)もその見解と一致している」

小口の言葉に芽衣子は頷いた。

ステーキを味わい、付け合わせのインゲンとマッシュポテトも口に運ぶ。

神戸牛は柔らかく、コクもあった。

だが、ひとつだけ腹の虫がおさまらないことがあった。

「私としてはマイアミの任務にも心残りがあります。いまさら、マルボウ上がりの女に、譲りたくはないですね」

ようやく捕えられそうな獲物を横取りされる気分なのだ。芽衣子は目くじらを立てた。

「指名争いをしているキャバ嬢かよ？」

小口が呆(あき)れたように口を開けた。

「組織に所属している以上、競争意識があるのは当然です」

平然と言い返す。

小口は、庁内で目だった活躍をしている女性刑事をすべて公安特工課に集めようとしているのだ。男女平等が叫ばれる中、こと潜入刑事に関しては女性が足りていないからだ。意図はわかるが、芽衣子としては同じ女性刑事として多少嫉妬もある。器が小さいのではない。嫉妬はうまく活用さえすれば、最大のエネルギー源になるものだ。

クールが公安刑事の条件だった時代は、とっくに終わっている。

「どうしても女の争いがしたいというなら、本件はワルシャワの小林をまわす」

さらに嫉妬を掻き立てられる相手の名を出された。

小林晃啓。外事三課出身の海外工作のエキスパートだ。危険な潜入捜査ほど燃える命知らずで知られている。コードネームは虎。

「彼はいまどんな任務を」

「ワルシャワで際どい任務についている。西側や日本の機密情報をロシアに流している日本の反米過激分子の連中を闇処理しようとしているところだ。だが、この青森の任務は紗倉か小林以外は難しい。紗倉がNGなら小林に回すしかない。長期潜入の可能性が高いので演技力がずば抜けていなければ務まらない」

小口がステーキを切りながら言う。

小林晃啓は特殊工作課の名優とされている。小口に煽られているのは承知だが、観念するしかなさそうだ。

「青森には私が行きます。マイアミはもう陥落へのセットアップが出来ているので、リリーフの黒須路子でも楽勝でしょう」

嫉妬はあからさまに出したほうが、吹っ切れる。

「ならば作業書を読んでもらおう」

小口がおもむろにタブレットを差し出してきた。青南芸術大学の潜入手法や探索すべき目的が書かれていた。

三分ほどで読み終える。

「失踪者の捜索というわけではないのですね」

「そういうことだ。青南芸術大学自体への裏捜索だ」

「この大学、かなりヤバいものが隠されていそうですね。サイロは公開情報（オシント）と傍受や画像情報（イミント）だけで、ここまで分析したのですか」

サイロ分析によれば、大学内に武器や不法行為で得た資金が隠匿されている可能性があった。

「別な事案から遡（さかのぼ）っていったら、そこにたどり着いたそうだ。潜り込んで、過激派のアジトになっていないか確認して欲しい」

小口はおそらく、情報の糸口が何であったか知っている。だが、それを告げようとはしない。芽衣子に予見を持たせないためだ。

「わかりました」

サイロの専門は公開情報による分析で、人的情報（ヒューミント）は主に公安（ハム）が受け持つ。平たく言えば潜入捜査だ。

「そういうことだ」

青南芸術大学の広報課に潜るようになっている。

企業や団体への潜入の場合、広報課というのがもっとも探りやすい。上から下まで俯瞰（ふかん）できる部門だからだ。

学生はもとより理事長や教授たちとも接触の理由が見つけやすい。

お互い肉を平らげた。

「かなり危険な現場ですが、エキストラは？」

エキストラとはサポート要員のことだ。潜入刑事を助けるために、周辺に配置されることが多い。外部協力者（エス）であることが多い。

「現地にはまったく挿し込んでいない。だが必要に応じてリエゾンは送る」

丸腰で火薬庫に送り込まれるということだ。

「わかりました。それでバックグラウンドづくりは」

芽衣子は確認した。

なりすましには、その背景も必要となる。

「明日から二週間、『大活（だいかつ）映画』で基礎訓練をしてもらう。その間に、映画の知識を頭に叩き込み広報担当者の業務内容も把握してくれ。大活にも青南芸大にも、雷通の紹介ということで入ってもらう。そのセットアップはできている。あとは紗倉がその人物になり切るだけだ」

雷通は大手広告代理店だ。

マスコミや映画会社にも強い影響力をもっている。公安はその雷通をはじめとする大手広告代理店数社に協力者を何人も抱えているのだ。

協力者は、おしなべて贈賄や反社との黒い交際の事実を公安に握られた人物たちだ。

「わかりました。直ちに作業に入ります」

タブレットに書かれていた役名とプロフィールはすでに頭に叩き込んでいる。一度、読んだら作業が終わるまで忘れない。

そのスキルは身につけていた。

潜伏名、今村明子。二十八歳。東京都練馬区桜台生まれ。

現在は世田谷区用賀のマンションでひとり暮らし。N大学芸術学部演劇学科中退。米国ネバダ大学の観光学部卒。

これと同じ経歴を持った今村明子という人物は必ず実在する。彼女も公安刑事のはずだ。

現在は別名で海外に潜っているのだろう。

父、今村泰輔は都庁勤務。母、知野は都立高校英語教師。ふたりとも公安協力者に違いない。

帰国後、雷通でCM制作部の契約社員として三年働いていることになっている。そこからこの度、企業PRの実務経験のために二週間の研修にだされるという設定だ。

これが実際の訓練となる。

二週間の大活映画における基礎訓練中に今村明子になり切らねばならない。

「戸籍謄本、住民票、運転免許証、パスポート、クレジットカード、銀行カードの類は明朝までに、紗倉のマンションの郵便受けに入れておく」

「銀行カードの中身は？」

「二百万。青森に到着した段階でさらに三百万振り込んでおく」

食後のエスプレッソが運ばれてきた。芽衣子は、さっと呷るようにして飲んだ。

「明日、大活映画に出社します」

三日前にハバナにいたことが嘘のようだ。

3

十二月二十七日。

官公庁の御用納めである十二月二十八日の前日である。

小口稔は官邸に出向いた。

訪問先は総理大臣執務室の真横にある官房長官執務室だ。サイロの次長、狩谷正樹の呼びかけで小口の他に公安調査庁の長官補佐、南田洋輔も声をかけられている。日頃ライバル意識を剥き出しにしているサイロの狩谷が、他の情報機関に声をかけてくるのは珍しい。

狩谷は、五日前にもわざわざ桜田門の小口を訪ね、自分たちの集めた情報の奇妙さを伝えてきた。狩谷の仮説が正しければ、現在の政権はもちろん国の体制が根本から覆る可能性があった。

『国内の諜報機関がバラバラに動いている場合ではない』

情報データを指さし、双眼を尖らせる狩谷に、小口も同意した。

マイアミの女豹を呼び戻すことにしたのは、その直後である。

その狩谷の情報追跡がさらに進んだようで、正月明けまで待っていられる状態ではないと、官房長官へのオリエンテーションを呼び掛けてきたのだ。

長官室は白い壁の下半分がマホガニー板になっており、落ち着いた雰囲気だ。大型ソファーの横に、十人は座れる円卓テーブルがある。

三人の情報担当者はそこに座った。

いずれも五十歳を過ぎたばかりのキャリア官僚である。

官房長官、石原光三郎（いしはらこうざぶろう）が痩せこけた頬を撫（な）でながら中央の席にやって来た。地方議員からの叩き上げで、土の香りのする政治家だった。総理の懐刀と称されている。古希を過ぎていた。

石原が円卓テーブルの中央に着席するとすぐに狩谷が、壁にかかった大型モニターのスイッチを入れた。

「ご覧ください。北緯四十一度二十一分四十秒、東経百三十九度四十八分二十秒に位置するあの無人島が、ロシア工作隊の橋頭堡（きょうとうほ）になっている可能性があります。長官にはおそらく防衛省情報本部（DIH）からも報告が上がっているかと？」

大型液晶モニターに地図が浮かんでいた。

サイロの狩谷がいうポイントが赤い輪で囲まれ点滅している。

北海道の渡島半島（おしまはんとう）の真横に近い位置にある島だ。すぐ下に青森県の津軽半島もある。

「北朝鮮ではなくロシアだという根拠（エビデンス）はあるのかね」

官房長官が虚空を睨んだ。何を考えているのかわからない表情だ。

「通信衛星がとらえた画像を繋ぎ合わせると、サハリン方面から船舶がリレーされているのがわかります」

狩谷がリモコンを操作した。

液晶の画面が変わる。

いくつものモノクロ写真が連続して並ぶ画面になった。

「秋ごろから、サハリンと国後島（くなしり）の間を高速艇が頻繁に行き来していました。そしてこちらをご覧ください。国後島からは漁船が多く出ます。ところがこの二隻の漁船は漁を全くしていないのです。それどころか津軽海峡まで南下してきて、うろうろしています。ただしそこでは漁は行っていないので違法ではありません。そして次はこれです」

狩谷はせわしなくリモコンを動かし、画像を切り替えたり、ズームアップしたりしている。

津軽海峡は日本の領土内だが、特定海域としてどこの国の船舶の航行も許されている。いわば公海だ。

「なんだこの二隻に接近している船は？　日の丸を掲げているじゃないか」

官房長官が悲鳴のような声をあげた。公安調査庁の南田は目を細め、鷲鼻（わしばな）の上に汗を浮かべている。すでに同じ情報を持っているはずだ。

「青南芸術大学の海上撮影実習船です」

狩谷はさらに画像をズームアップした。

「芸大の実習船？」

官房長官が立ち上がって液晶に近づいた。三人も続く。

画面をよく見ると数人の男が漁船から大学の実習船に乗り移っている。黒くてその姿まではわからない。

「で、次はこの実習船の動きです」

狩谷が画像を変えた。実習船は津軽半島に近い無人島で停船した。

数人の男たちが下船しているのが映っている。

無人島だが漁船の避難場所として港があり、管理小屋もあるというが、そこは常に施錠されている。海上保安庁の監視船が定期的に周辺を見廻っているが、ひんぱんに島への上陸をしているわけではない。

かつて北朝鮮の漁船が漂泊し、ここの管理小屋の中に潜んでいたことがある。

「これは今月二十五日の画像です。その後の動きはありません」

狩谷は画面を再び地図に戻した。

ここで小口は初めて口を開いた。

「昨日、海保がこの無人島を探索しましたが異常はないとの報告です。管理小屋が荒らされた様子、発電機が使われた様子や足跡などもなかったそうです」

「では、そこで降りた者たちは、どこに消えたのかね」

石原が気怠(けだる)そうに首を揉(も)んだ。

「海保いわく、こんな無人島の浜辺にたとえ数人が立ち寄ったとしても、その足跡などすぐに風や波に流されてしまうだろう、ということでした。そして夜間に移動されると、衛星からでも捉えることはできません」

狩谷が横から注釈を入れた。

「それではゴムボートで我が国の領土に侵入してきてもわからんということだな」

官房長官が額に手を当て、苦悩の表情を浮かべた。

「その通りです。現在は、海保が警戒のレベルを上げて巡回しているせいもあってか、新たな動きはありませんが」

ピシアの南田も捕捉する。三者で事前打ち合わせをしたわけではないが、現時点ではほぼ横並びの情報を得ている。

「すでに、上陸してしまっているのかもしれません」

狩谷が青森県の海外線を指さした。青南芸術大学のある光浦町である。

「この大学の理事長、山神秀憲（やまがみひでのり）は学校法人『山神学園グループ』の創始者で、青南芸術大学の他に、横須賀栄養大学、八王子工業大学なども運営している男です。一九六〇年生まれの六十二歳。学生を教育消費者と呼ぶ、徹底したビジネス主義者といわれています」

小口が手元の資料を見ながら報告した。

「南田さん、山神の過去は？　過激派と繋がってはいないのかね？」

石原がピシアの意見を求めた。

サイロやハムとは別の角度からの意見を聞きたいようだ。

「はい、W大学の法学部出身ですが、既存の二大過激派組織と繋がりはありませんでした。世代的にも学生運動世代とは十年以上離れています。一九八三年にY証券会社に就職しており、まさにバブル経済の真っ最中を経験した人物です。現時点では繋がりは見えていません」

南田が答えた。

「テロではなく、密輸の可能性はないのかね」

官房長官が三人を見渡した。安全保障事案よりも薬物や金塊の密輸という刑事事案のほうが、官邸としては気が楽なのだろう。

「学園紛争世代の教授が数人います。が、これまでうちが監視対象にしたことのない人物ばかりです。狩谷さんのほうは、映画学部の教授が怪しいと見ているようですが」

南田が紙の資料を広げながらそう付け加えた。

ピシアは破壊活動防止法と団体規制法の対象となるか調査することを本務としており、公安やサイロが他国の諜報活動の監視に眼を光らせているのに対し、過激派や宗教団体の監視に重点を置いている。

「狩谷君。その映画学部の教授とは、どんな人物かね」

官房長官が片眉を上げた。

「米田（よねだ）和樹（かずき）といいます。七十二歳。W大学のいわゆる紛争世代で、卒業後は独立系映画会社『フィルムギルド』の設立に参画しています。本名は与根田一樹。活動家としての経歴を隠すために、名を変えたようです。フィルムギルドでは、反体制的な内容の作品を数本監督していましたが、同社は一九八二年に解散しました。その後、米田はK大学院のメディア研究科に社会人入学。四年で博士号を取得し、八六年頃からはフリーのプロデューサーとして多くの商業映画を制作しています。W大では山神の先輩にあたり、その縁で六年前の開学と同時に准教授として招聘されたようです。ここで社会人入学で取得した博士号が効いたわけです。二年後に、教授に昇格し、初代学部長のポストを射止めています」

狩谷が淡々と述べた。

見事な経歴の演出だ。小口は感心した。

「左派から保守に転向した典型的な対応だな。私と同世代には、そんな奴はゴロゴロいる。七〇年代は、左翼的言動や表現が一種のファッションのようにもてはやされた時代だ。八〇年代のバブル期になるとそれがころりと変わって、ヒッピーのような格好だった連中が、いきなりプールサイドでハーフパンツをはいてシャンパンを飲もうぜなどと言い出した。時代の空気でころころ変わるタイプじゃないのかね」

官房長官が笑った。

自身は紛争時代は空手部に所属、過激派潰しに一役買っていたはずだ。バブル期に県会議員に初当選している。

「いや官房長官、フリープロデューサー時代の米田に関して深掘りしてみると、当時の旧ソビエトや東欧社会主義国の映画関係者との接点が多数浮かびます。主に輸入です。映画関係者といっても、当時の東欧で西側の人物と公に接触できたのはすべて諜報員と見るべきです。米田は、その頃から何らかの形でロシア側の協力者になっていた可能性があるわけです」

狩谷が付け加えた。

「南田さん、そちらのほうの監視対象者にはなっていないのだな？」

官房長官は再びピシアの意見を求めた。

「米田和樹、本名の与根田一樹、どちらも我々の監視対象者リストにはありません。つまり二十年以上前から既存の過激派とは無縁ということです。ただしサイロさんがいうように、ロシア情報局の協力者である可能性は捨てきれません。まったく新しい過激派が誕生していることも考えられるのです」

南田は官僚らしく慎重に言葉を選んでいる。

自分たちは既存の過激派やカルト教団の監視が専門で、新しい芽までは追跡していないと言いたいらしい。

実は小口の警視庁公安部も当時の米田は完全にノーマークであった。バブル華やかなりし頃は、同時にソ連、東欧の社会主義体制が崩壊へのカウントダウンを始めた時期でもあり、一時的に諜報活動も鈍っていたからだ。

これで国内情報機関の三人がそれぞれ意見を述べたことになる。

もうひとつの大きな情報機関であるＤＩＨがここに呼ばれていないのは、官邸入り口に常にいるマスコミへの配慮である。制服組が堂々と入ってくるのはいまだに憚られるのだ。たとえ制服を着ていなくとも、番記者たちにはすぐにバレる。

「裏を取ってもらわんことにはな」

石原が執務机に戻った。いたずらに騒ぎ立てたくはない。さりとてなにか不気味な予感がする。そんな顔だ。

ここにいる一同も同じ心境だ。

ロシアが何か仕掛けてこようとしているのか。それとも、フェイントか？

「うちから青南芸術大学に潜入させる者が決まりました。一月半ばには作業に入ります」

「そうしてもらわんと、迂闊（うかつ）に総理にはあげられん。確かな人材を潜らせるのだな」

石原に念を押された。

「はい。腕のある捜査員です。狩谷さんと南田さんの機関のサポートも願います。コードネームは女豹（レオパード）です」

小口は狩谷と南田に頭を下げた。

日頃は競い合う相手だが、この事案はひょっとしたら、戦後最大の危機に繋がるのかもしれないという不気味さがあった。官僚がメンツを争っている場合ではなかろう。

「わかった。小口さん、どんなことでも言ってくれ。足をすくったりはしないよ」

狩谷が真顔で言った。

「こちらもだ。ここまでのところ山神秀憲や大学紛争世代の教授と左翼の革命各派との繋がりはまったくないのだが、見落としがあるかもしれない。探りなおすよ」

南田もきっぱりと言った。憂国の思いは同じである。

第二章　コブラツイスト

1

十二月二十七日。午後四時。

青森県警光浦署の防犯係刑事、田辺一郎(たなべいちろう)は東京の新橋に来ていた。

学生時代の四年間だけ東京で過ごした経験があるが、なにせ在学していたのは世田谷区のはずれにある体育大学だったため、都心の様子にはとんと疎い。それも三十年前のことだ。

十年に一度ぐらいは上京しているが、そのたびに人の多さに、くらくらしてしまう。まったく都会は好きになれない。

スマホのマップを頼りに映像制作会社『ボンバーズ・ジャパン』のオフィスを探していた。液晶画面に浮く所在地を示す星印には、徐々に接近してはいた。

田辺は、三年前に青森市にある県警本部の捜査一課から、光浦署の防犯係に転属させられた。

光浦町は小さな漁港があるだけの、鄙(ひな)びた町だったが、ちょうど六年前、この地に青南芸術大学が開学したことから、多くの若者がやってきた。ほとんどが県外出身者だ。四年生までが揃った二年前には在校生は三千人となり、町はいっきに賑(にぎ)わいだした。

学生めあてのアパート経営が繁盛し、寂れていた商店街は一気にシャッターを開けることになった。

漁師相手の居酒屋はカフェになり、電球の買い替え需要ぐらいしかなかった電器屋はパソコンも取り扱うようになった。

当然多少犯罪も増えた。それまでの総人口が約七千人で、高齢者が中心だった町に十八から二十二歳までの若者が三千人もやってきたのだ。

地元の不良との喧嘩や、風紀の乱れが顕著になった。田辺が県警本部の捜査一課から転属になったのはそんな理由からだった。

とはいえ東京はもちろん県庁所在地の青森市などに比べたら、事件数は遥かに少ない。妻子を青森市に残して単身赴任でやってきた田辺は、港町ののんびりとした勤務を存分に楽しんでいた。

九日前にその青南芸術大学の女性講師が行方不明になったと家族から連絡があった。十二月十八日のことだ。

講師は棒田純子という。年齢は三十六歳だ。

棒田純子は、十二月十五日に年内最後の講義と実技指導を終え、週明けの二十日には東京杉並区の実家に戻ることになっていたという。

だが三日過ぎても帰京しない。

両親は何度も娘の携帯に電話をし伝言を残したが、返事はなかった。不審に思い大学の総務部に連絡したが、大学側もわからないという。

一昨日、田辺も大学に出向いて聴取したが答えは同じだった。

十五日の夕方、総務部に年内最後の講義を終えたという挨拶には来たが、それ以降のことはわからないという。

講師は教授や准教授と異なり専用の研究室はもっていないそうで、講義に来た日は総務部の脇にある会議室を待機場所にしているのだそうだが、その日も普段と変わらなかったそうだ。

町内中央部にある深光（ふかみつ）のマンションを訪ねた。光浦町ではもっともランクの高いクラスのマンションだった。

管理会社に行方不明者届が出ていることを伝え、扉を開けてもらった。

日本海が望めるリビングルームとベッドルームの１ＬＤＫだ。

カメラや照明、録音機材が入ったジェラルミンケースがいくつかあったのはその専門家だからだろう。

リビングのコーヒーテーブルの上に、航空券があった。十二月二十日の十五時十分青森空港発羽田空港行きである。

帰るつもりがあったのは明白だ。

管理人がいうには、車が見当たらないという。棒田純子は青南芸術大学の講師になった際に、中古の小型車を購入していたのだ。

二〇一三年式のトヨタのヴィッツ。色は黒だ。

光浦町の防犯カメラシステムは都会ほど発達していない。Nシステムも幹線道路しか備わっていない。その幹線道路に彼女のヴィッツは映っていなかった。市内で聞き込みをしているが、現時点で芳しい情報は得られていない。

そもそも雪国を歩く人々は、足元ばかりを見て歩く習性がある。吹雪になるとドライバーも対向車のライトぐらしか見えない。車種や色など記憶している者は少ない。

車ごと消えた――ということになる。

田辺が最初に思い浮かべたのは、北朝鮮工作員による拉致である。

だが、わざわざ真冬に来るだろうか？　攫(さら)っても連れ帰るまでに難波してしまうのではないか。しかもそれならば、車はどこかに残されているはずである。

では怨恨による拉致監禁か？

他の捜査員はその線も当たっている。

田辺は棒田純子の人物像をより深く探るために、彼女の元の職場がある東京の新橋にやってきたのだ。事件化しているわけではないので、警視庁のサポートは受けずに、単身での訪問である。

烏森口の人ごみに圧倒され、スマホを何度も確認しながら、飲食店の看板が並ぶ中からようやく『ボンバーズ・ジャパン』という袖看板を見つけた。

細長く、さして大きくはないが真新しいビルである。六階建てのすべてがこの会社のようだ。

ここが棒田純子が青南芸術大学の講師になる前まで、所属していたポスプロだ。

『所属していたポスプロ』というのが、この業界の特殊性を表している。棒田純子はフリーのカメラマンでこの会社に専属登録していたのだ。所属というのはそういうことを表している。社員でも派遣でもない。フリーランスとして所属していたのだ。

ポスプロとはいかなるものか？

東北新幹線の中で田辺は資料を読んだ。

単純に言えば、作品を創る制作会社に、人材と機材を提供する会社だ。カメラ、ライト、録音機材、それとそれらを扱うプロフェッショナルの人材だ。編集スタジオも備えているのが普通らしい。

棒田純子は、ここに約十年間所属していた。最初の二年はアシスタントでそののち正式なカメラマンとなった。

何か手掛かりがあるのではないか。

ビルの重いアクリルの扉を開けると、正面に電話が置いてある。その電話で撮影部の西(にし)本勝昭(もとかつあき)に来訪を告げた。事前に伝えてある。任意の聴取というほど大げさなものでもない。どんな女性だったか聞きに来たのだ。

人となりがわかれば、捜査の参考になる。それだけだ。

西本はすぐにエレベーターで迎えに来てくれた。四十代半ばのようだ。色が黒くヒグマのような顔をした男だ。名刺には撮影部プロデューサーとある。

そのまま一階の編集室に通された。

正面に大型モニター。その脇に小型のモニターが五台並んでいる。手前がコントロールテーブルだ。地元のテレビ局のスタジオコントロール室に似ている。

「純子は、東京に戻ってくると必ずここに来ましたよ。かつての同僚と居酒屋に行って撮影談義をするんです。ぼくらもそれが楽しみでした。今年はまだだなって思ってたところです」

お互い作業用の回転椅子に座り話し始めた。

「青森の話はされていましたか？」

田辺は訊いた。あえてメモは取らない。相手に警戒心を持たせないためだ。記憶力には自信がある。

「津軽弁は外国語より難しいって言っていました」

聞いて田辺は吹き出しそうになった。確かにその通りだろう。他の東北弁は標準語とイントネーションが違うだけだが、津軽弁は語彙そのものが固有なのだ。『すっとこどっこい』を『はんがくせぇ』、『触るな』を『ちょすな』といわれても、他の地域の者にはわかるまい。

「私は、いま精一杯努力して標準語を使っています。それで暮らしぶりや、交遊関係については、なにか言っていませんでしたか」

突っ込んで訊く。

「大学の教授たちは理屈っぽくていやだと言っていました。アカデミックな映像論などは、職人肌の純子には合わないと思います。ここで育ったカメラマンはどちらかと言えば職人ですから。なので学者たちとはほとんど交流はなかったと言っていました。とっとと辞めてここに戻ってきてもいいとも言っていましたが、学生とハイキングやスノボに出かけるのは楽しいから、契約通りあと二年はいると」

「そうですか。何故、青南芸大へ行くことになったんでしょう？」

「うちの大得意である大手代理店の雷通から仲介があったからですよ。あの大学の設立には、大物政治家や雷通の文化事業部が大きく絡んでいる。大昔の映画理論ばかり教える教授の講義ばかりでは魅力がないということで、実践技術を教えるプロの講座が欲しいということでした。ポスプロなら、大学にカメラマンを派遣してもいいじゃないかということですね」

「それで彼女が？」

「はい、純子が希望したんです。ロケからロケへ渡り歩く仕事にちょっと疲れたと。純子は腕がよかったので、そこそこの撮影料を取っていました。フリーランスというのは、二十代、三十代の頃は同世代の会社員よりもはるかに年収が高いんです。しかも使う暇がないほど忙しい。お洒落をする必要もさほどないですしね。だから貯金も貯まっていたのでしょう。スケジュールに追われるのではなく、五年ぐらい息抜きがしたかったんじゃないですか」

「高年収は羨ましい」

「でも、三十代までですよ。撮影料というのは、ある一定のところまで上がると、それ以上は、ネームバリューがない限り上がりません。それが芸術家と我々職業カメラマンの違いです。四十代になると、サラリーマンで中間管理職に出世した同級生たちに抜かれます」

西本は笑った。

「でも、好きなんでしょう。この仕事が」

田辺もそういって笑った。

西本の目がそう語っていたのだ。カメラマンも刑事も好きでやっている者には堪らなく魅力的な仕事だ。働き方改革で、張り込みを八時間で交代させられるなど、むしろ迷惑千万な話である。

「大学の給料は安いらしいですが、そのぶん家賃なども東京の三分の一だといっていました。食事はその気になれば毎日学食でも食べられるし、さすが刺身は美味しいと。なによりも青森県は海と山が素晴らしい、撮影意欲を掻き立てられると」

「それも間違いないです」

田辺は、自分が褒められた気分になった。

「よく自由撮影していたものを送ってきましたよ。まぁ小遣い稼ぎもあったでしょうけど」

「小遣い稼ぎ？」

「はい。うちは、素材映像の有料レンタルもやっているんです。風景動画は結構な需要があるんですよ。使用されるたびに一定の使用料が撮影者に割り戻されます。著作権はうちが管理しています。少ない額ですが塵も積もれば山となります。登録しておくだけですから」

西本のこの話に、田辺は食いついた。それらの映像は棒田純子の青森での行動先を知る手掛かりとなる。

「その映像をすべて見ることはできますかね」

「二千時間分ほどの量があります。このスタジオで早送りしながら見ても一日かかりますよ」

「かまいません」

「それと準備が必要です。すべてがこのスタジオにあるわけではありません。テープのままになっている物は多くが台場の倉庫に入っています。それもジャンル別に分類されているので、彼女の素材だけ抜き出してくるには多少時間がかかります。プレビュー室で素材を探し出し、それをSSDに落としてこないとならないんです。純子の行方探しですから協力は惜しみませんが、二日ほどお待ちいただけませんか。二十九日までに僕が何とか繋ぎ合わせておきます」

西本は面倒な作業を引き受けてくれた。

「いま、ここにあるものを、ちょっとだけでも見られませんか」

粘るのが刑事だ。

「半年ぐらい前までの物なら、いくつか出せます。お待ちください」

西本がパソコンの前にキャスター付きの椅子を移動させてキーボードを叩いた。

「海と山ばかりですが」

と言って大型液晶モニターに映像を映し出してくれた。

「素人が撮ったものとは、やはり映像の深みが違いますね」

田辺にもそれはわかった。

「純子は、アナログベータカムというテープ使用のカメラで撮影しています。この数年で放送用システムもデジベ（＊デジタルベータカム）にずいぶん置き換わりましたが、個人用の作品を撮るのにはアナログを使いたがるカメラマンも多いです。あれがそうです。デジベよりも大きいんですが、そのほうがプロとしてしっくりくるというのもあります」

西本がスタジオにも置いてあった大型カメラを指差した。県警本部の記者会見のときに居並ぶテレビ局のカメラのようだった。

「これは酸ケ湯温泉から八甲田山に向かうあたりですね」

緑に囲まれた山道を見ながら田辺は呟いた。実に美しく撮れている。

「地元の方ならわかるんですね。僕にはわかりませんよ。タイトルは『山』としかありませんからね。我々が貸し出す映像というのは、基本的に自然しか写さないんです。建築物とかはあまり入らないようにします。タイトルも先入観が入らないように、地名は書き込みません。ただどこかわからない風景が延々と映っている方が、使用する方に人気があるんです。人物とかは、モザイクをかけねばならないので、事前にカットします。もちろん台場の倉庫にはそのままの素材が残されていますが」

実際、同じような映像が延々続いた。酸ヶ湯まで出かけて撮ったということだ。

「これはいつ頃の撮影でしょうね」

田辺は聞いた。西村がテーブルの上のリスト表を見た。

「今年の七月十五日ですね」

八甲田が歩きやすい時期だ。

「海はありますかね」

「お待ちください」

ふたたびキーボードを叩く音がして、モニターの風景映像が一変した。荒涼とした海が映っている。

青森には様々な海景色がある。穏やかな陸奥湾。太平洋と日本海がそれぞれあるが、太平洋側の地域は雪が少なく、日本海側は豪雪地帯だ。海の表情もどこか違う。映像は日本海のようだった。

光浦町の位置から言っても棒田純子が太平洋を頻繁に撮っているとは考えにくい。時折、漁船が見えた。白っぽい漁船というだけで、それ以上は不明だ。西本の解説から読み取ると、このぐらいの映り方は、船も自然の一部となるのだろう。

田辺は凝視した。映像に既視感があった。自分もよく見るアングルと似ているのだ。カモメが飛んだ。

これは光浦町内の海浜公園からの映像かもしれない。ふとそんな気がした。

「この映像の前後にたとえば浜辺とか、周辺とか映っているものはあるでしょうか」

田辺は訊いた。

「たぶん、このテイクの元素材を引っ張り出してきたらありますよ。人とか建造物も映っているかもしれません」

西本がこの映像のナンバーをメモ用紙に控えている。田辺は手応えを感じた。映像をすべてチェックしたら必ず彼女が好んで行く場所などが浮かび上がってくるはずだ。

「どうしても明後日になりますか？　明日では無理ですか？」

田辺はさらに粘った。

「それはどうにもなりません。僕にも通常の業務があるんです。明後日の昼過ぎまでなら何とかします」

西本の声色は拒絶的であった。しつこくするとすべてを台無しにしてしまうことも考えられた。

「わかりました。明後日の午後一時にまた来ます。それまでに何とか頼みます」

田辺は引き下がった。

宿泊には上野のビジネスホテルを取った。

四十年前までは上野駅が北の玄関口であった。夜行列車で北へ向かうのである。田辺は辛うじてその時代の記憶を持っている世代であった。

翌十二月二十八日の午後。

田辺は棒田純子の実家を訪問した。

中央線阿佐ヶ谷駅から徒歩十分ほどの位置にある家だった。今度は迷わず探し当てることができた。戸建てが並ぶ住宅地は都会も地方もさして変わらない。

父親は新宿にある大手百貨店勤務。母親は専業主婦だ。純子よりも二歳下の妹は信用金庫勤めだという。

「あいにく私ひとりしかいなくて申し訳ありません」

応対に出てきた母、棒田由紀子はそういって和室に通してくれた。坪庭に面した落ち着いた雰囲気の和室だ。

「純子さんは、どこか旅行に出かけたということはありませんかね」

単刀直入に切り出した。

「確かに旅行の計画はありました。ホノルルです。年末年始はひとりでホノルルで過ごすと言っていました。ただしここにいったん戻って、私たちとクリスマスを一緒に過ごした後に発つ予定でしたよ。もし戻っていたら今夜、成田空港から飛び立つ予定でした。東京で働いていた時から　海外に出る時は必ず家に旅程表を置いていく子でしたから」

と母親は、純子から送られてきたというメールのプリントアウトを見せてくれた。

旅程表では十二月二十八日十九時五十五分発のトルコ航空でホノルルに出発することになっていた。宿泊先はモアナ・サーフライダー・ホテル。

やはりまったく実家に連絡していないのは不可解だ。

「純子さんから光浦や青森での生活ぶりや交友関係について聞いたことはありませんか」

淹れてもらった緑茶を啜りながら尋ねた。

「学生とよくスノボに出かけると言っていました」

由紀子は部屋の隅の小箪笥の上にあった写真立てを示した。学生たちと雪上で肩を組んでいる写真である。中央の黒い毛糸の帽子を被ったふっくらとした顔立ちの女性が純子のようだ。

「これは鰺ケ沢にある青森スプリング・スキーリゾートですね」

すぐに特定できたのは、背後にロックウッドというホテルが写っていたからだ。

「そうなんですか」

由紀子は当然ながら憔悴した表情だ。

「学生や大学関係者以外で、親しくしているような方のことを聞いたことはないですか」

尋ねると由紀子は、しばし庭を睨んだ。芝生の上に鉢植えの花がいくつも並んでいた。花の名前を田辺はほとんど知らない。赤い花が多かった。

「青森市に出かけて、陸奥(みちのく)テレビの三宅(みやけ)さんというディレクターとよく飲むと言っていました。三宅哲夫(てつお)さんという方です。居酒屋めぐりなんかしていたようです」

由紀子が思い出したように言った。地元のテレビ局だ。

「お付き合いしていたのでしょうか」

「いやいや三宅さんはちゃんと奥様がいらっしゃる方ですよ。純子は、ときどき撮影の仕事をいただいていたようです。あの子はちゃっかりしていますから、自分から売り込みに行ったのでしょう」

「これは失礼しました。お嬢さんはカメラマンとして確かな腕の持ち主のようですから、評価されているんでしょう。他にはどなたかご存じないですか。よく行く場所とか」

「交遊関係で名前を聞いたのは三宅さんぐらいです。ひとりが好きな子ですからね。それもカメラマンという職業と相性がよかったんでしょう。ひとりでじっと何かを撮影しているのが好きなようです。そういえば八甲田山には、よく行っていたようです。撮影するたびに新しい発見があると言っていました」

「わかりました。なんとかその辺を手がかりに探してみましょう。もしも連絡があったらすぐに知らせてください」

「もちろんですとも。気まぐれに車でどこかに行って、撮影に夢中になっていたということであれば、ただただ申し訳なく思います。警察の方にお詫びするしかないです」

由紀子は何度も頭を下げた。母親としては先走って行方不明者届を出したことを後悔したとしても、そのほうがよほど幸せだろう。

だが、事件の可能性のほうが高い。田辺はそう思った。自宅に帰京の航空券を置いたまま消息を絶つのは、やはり不自然である。

「それではこれで」

田辺は腰を上げた。

上野に戻り、寄席に入った。寄席は初体験だった。大いに笑い、江戸弁の威勢の良さに圧倒される。食事は老舗の鰻店で食べた。実に旨かった。

まだ事件と決定したわけではない事案なので、どこかに気楽さがあった。めったにない機会なので、田辺は暮れの上野を楽しんだ。

ただ気になることがひとつあった。尾行されている気配を感じたのだ。田辺は何度か振り返った。

地元と違い圧倒されるほどの人の群れであったが、不思議と二度、三度と目が合う人物がいた。

派手な刺繍入りのジャンパーを着た、目つきの悪い男であった。半グレ風だ。だが、いつの間にか消えていた。あまりにも呑気に歩いていたので掏摸かタカリの的にされたのかも知れない。

来たなら逆に捕まえて所轄に突き出してやる。齢五十を過ぎても、まだまだ体力には自信があった。

そう思いながらホテル近くのコンビニで、缶ビールとつまみを買っていたが、男はそのままネオンの中へと消えていった。

ホテルに戻り、電話で妻に土産は何がいいか聞いた。上野には江戸時代から続くつげ櫛の店があるという。そこで一万円程度の品を買って欲しいという。三十年前に修学旅行で来た際に、母親に頼まれて買った覚えがあるのだそうだ。

今度は自分が持ちたいという。

田辺は手帳に店名を書き込んだ。先ほど鰻を食べた店のすぐ横であった。

翌日の午後一時。

『ボンバーズ・ジャパン』に出掛けると大変なことになっていた。

一昨日の夜から台場の倉庫で、純子の作品を探し出し、テープからデジタルに変換するという作業をしていた西本が、一時間前に首都高速で事故死したというのだ。

「大型トラックへの追突です。睡眠不足のまま運転していたのかもしれません」

青ざめている撮影部の高橋というスタッフが、玄関ロビーで対応してくれた。同僚だそうだ。

西本が運転していた社有車は大破し、ＳＳＤメモリーもどこかに吹き飛んでしまったという。

「死亡したとは……」

とても今すぐ、もう一度、棒田純子の映像を探し出してくれとは、言える雰囲気ではない。

田辺は頭を掻いた。

と、紺色の制服を着た事務職らしい女性社員がいきなりエレベーターから出てきた。

「台場倉庫で爆発が起こったと、いま電話がありました。倉庫係の社員ふたりは無事だそうです」

「なんだと！　保管素材は？」

「わかりません。いま火の手が広がっているとしか。消防車はまだですと」

女性社員もうろたえていた。

「あの倉庫には、五十年以上も前のフィルムやＶＴＲ草創期のテープも保管されているというのに」

高橋が天を仰いだ。エレベーターの扉が再び開いた。濃紺のブレザーに赤と青のレジメンタルタイをした銀髪の男が飛び出してきた。

「塚原(つかはら)社長！」

高橋が泣きそうな顔になって、エレベーターから出てきた男のほうを向いた。

「まずは台場に行ってくる。西本の家族も警察に向かっているそうだ。高橋、おまえは専務と一緒に湾岸中央署に行って事情を聴いてくれ。西本の家族も警察に向かっているそうだ。動転しているだろうから、事務的なことは会社がサポートすると伝えてくれ。それと西本がぶつけてしまったトラックへの補償などの対応にも当たってくれないか。丁重に頼むぞ」

社長は田辺のことなど眼中にないといった感じで玄関を飛び出し、タクシーを拾った。タクシーは新橋の喧騒の中に消えていった。

「こんな状況ですから、申し訳ありません。改めてご連絡いただけませんか。棒田のことも気になりますが、西本は死亡してしまったので」

高橋はエレベーターのボタンを押している。

「当然です。出直します」

田辺はすぐに引き下がった。新橋駅に向かって歩きながら、台場の倉庫が燃えている様子を思い浮かべた。

フィルムやテープが燃えている。

オレンジ色の炎と黒煙が空に向かって昇っているのではないか。なにか大きな事件が裏に潜んでいるようでならなかった。

それが棒田純子の失踪と無関係ではないのかもしれない。すぐに青森に戻って、確認したいことがいくつもあった　田辺の歩く速度はいつの間にか早くなった。

2

十二月二十九日。午後三時。

全然違うわ。

大活映画調布撮影所の第六スタジオで、紗倉芽衣子は、胸底でそう呟いていた。当たりシリーズ『女王刑事（デカ）』の撮影現場だ。

さらに続けて声にならない声をあげる。

だから、捜査本部でそんなふうにホワイトボードに容疑者や事件関係者の写真をべたべた貼ったりしないものなのよ。

テレビドラマで見るたびにダメ出しをしていたシーンがいま目の前にあるのだ。

「捜査本部での会議のシーン、ドラマでもよく見るんですけど、実際、警察署でもこんな風にしているんでしょうかね？」

芽衣子は横にいる宣伝部の主任、蔵田正人（くらたまさと）に、皮肉を込めて聞いた。

「今村君、そんなことはわからないよ。ただし警察というのは映画やドラマ、それに小説なんかでも、どんなでたらめをやってもクレームを入れてくることはないんだ。その代わり、本当のところはどうかと聞いても絶対に教えてくれない」

蔵田が撮影しているスタッフには聞こえないように教えてくれた。大活映画の宣伝部では、作品ごとに担当の宣伝プロデューサーがつき演出部と連動しながら、プロモーションを計画していくという。蔵田は『女王刑事』の担当であった。四十二歳の中堅どころである。芽衣子は今村明子として、彼のアシスタントになっていた。

「でも、いまはタブレットとか使うんじゃないでしょうか。プリントした写真を貼るっていうのはどうも納得できないですね。あれじゃ最後列の刑事はよく見えないですよ」

芽衣子はあくまで一般論として言った。

「そこらへんは、見ている人にわかりやすいように定番の演出にしているまでだ。あれはね、そもそも演劇から来た手法だよ。舞台上で、事件の内容を説明するのにわかりやすくするために黒板に関係図を描いたのがはじまりさ。そうすると情報を一括して観客に届けることができる。確かに芝居じみた演出ではあるが」

蔵田が苦笑した。作り手もわかっているのだ。

「映画として面白ければいいんですね」

「そういうことだ。リアリティは大切だけどそれがすべてではない。エンタテインメントだからさ。そもそも『女王刑事』の見せ場は、推理ではなくアクションだから」

――いや、エロでしょう。

と答えそうになって寸前で止めた。

目の前でライトを浴びている主演の吉原美由紀(よしはらみゆき)のスカートはとにかく短い。

その姿で回し蹴りや踵(かかと)落としをするというのだから、それはエロでしかない。

そもそも女性刑事は潜入の役柄でもない限り、スカートを穿くことはめったにない。パンツスーツがスタンダードだ。

制服の女性警官もスカートを穿くのはなにかの式典の時ぐらいで、日頃はスラックスだ。警察署内でスカートで動き回っているのは事務系職員だけだろう。伝えてやりたいが、芽衣子の今の立場は広告代理店から二週間の予定で、企業PRを学ぶためにやって来た出向社員だ。警察のことなど知る役柄ではない。

訓練は四日目に入っていた。

公務員は十二月二十八日を御用納めとして正月三が日までは一斉に休日となるが、映画界および芸能界は年末年始も動き続けていた。

特に担当する作品単位で、勤務スケジュールが立てられる演出部や宣伝部の現場スタッフは、大晦日や元日もふつうに勤務するのだという。

『女王刑事』も年をまたいでの撮影となっており、宣伝部も年末年始のテレビ番組へのプロモーションに余念がない。

おかげで芽衣子は時間を無駄にすることなく映画業界の専門用語や習わしを実地で学ぶことができている。残り十日も勤務し続けて、広報マンの作業を体得するつもりだ。

今村明子という役柄も四日目で板についてきたところだ。

とにかく慣れることだ。

いま目の前で行われているのは、調布の撮影スタジオにマスコミを呼んでの、公開リハーサルだ。

公開リハーサルと言っても、それ自体が宣伝用に演出されたもののようだ。

まずは映画雑誌やスポーツ新聞といった紙媒体の記者たちが、監督とカメラマンの背後からスチール撮影をしている。照明スタッフはわざわざスチール撮影に都合のよい角度からきちんとライトを当ててやっていた。

この次はテレビやネット番組の映像マスコミだ。役者は同じことを二度やる。

「毎朝スポーツさん、そんなにローアングルで撮らないでっ。この時点で美由紀のパンチラ写真載せたら、ソッコー出禁にしますよ」

強面（こわもて）のマネージャーの声が飛んだ。業界でも最強と言われる『マックスプロ』のマネージャーだという。暴力の匂いを漂わせた男だ、スタジオ内に険悪な雰囲気が漂った。

蔵田がすっとんでいき、毎朝の女性記者に自重を求めている。女性記者は、すぐに頷いてマネージャーの方を向き、頭を下げた。

「それでは、ムービー系カメラマンの皆さんお入りください」

芽衣子は、蔵田から事前に指示されたとおり、スタジオの扉の前に進み、マスコミを誘導した。カメラクルーが続々と入ってきた。

「石川さん、明朝のワイドショーからばんばんOAをお願いしますね。朝、昼、夕方と三度クローズアップされると信じていますから」

蔵田が顔見知りらしい汐留にあるテレビ局のディレクターの背中を叩きながら言っている。

「芸能枠が通常通りなら間違いなくそうなりますよ。心配ないです。いつも六本木でごちそうになっているので蔵田さんの顔は立てますよ」

石川は好色そうな目で、主役の美脚を見やりながら、そう答えた。

「明日、芸能枠が縮まるような何か大きな事件が入る可能性はありますか」

蔵田が聞いている。これだけのプロモーション取材を組んでも、芸能情報は事件ひとつで吹き飛ぶ運命にあるらしい。

「いまのところ総合プロデューサーからは何も聞かされていません。首相が失言でもしない限り、きちんとOAします」

石川は撮影エリアに進もうとしたが、その腕を蔵田が摑んだ。

「石川さん、東日テレビさんだけ、今日の夕方の『イブニング5』から出してもらえませんかね。マックスプロも了解しています。ねぇ頼みますよ。来週、また六本木、でどうですか」

こっそり言っている。

「いや、それがね蔵田さん。いま、ちょっと厄介なニュースが入ってきているんです。今日のOAだけは難しいですね」

「何か大きなニュースでも？」

「ポスプロの『ボンバーズ・ジャパン』って、大活さんも使っているでしょう？」

石川が表情を曇らせた。

「えぇ、CGで合成するための風景映像や昭和の町を再現するために当時の資料映像を提供してもらうこともあります。テレビ局さんは機材とスタッフを丸ごと調達することもあるでしょう」

「その『ボンバーズ・ジャパン』の台場の倉庫が燃えているというニュースが飛び込んできています。火災のニュースは珍しくないですが東日としても、縁のある会社ですから、かなりの尺を取って流すことになるでしょう。燃え続けていたら、中継を出すかもしれません。民放他社も同じでしょう」

『ボンバーズ・ジャパン』という社名を聞いて、芽衣子の意識は集中した。それは行方不明になった大学講師、棒田純子が以前に所属していた会社ではないか。

「いやそれは大変だ。全焼なんかしてしまったら、日本の貴重な映像資料が消失することになりますよ。火災の原因はいったいなんでしょうね」

蔵田が訊いた。

「湾岸中央署の担当記者からは、放火の可能性もあり得るという情報が入っています。社会部は現場にクルーを送っただけじゃなくヘリも手配しています。それと火災発生の二十分ぐらい前に首都高で『ボンバーズ・ジャパン』の社有車を運転していた男が、追突事故を起こしたそうです。この社員が昨日からずっと倉庫に居たそうで、警察は関連性を調べているとのことでした。そういうわけで今日の夕方の番組はこの事件の尺が多くなるのは間違いないでしょう。芸能が横取りするのは不可能です。プロモーションであっても他社より早く出せるのは、ありがたいのですが、今日の夕方は勘弁してください。他社も事情は同じでしょう」

石川はすまなそうに会釈して撮影エリアへと歩き出した。

「明日まで尾を引くということはないですよね」

蔵田がすがっている。

「政局や殺人事件と違うので、尾は引かないと思います。明日は『女王刑事・撮影快調』

のニュースをたっぷり流しますよ」

「安心しました。石川さん、やっぱり来週は六本木のキャバに行きましょうよ。茉莉ちゃん、香澄ちゃんと鮨食って同伴でどうですか」

「それって蔵田さんが行きたいんじゃないですか？」

「まぁそういうわけですが」

「大活さんも交際費、ありますねぇ」

「いや、こうして皆さんが取材してくれるから」

ふたりは好色な笑みを浮かべて撮影エリアへと進んだ。

助監督がシーンの内容を説明して、二度目の公開リハーサルが開始された。スチール撮影時には、主演の吉原美由紀だけがポーズを決めて、他の役者たちは脇に立っているだけだったが、ムービーカメラによる撮影では実際に芝居をした。

虚構だらけの捜査会議で、ヒロインが所轄の副署長と警視庁からやってきた管理官に食ってかかるシーンだった。

『副署長、判断が遅すぎますよ。私が突っ込みますから。令状は後付けにしてくれませんか』

吉原美由紀がホワイトボードの前に居並ぶ上層部に対して金切り声を上げた。

——ありえない。

捜査会議の場で堂々と面罵したら、次の人事で左遷させられるだけだ。

荒唐無稽な芝居は五分程度で終わった。

芽衣子と蔵田は引き上げていくマスコミ各人に土産を渡す仕事に入った。

社名の入った手提げ袋にプレス向け資料とともに、銀座の老舗洋菓子店のリーフパイが入っている。

みんな喜んで受け取っていった。

「気を遣う仕事ですね。勉強になります」

芽衣子は蔵田に頭を下げた。刑事だとは言っていない。雷通から企業PRの実践訓練のために二週間研修に出されたことになっている。

「まあね。でも、こうして取材してもらったことを報道してもらえたら、凄い宣伝効果になる。雷通さんならわかると思うが、テレビスポットや新聞の広告掲載料に換算したら数千万円に匹敵する露出量を、われわれは二千円の箱菓子、五十個で確保していることになる。もっとも持ちつ持たれつの関係にあるからだけどね」

蔵田がスタジオ内の役者や演出部のスタッフに会釈しながら言った。芽衣子を雷通の社員だと完全に信じ切っているようだ。

順調だ。

「持ちつ持たれつとは、どういうことでしょう?」

「撮影中の役者に離婚や不倫のスキャンダルが出たときに、日頃から好意的なメディアに独占取材させることがある。撮影所に密かに一社だけ呼んで、当人にインタビューさせるんだ。もちろん所属プロの同意を得てだが、たとえ弁解だけの内容でも肉声を取れたメディアは金星になる。とくに大スターの暴力事件や政治家などと絡んだ案件では、社会部が出てくる前に芸能記者に取材をさせて、相互メリットを得る工夫をする。だから彼らは、日頃から提灯持ちのような報道もしてくれるのさ。うちは映画会社というマスコミの仲間のような立場だが、多かれ少なかれ、企業の宣伝部というのは、その業界に近いメディアをどれだけ押さえているかにかかっていると思う」

それが広報マンのエッセンスなのだろう。

残り十日間、可能な限り吸収したい。

蔵田は演出部のスタッフや芸能プロのマネージャーと完成披露試写会の打ち合わせがあるというので、芽衣子は先に帰ることにした。

新宿に向かう電車の中で、スマホでテレビのニュースを見た。すでに『ボンバーズ・ジャパン』の火災の様子が報じられていた。

動画では、倉庫の屋根から黒煙が上がっていた。消防車が何台も周囲を囲み放水している映像だった。

イヤホンからアナウンサーの声が入ってくる。

「午後十二時二十五分頃に出火し、約二時間燃え続け先ほど鎮火した模様です。出火原因については消防と警察で捜査中ですが、この火災が起こる三十分ほど前に、倉庫で作業していた社員が首都高速で追突事故を起こして死亡しており、警察は火災と事故の関連性についても調査中です。なお、首都高はこの事故のため湾岸線の上り車線を封鎖しておりましたが、先ほど解除になったそうです」

画面が首都高の事故現場を映し出した。ヘリコプターからの撮影のようだ。全体を俯瞰で撮っている。

黒い大型トラックの後方に、ボンネットが破壊された白いライトバンが横倒しになっていた。その背後に後続車の長蛇の列ができている。

救急車とパトカー数台が赤色灯とライトを点滅させたまま駐まっており、交通係の警察官が動き回っている様子が映っていた。

——なんであいつが？

芽衣子は、制服警官に混じって、ベージュのかなりくたびれたステンカラーコートを着た男がうろついていることに注目した。

男はトラックの後部やナンバーを確認している。

警視庁組対五課準暴力団担当の古泉直也だ。

交通事故の現場にマルボウがいることは不自然ではない。極道や暴走族がらみの事故も多いからだ。だが、そうした場合に飛び出せるのは、交通係と同じ所轄のマルボウだ。一緒にパトカーに乗り込んでいく。

だが、古泉の所属は警視庁(ホンシャ)だ。

——誰かを尾行していたのではないか。そしてたまたま事故に遭遇した。

最初は、そう考えたが、すぐに自分の考えを否定した。

たまたま無関係な事故に遭遇したのであれば、降りてトラックを点検したりなどしない。知らぬ顔で車に乗っているはずだ。

古泉は、あのトラックを尾行していたのだ。トラックのドライバーが怪我で救急車に乗せられたか、あるいは聴取のためにパトカーで連れ去られた後で、出てきて車を調べている、というのが正解ではないか。

トラックのドライバーが気になった。

芽衣子はすぐに小口に暗号化したメールを送った。

小口からの返信は早かった。新宿に到着する前に届いた。

【組対部の準暴係は『ジゼル』がいつの間にか復活したとみているようだ。古泉はそのメンバーと思われる男を追っていたようだ】

組対部にいる公安の協力者から得た情報に違いなかった。

『ジゼル』は、南米、アフリカなどにルーツを持つ二世、三世たちの半グレ集団だったが、約二年前に『城南連合』に壊滅させられている。

半グレの復興（リバイバル）は決して珍しいことではない。極道のような血の掟（おきて）があるわけでなく、緩やかな連合体である彼らは、形勢が不利となれば散り散りになって逃亡するが、好機が訪れたとなるとまた集合するのだ。その都度、肥大化するのも常だ。気になるのは、ジゼルが再集合した理由だ。

金になる餌を見つけたということだ。

第三章　ローリング・ソバット

1

棒田純子は、小窓から暗い海を見ていた。

荒涼とした様子は、日本海のようでもあり、違うような気もした。

北朝鮮だろうか？

そう考えるのが、一番妥当なような気がした。

海岸で拉致され、果たしてどれほどの日が経ったのかわからない。

時間の感覚は、目が覚めた段階で、すでになかった。

十二月の浜辺で、複数の男に犯され、気を失うまで、挿入され続けたのだ。

革の手袋で口を塞がれた後も必死に喚き続けたが、情けないことに、途中から悲鳴ではなく、歓喜の声をあげていた。

顔は暗い海のほうばかりに向けさせられていたので、男たちの顔は見ていないが、どの男も、巧みだった。

ずっとしていなかったからかもしれないが、男たちのストロークのリズムは見事で、何度も何度も絶頂に導かれたものだ。

涎を垂らし、ついには意識が飛んだのだ。それからどれぐらい眠っていたのか、まったく記憶にない。

刺されたのは男根だけではなく、注射針もだ。

睡眠剤を打たれたのは間違いない。

気が付くと小さな部屋の中で仰向けになっていた。灰色のジャージに着替えさせられていたが、その下にはブラジャーもショーツもなかった。

ワープした感覚だった。

扉がノックされ、鍵の開く音がした。

――またか。

セックスの時間だ。

黒のフェイスマスクをした男が入って来た。右手に金属バットを握っている。男は無言で純子の肩を押し壁に手を突くように仕向けてきた。

乱暴な押し方ではない。

だが抵抗を許さない眼を向けてくる。純子は素直に、壁に両手を突き、両脚を大きく開き、尻を突き出した。

最初の日にバットで体を小突かれながら、教えられたポーズだ。

すぐに黒い布で目隠しをされた。

これも毎回のことだ。男は言葉を発さず、純子の黒髪頭の後ろで、布を締めあげてくる。

隙間なく締めあげられ、視界が完全に塞がれた。

上半身を斜めに倒した格好で、ジャージの上衣の上からバストを揉まれる。

どの男が来ても、ことセックスに関しては余裕たっぷりなのだ。乱暴に脱がされるのではなく、ジャージの上からじわじわと膨らみを揉みしだき、徐々に乳首に攻めあがってくる。

そしてなかなか、頂きには触れてくれない。乳首がポップコーンのように膨れ上がり、ジャージの生地を押し上げても、なお弄ってはくれないのだ。

これで四度目だが、純子は前回、セックスした後に、自分は性処理の対象にされているのではない、とようやく気付いた。

調教されているのだ。

「あぁっ」

両乳を搾るように揉み上げられ、トップが苛立ってきた。はちきれそうだ。

「触ってください」

上擦った声をあげさせられた。

すっと男の手がバストから離れた。たとえようのない、喪失感が乳首に走る。

男は今度は、ジャージの股間にバットを差し込んできた。ぐいぐいと女の柔らかな部分に擦り付けてきた。

「んんんんっ」

純子は歯を食いしばったが、バットを何度も行き来させられているうちに、唇が開き、いつの間にか喘いでいた。

擦られるほどに一番弱い女芽が包皮から顔を出し、乳首と同じように、疼きだした。

「くはっ」

純子は自ら脚を閉じ、バットの芯に股座を擦り付けた。

するとバットはすぐに股間から抜かれてしまった。

「あぁああああああああ」

もどかしすぎて、脳がおかしくなってしまいそうだ。

それでも純子は、いつものように太腿を震わせて、ジャージを脱がされるのを待った。

少しの間だけ、焦らされた後、どの男たちも、次は純子を真っ裸にし、執拗な愛撫を施し、最後は貫いてくれるのだ。

そして、くたくたになるまで、セックスは続けられ、最後に腕に静脈注射を打たれるのだ。それが覚せい剤でないことだけは確かだ。

覚醒はされないからだ。

五秒としないうちに、睡魔に襲われ、床に倒れ込まされる。そして延々と眠ることになるのだ。

過去三度、その体験をさせられると、徐々にその手順が、楽しみにもなってくる。これもまた情けない限りだ。

純子は股間を濡らしながら待った。女の肉陸が疼いてしょうがない。腫れ上がった乳首も、ビクンビクンと震えている。おそらく乳暈には粒がいくつも浮かんでいることだろう。

——蹂躙してほしい。

だが今日に限って、待っても、待っても、男は手出ししてこなかった。

「ああ」

たまらず純子は、壁に突いていた右手を股間に宛がった。猛烈に擦り立てたい。

「ダメだ」

手を動かした途端、その腕を男に逆手に捩じられた。拉致されて、はじめて男の言葉を聞いた。野太い声だった。

「うぅうう」

肩と腕に激痛が走るが、その分、淫気が紛れた。

もう一度、扉が開く音がした。

誰かが入ってくる足音がする。輪姦されるのか？

「やりたいか？」

新しく入ってきた男が、耳もとでそう囁いた。しっかりとした日本語だ。日本人に違いない。

純子は何度も頷いた。

「なら、質問に答えろ」

男がもぞもぞと鼠径部に手を這わせてきた。また肉陸がざわめいた。

「はい、なんでも」

発情して膝がガクガクと震えていた。

「ドローンカメラは扱えるか？」

意外なことを聞かれた。

「経験はあります」

股間を軽く撫でられた。ジャージにぬるっと愛液が付着するのがわかる。

「どれぐらい経験がある？」

「ビルや鉄橋を掻い潜って、撮影するぐらいはできます」

かつての仕事の中には、被災地の状況確認のためや、建築中の高層ビルの状況をクライアントに報告するためのドローン撮影もあった。

難易度の高い撮影だが、これからのカメラマンはドローン撮影にも対応できなければ、生き残れないはずだ。

「だったら、生かしてやる。ただし、当分おまえの忠誠心を鍛えさせてもらう。われわれから逃げない、と判断したときに任務についてもらう」

そういってジャージの上衣を捲って、乳房を揉んできた。

「あぁあああぁ」

快感が走った。

最初からいた男が、ジャージのパンツを降ろす。濡れた淫処に何かを塗り付けられた。冷たい感じがする。

とたんに理性を失うほどの、疼きに見舞われた。

これは違法な催淫剤であろう。

「あぁああぁ、早く、早く……」

純子は熱狂した。

これから自分は完全に言いなりになるまで調教されるのだろうと悟ったが、もはや引き返す気もなくなっていた。

2

一月十日。

芽衣子は青南芸術大学の総務部広報課の職員として採用され着任した。

高層ビルなど一切ない光浦町の広い空は曇りがちで、地を覆う雪とあわせて、町全体がホワイトアウトしているように見えた。

津軽弁のヒアリングは聞きしに勝る難解さだ。

新青森駅を降りた瞬間から、辺りの会話がまったく聞き取れなかった。ローカル線を乗り継いで、光浦町にたどり着いた。

東京駅から新幹線で新青森駅までの乗車時間と、そこから光浦町駅までに要する時間は、ほぼ同じだった。

光浦町は鄙びた港町だ。

山神学園グループは何故この地に総合芸術大学を開学しようとしたのだろうか。さまざまな資料を精読したが、そのどこにも青森県が特に積極的に誘致したという記述はなかった。大学経営に実績のある山神秀憲が、約十年前から文科省に、この地に芸大を設置したいと願い出て、その三年後に認可を受けている。

東北六県には私立の芸術系大学は一校しかなく、国や県の出資を受けずに、単独資本で開学可能とする姿勢が評価されたようだ。

県有地の払い下げを受けたが、その価格は妥当である。地元政界との癒着も見受けられなかった。山神と地元の橋渡し役になったのは、文科省である。

大学のホームページには『本学のキャンパスは白いキャンバス』とある。

土地代の安価な雪国の町をあえて狙ったということか。

おそらくそれだけではない理由があるはずだ。それを探るのが任務だ。

地元の反応はすこぶる良い。

『県外からの学生も増えて、農家や漁師が、空いている土地に続々とアパートやマンションを建てて定期収入を得られるようになりました。自然災害の影響を受けないアパート経営は、第一次産業の多かった光浦の町民にとっては大助かりですよ』

ネットで契約した大学に近いマンションの鍵を受け取るために訪問した不動産店の店主は、破顔しながらそう話してくれた。

多くの教職員も転居してきたので、大学の周囲にはかなりマンションが増えたのだそうだ。

七年目にして青南芸術大学は、地元にしっかり根を下ろし始めているようであった。

総務部は十六人の職員で運営されていた。総務課五名、経理課四名、人事課四名、広報課三名だ。

芽衣子は欠員のあった広報課員として雷通からの推薦で入校したのだが、推薦者はあえて民自党の副幹事長からも理事長に電話させていた。元文科省副大臣経験者だ。ダメ押し的なプッシュである。

「今村さんは、雷通で企業PRを専門としていました。本学の知名度アップ、イメージアップに大いに役立つことでしょう」

入校に際して総務部長の結城正樹に高々と持ち上げられた。芽衣子は初心を装い、照れ笑いを浮かべて見せた。昨日のことだ。

ほとんどの職員が山神学園グループの首都圏にある別の大学からの転勤者なので、標準語で会話していた。

芽衣子にとってこれは救いであった。

ヒアリング可能な言語だ。

昨日はほぼ一日、総務課の女性職員の案内で学内の施設を回った。さすが過疎地に建設しただけあって、広大なキャンパスであった。

青南芸術大学は、音楽学部、美術学部、文芸学部、映画学部、演劇学部の五学部を擁する総合芸術大学である。私学では珍しい存在である。

キャンパスは空から見ると星形に見えるような五角形になっている。

函館の五稜郭（ごりょうかく）や米国防総省（ペンタゴン）のような形で、背後に向けて突き出るようになっている。周囲は城壁のような塀。高さは五メートルほどだ。

キャンパスの中心に巨大な円形池があった。ちょうど星の中央部だ。池の中央に高さ十メートルほどの時計台が建っていた。

一九七〇年の大阪万博の際に建てられた『太陽の塔』を模したような時計台だ。こちらは『氷柱（つらら）の時計台』と名付けられている。

時計台を囲むように噴水があがる。

五学部はそれぞれ五角のひとつずつに分かれており、主要棟の周辺に関連施設が立てられていた。

例えば音楽学部は防音設備の整った器楽演奏棟や音楽堂。

美術学部は様々な工芸品を制作するための板金や溶接が可能な制作棟。これなどは大手製造メーカーの工場のようだ。

映画学部の一角には、大活映画の調布撮影所の古びたスタジオなどとは、比較にならない最新設備が整った蒲鉾（かまぼこ）形スタジオがあった。

「理事長は、この光浦町を二十年がかりで、世界に稀（まれ）な芸術都市にしたいといっているんですよ」

案内してくれた総務課の松平琴美（まつだいらことみ）が、池の周りを歩きながらそう語った。中年女性だ。

二年前までは同じグループの『横須賀栄養大学』の総務課に勤務していたそうだ。山神学園は他に『八王子工業大学』と『佐世保海洋大学』を運営している。

ベテラン職員らしく、後一年で横須賀に戻るのだという。

「グループ間での異動は多いんですか」

芽衣子は訊いた。

「他の三大学はすべて創立から二十年が経っていますから、職員や教員の異動はほとんどありません。むしろ偏差値を上げることを競っているような感じですね。青南だけは、二年前にようやく卒業生を出したばかりなので、職員は三大学から集められて、徐々に今村さんのような新しい方に引き継いでいくわけです」

「そちらも地元の方は採用しないのですか」

「徐々に増えています。まずは卒業生の中からの採用です。地元での雇用創出もひとつの役目ですからね。早くバトンを渡したいです」

松平は最後に本音を言った。

芽衣子の歓迎会は、四月に改めてということだった。新型コロナウイルスがまだ完全には収束していないので、いまだ宴会は自粛しているのだそうだ。

おかげで一日目は、早々に帰宅することができた。

大活映画で、年末年始にかけて集中的に映画と広報の知識は叩き込んだものの、まだまだ完全に体に入っているとは言えない。

空いている時間は資料読みや役作りに励みたい。

住まいは大学から歩いて十五分ぐらいの位置にある小高い丘の上のマンションを借りた。二年前にできたばかりということでまだ真新しさが残っていた。

ベランダ側の窓から大学が見えた。

夜は暗くて五角形の輪郭は見えないが、中央の池だけは円周に沿ってライトが点灯している。雪景色の中では幻想的だ。

芽衣子のマンションからは舞い降りたUFOに見えた。

そして時折、七色にライトアップした噴水を上げるのだそうだ。

芽衣子は昨夜の午後八時にライトアップされた噴水を見た。今年最初の講義日だかららしい。

想像していたよりも壮観だった。

海沿いの平野部に高さ十メートルの美しい塔が建っているように見えた。日本海からは、灯台のように見えるのではないか。

さて、講師の棒田純子はどこに消えた？

初日には、学内では話題に出ていなかった。

これは婉曲に探るしかあるまい。

3

理事長室はマホガニーの調度で統一されていた。巨大な木製机は米国大統領の執務机を連想させる。

「初めまして今村明子です。昨年まで雷通におりました。精一杯、勤めますので、よろしくお願いいたします」

芽衣子は型通りの挨拶をした。

「腕の立つ広報担当者を探していたんだ。雷通の川崎さんと民自党の丸川先生の推薦だ、期待できるな。こんな雪国に来てくれて感謝するよ」

机に座ったままの山神秀憲が親指を突き上げた。

口髭を生やしている恰幅のよい男だ。その巨体をダブルのスーツに包んでいる。ゴルフのし過ぎではないのかと思うほどよく日に焼けた顔をしていた。

一時代前の実業家か極道のようないでたちではあったが、それが妙にさまになっている男だった。背中から侠気のようなものがたちのぼっているのも、やはり一世代前の実業家の雰囲気を醸し出している。今どきのTシャツに細身のジーンズが似合う経営者とは根本的に違って見える。脂ぎっているのだ。

「しかし、私もまだ大学の広報は初めてです。企業広報でも、営利目的は極力隠し、理念を全面的に打ち出すことになりますが、それとは別に商品訴求の広告活動があるからです。大学のような教育機関の場合、理念をさらに強く打ち出さねばならないのでしょうか」

原則論を語ってみた。

「いや、あまり理念、理念と堅苦しくならないほうがいい。俺は大学はエンタテインメントのひとつでいいと思っている。とくに芸術大学はな。芸術はエンタテインメントとして成功して初めて、大衆に支持されるものだよ。孤高の芸術家よりも大衆に愛されるアーティスト、いやアルチザンでもよいのかもしれない」

山神は教育をビジネスとして割り切っている。そんな感じだった。およそ過激な全体主義者の印象はない。

「わかりました。私のほうが大学の広報とあって気負っていたのかもしれません。企業と同じように、ブランド力の向上に努めることを最優先させます」

「さすがは飲み込みが早いな。その通りだ。そのブランドイメージでこの大学がグローバルであることを印象付けて欲しい。芸大だからこそ可能なのだと思う。アートに国境はないみたいな、そんな感じだ。今現在、本学は地方都市のFランク大学でしかない。だが外国人留学生を増やすことによって、新たな価値観が生まれる。首都圏でのプロモーションでは、目の前の高校生だけではなく、外国人に向けたアプローチを図って欲しい」

教育理念はなくとも、企業としてのイメージ戦略にははっきりした意見をもっている。

「承知しました」

「学生募集担当の森川君と共同でやってくれ。実務的なアドバイスは彼がしてくれる」

山神は執務机の上にあった木製の葉巻ケースを開けた。ハバナではさんざん葉巻を吸う男を見かけたが、いまどき、日本で勤務中に煙草はおろか葉巻を吸うものなど珍しい。

そう思って山神の手元を見ていると、彼が笑った。

「常識はあるつもりだ。こいつは葉巻の形をした電子煙草だが、蒸気しか出ない。ニコチンもタールも出ない。受動喫煙にはならんから安心してくれ」

人を食ったような笑顔をして、天井を向いて蒸気を思い切り吹き上げた。

——試している。

と芽衣子は感じた。

この場合、思い切り驚いてみせるのがいい。

「本当に何も匂いませんね」

と鼻を動かし、目を丸めてみせた。

「では、さっそく頼む」

山神は蒸気を吐きながら、デスクの脇に置いてあった携帯電話を取った。辞去するタイミングだった。芽衣子は一礼して下がった。

長い廊下を歩いて総務部に戻ると森川真太郎（しんたろう）がすぐに立ち上がった。

「いま理事長から僕に電話があった。受験者募集の案を今村さんと練るようにということだ」

背が高く彫りの深い顔立ちの男だった。三十歳ぐらいか。

今村明子の設定は二十八歳だ。下手（したて）に出るべきだ。

「私もたったいま理事長から森川さんと組むように言われました。すぐに打ち合わせできますか」

「うん。学内を歩きながらどうだろう。そのほうが何か閃（ひらめ）くかもしれない」

「お願いします」

ふたりでキャンパスに出た。

円形池の前に立つ。

今日は青空が広がり日差しはあるが気温はせいぜい二度。黒のダウンコートを着てきたが、それでもじっとしていると凍えそうだ。

「さて、どこから行くか」

森川が池の前にある校内マップの看板を眺めながら言う。言葉がそのまま氷結して、パラパラとこぼれ落ちそうだ。

各学部の敷地は、それぞれ五角形の一角に存在するが、円形池が、その中心となっている。

☆の尖端が音楽学部。真右の角が演劇学部で真左が映画学部だ。右下が美術学部で左下が文芸学部とある。

オフィス棟は、音楽学部と池の間にある。

「もっともウリにしたい学部はどこですか？」

芽衣子は足踏みをしながら訊いた。

「それは映画学部と演劇学部だよ。音大や美大は他にも有名大学がたくさんある。文芸学部も他大学の文学部と大きくは変わらない。いくら有名な教授を引っ張ってきてもなかなか偏差値を上げる手立てがないのが現状だね」

「そうかもしれませんね」

「だが映画学部と演劇学部は全国でも開設している大学は少ない。今村さんが中退したN大学の芸術学部と大阪の芸術大学ぐらいだ」

「映画や演劇を専門学校ではなく正式な大学で学びたい人は、目指す大学が限られているわけですね」

「そのとおり。そこにわが校のアドバンテージがある。おかげで、この二つの学部の偏差値も昨年から五十にまで上がった。映画や演劇を東北の雪国で学ぶのも悪くないと考える受験生が増えたということだ。正直、他の学部は受験さえすればほとんど合格するけど」

森川がきっぱり言った。吐く息が白い。

「それならば、その二学部の実技をしている様子を見学させてもらえませんか」

「よし。それなら演劇から行こう。創作ダンス学科の実習があるはずだ」

森川が円形池の中央にある大きな時計台を見上げながら言った。

「立派な時計台ですね。なにかのモニュメントですか」

芽衣子は訊いた。

「開学モニュメントさ。美術学部の奈良谷隆太教授が制作した。卒業式や入学式、その他記念式典がある場合は、映画学部と演劇学部演出学科の学生が実習を兼ねたライトアップをする」

森川が演劇学部のある敷地に向かって歩き出した。

「昨日マンションの窓から、噴水のライトアップを見ました。とても素敵でした」

「理事長の方針でね、とにかく目立つことを考えている。コロナが蔓延していた時期には、危険度を知らせるために時計台の色を信号にかえたこともある。地元の陸奥テレビが報道してそれが全国ネットで流れたこともある。いい宣伝になった」

森川がザクザクと雪道を進んでいく。

演劇学部の実習棟に案内された。ここも蒲鉾形になっている。

「映画学部の撮影実習スタジオもそうでしたが、飛行機の格納庫のような造りが多いですね」

実際、音楽堂や工場のような制作棟も蒲鉾形だった。このキャンパスは、どこか軍用基地を思わせる造りだ。

訊くと森川が片眉を僅(わず)かに吊り上げた。

「雪が自然に落ちるようにしているんだよ。他のフラットな屋根の棟はいずれも無落雪式屋根になっている」

「無落雪式屋根？」

芽衣子は首を傾(かし)げた。

「屋根の内側にヒーターを施していて、自然に融雪するようになっている。そのぶん電気代を食うので、実習棟系は蒲鉾形の屋根にして雪が自然に左右に落ちるようにしているんだよ。この辺に多いトタン張りの三角屋根よりも、緩やかに落下する。とはいえ脇を歩くときは注意してくれ。まぁ、東京に住んでいる人にはわからないだろうな」

森川が冷ややかな顔をした。そんな予備知識もなく赴任してきたのか、という眼である。

「すみません。納得しました」

創作ダンス実習棟の扉を開けると、いきなり爆音のようなヒップホップミュージックに身体が吹き飛ばされそうになる。

轟音は一種の兵器でもある。

芽衣子は耳を押さえながら森川に続いて中に入った。

優に三百平方メートルはある広いレッスン室だ。

磨き抜かれたフロア上に、滑り止めのマットが敷いてある。そのうえで男女三十人ほどの学生が揃って演舞をしている。

キレのある動きだ。

プロのダンサーとほとんど変わらないような上手さだが、芽衣子の眼にはダンスとは違うような動きにも見えた。

空手のように手を突き出したり、回し蹴りのようなポーズもある。

リズムに乗って動く学生たちの表情は険しく、その肉体は極限まで引き締められているのだ。指導している教官は手拍子をしながら、険しい表情で、学生たちを睨みつけている。

四十歳ぐらいの筋骨隆々とした教官だ。

まるで軍事教練だ。

「凄いですね。まるで武闘家のようです。『ダンスは舞踏か？　武闘か』。そんなキャッチフレーズはどうでしょう」

芽衣子は尻ポケットから電子メモパッドを取り出し書いて見せた。

「それいいね。理事長もきっと喜ぶ。実際、競技会に臨むことは、戦場に向かうようなものだと、教官は教えているからね」

森川が親指を立てた。

「さぁ、フィニッシュを決めろ！」

教官がメガホンで叫ぶ。

男女がさっと六人ほどのチームに分かれ五方向に飛び上がった。おそらく俯瞰すると☆の隊形だ。

学生ダンサーたちは空中でくるりと向きを変え、右足を大きく伸ばす。

——ローリング・ソバット？

芽衣子は胸底で唸った。

完全にダンスを超えている。あれは、プロレスやキックボクシングの必殺技『空中後ろ回し蹴り（ローリング・ソバット）』と同じ動きだ。

五方向でダンッと着地する音がした。着地が全員同時に決まっていた。見ていて感服する。

「ＯＫ！」

教官が手を叩くと、三十人が一斉にランニングし、元の隊形に戻った。その機敏さは、まるで軍隊のようだった。

「鮮やかすぎて見惚（みと）れてしまいますね。ダンサーって体操選手のようでもあるんですね」

より本音をいえば兵士のようなのだ。

芸大というよりも体育大学。そんな感じだ。

「俺が思うに、創作ダンス学科の学生はほとんどがダンサーというよりアスリートだ。事実、高校時代は運動部に所属していた者が多い」

「そうでしょうね」

演劇学部の実習棟を出ると、外には雪が舞い始めていた。粉雪のようだ。綿菓子のようにふわふわと降りてくる。森川はそのまま歩いていく。芽衣子も続いた。

ダウンジャケットの襟を立て、襟元をしっかり閉めた。

「山神理事長は、芸大の選手が国体で上位に食い込んだり、オリンピック選手が生まれることを本気で願っている。エンタテインメントには意外性が欠かせないというのが持論だ」

森川が薄ら笑いを浮かべた。意味ありげだ。

「それは世間をあっと言わせますね」

「そう、いまにうちの大学が世間をあっと言わせることになる」

森川は今度は高らかに笑った。

「楽しみです。私も一緒にその景色を見たいものです」

「そんな理事長の方針から本学では体育会系の部活が盛んだ」

「雪国の大学ですから、スキーやスノボは人気でしょうね」

キャンパスを歩く学生にスノボを手をにしている者が多かった。

「サンボ同好会というのもある」

「それはまた意外ですね。格闘技ですか」

聞いて少し驚いた。サンボはロシアの工作員が得意とする格闘技だ。芽衣子も当然格闘技には覚えがある。公安刑事の訓練で受けたのは柔道だが、芽衣子は独自にブラジルのグレイシー柔術を学んだ。

「そう、この大学は意外性に溢れている」

森川がじっとこちらの眼を覗き込んでくる。芽衣子の背中に緊張が走った。ほんの一瞬だが森川の眼から殺気が感じられたのだ。

「ドキドキしちゃうわ」

殺気にはまったく気づかぬ体で、芽衣子は眼を輝かせてみせた。いなしと気づかれねばよいが。

「次は映画学部の野外撮影実習を見学しよう。今日の実習はかなり迫力があると聞いている」

森川が頭に付着した雪を払いくるりと背を向けた。

吹雪ではなく、ひらひらと舞う雪は実に幻想的だ。

映画学部のエリアへ入るとすぐに蒲鉾形の撮影スタジオが見えてきた。そのスタジオの前に、黒い人影や大型カメラ、高価そうな照明がいくつも立っている。

屋外撮影（オープンロケ）だ。

隅には機材が並んだ机を囲む透明ビニールのテントまであった。

「ちゃんとテントのベースを作っているんですね」

ベースとは複数のカメラのモニターや音声、照明、特殊効果のリモコンなどさまざまな機器が並ぶ、スタジオのコントロールルームをコンパクトにしたようなテント小屋だ。

さっそく大活映画で仕入れた知識が役立った。

そこにエンジニア系のスタッフたちが固まって座るのだ。最近では、ここでモニターを見ながら指示をする監督も増えたそうだ。

役者の演技を直接指導するのではなく、あくまでも映像の中の動きを重視する監督たちだ。

「シーン7。爆破」

監督担当の学生の声がする。爆破シーンとはかなり本格的な撮影のようだ。

「今日は『特殊効果』の実習だそうだ。美術学部や演劇学部と合同で行っている」

森川は足踏みをしながら言っている。じっとしていると寒さが身に染みるのだ。芽衣子も真似た。

「それぞれの学部はどんなふうに連携を？」

「簡単だよ。スタッフは映画学部の演出学科。キャストは演劇学部だ。特殊効果の火薬なんかは美術学部の工芸学科の学生が作っている」

「大学全体で映画を作っている感じですね。爆破にはどんな火薬を使うんですか」

芽衣子はさりげなく訊いた。もしこの大学にテロリストがいるとすれば奪われる可能性がある。

「市販の花火を加工して使用している。もちろん火薬の量については教員が、適量に指導をしているさ。実際の破壊力よりも炎や煙を映像の中でいかに本物らしく見せるかが、学部生の課題だ。ここは芸大で、自衛隊じゃないからな」

「そうですよね。ここ、自衛隊じゃないですよね」

芽衣子は笑ってみせた。内心では、隠れ基地への疑惑がさらに膨らんでいる。学内の施設や動きを見るほどに、胸がざわついてくる。

「ここには来ていないが、当然サウンドトラックは音楽学部が受け持つ。音楽学部の作曲学科と器楽学科の連携だ」

それぞれの学部が有機的に構成されているということだ。

森川と共に撮影現場に近づいていった。

人間サイズの雪達磨が五メートル間隔で三体置いてあった。本物の雪で作った達磨だ。顔は炭を削って埋めている。

その前にレールが敷かれ、滑車の載ったカメラが行き来していた。

「そこから先は、入らないでください。危険です」

助監督役の学生が叫んだ。

大活映画で知ったプロにたとえれば第四助監督(フォース)にあたる役目だ。

「おっと、ごめんな」

森川が二、三歩退いた。芽衣子は足を止めた。

と、芽衣子たちの二メートルほど前にあった雪達磨が爆発を起こした。頭部が空高く舞い、首から火柱が上がった。続いて黒煙。胴体はそのままだ。

これは相当な量の火薬を使用している。芽衣子は眼を尖らせた。

『近寄るんじゃない』

セリフの文脈は不明だが、テロリスト役のようだ。

黒のダウンにリュックを背負いヘルメットを被った男たち三人が、短機関銃を手にしている。銃身は短いが威力があることで知られるドイツ製のＭＰ５。そのモデルガンのようだ。

テロリストの三人が雪上を走る。

と、レールの上のカメラが空を向いた。

蒲鉾形のスタジオのルーフに赤いライダースーツに身を包んだ女子大生が立っている。

いかにも善玉という感じである。

「彼女は創作ダンス学科三年の荒川未知だ」

森川が耳もとで囁いた。

と彼女が飛び降りる。空中で体を前方に回転させながら、テロリストたちに向かって拳銃を三発撃った。コルトM1911。通称ガバメントだ。銃口からオレンジ色の炎が吹き、硝煙も上がっている。仕掛けが細かい。

拳銃の発射音と同時に、テロリスト役の学生たちの胸や腹から血飛沫があがった。

大げさだ。

実弾ではそんなに派手に血は飛ばない。

創作ダンス学科の荒川未知は、粉雪の山の中に丸めた背中から落下していった。雪山がクッションマットの代わりをしているわけだ。

次の瞬間。

倒れたテロリストのひとりが、片手を高く上げて、リモコンのようなものを押した。

刹那、スピーカーから轟音が響く。

残っていた雪達磨二体が大爆発を起こした。

最初の一体と異なり、胴体も木っ端みじんになって吹っ飛んだ。雪の破片と火花が四方八方に飛び散った。

荒川未知が雪の中から顔を出し、再びテロリストたちを目がけてコルトを撃つ。テロリストたちは、再度、雪の上で何度か身体をジャンプさせた。

「カット！」

そこで監督が声を入れた。

役者たちが立ち上がり雪を払った。

ベースに集まりモニターチェックに入っている。

芽衣子と森川は離れた位置からながめているままだ。

「どうだね？」

森川に顔を覗き込まれた。

「迫力は感じました。けれども胸を撃たれて血を噴き上げた人が、もう一度手を上げてリモコンを押すって、ちょっと無理があるような気がするんですけど」

さすがに芽衣子は正直な感想を言った。

「俺もそう思う。けれどこの撮影は、あくまでも特殊効果の実習だから、シナリオや演技はあんまり関係ないということさ。特殊効果がうまく作動するかがチェックできればいいのだろう」

森川がそう言いビニールテントの方へ歩き出した。

「なんで、テロリストたちのリュックが爆発しなかったんだ？」

テントの中で銀髪の背の高い老人が、エンジニア担当の学生に訊いていた。叱っている風ではない。腕を組んで首を傾げている。

七十歳は超えているように見える。

「映画学部の学部長、米田和樹教授だ」

森川が教えてくれる。

「映画学部のトップということですね」

芽衣子は息を呑んだ。小口から受け取った資料にあった学生運動世代の要注意人物ではないか。そして拉致されたという女性講師もこの教授の部下だったはずだ。

それとなく観察することにする。

「たぶん、演者全員が背中から倒れたので、その時に受信機がはずれたのかと」

エンジニアの学生が走った。

「本橋、受信機を調べてみてくれないか」

そう呼ばれて反対側から別の学生も走ってくる。雪に足を取られて何度か転んでいた。仕掛けの器具を作った工芸学科の学生のようだ。

「米田教授、ちょっとご紹介したいのですが。広報の新しい職員です」

森川が声を掛けた。米田がこちらを向いた。その風貌はどことなくアルベルト・アインシュタインに似ている。研究に没頭しすぎて浮世離れしているような眼である。

――ただし実に絵になる。

芽衣子はそう思った。

「初めまして、今村明子と申します。今年からこちらで働かせていただくことになりました。何卒（なにとぞ）よろしくお願いします」

「米田です。広報に雷通さんから即戦力が入るというのは、教授会でも聞いています。どうか本学の知名度アップに力を入れてください」

教授は寒そうに手を揉んでいた。黒革のブルゾンを着てはいるが、それだけでは温まらないだろう。雪国では見栄えよりも機能性が第一だ。

「はい、それでご相談があるのですが」

芽衣子は唐突に切り出した。森川が驚いたような顔をしている。そこに学生が駆け寄ってきた。

「教授、やはり受信機が潰れていました。すみません」

工芸学科の学生が頭を掻きながら言っている。

「それならば、もっと頑丈な装置にするようにしてください。それと演技学科の三人は、倒れる際に、リュックに入っている効果装置のことを忘れないようにしてください」

プロの現場ならば、監督は怒鳴り散らすところだが、米田は、丁寧に学生たちに伝えている。伝え終わると芽衣子に向き直った。

「今村さん、すぐそこが私の研究室です。中で珈琲でも飲まないと、手がかじかんでしまいます」

米田は映画学部の棟に向かい、さっさと歩き始めてしまった。芽衣子と森川が後を追う。

学部長室は三階にあった。

理事長室とは違い、いかにも研究者の部屋らしく窓以外の壁はすべて書棚で、そこには映画や芸術に関する書籍がびっしり並んでいた。

それどころか棚に入りきらない書物が、打ち合わせ用のテーブルや床にまで積み上げられていた。

さらに教授のデスクやその周りには十台ものパソコンが並んでいる。メインの一台はデスクトップ型でその左右はノートパソコンだ。

助手が珈琲を淹れる間、芽衣子は何気なくそのパソコンを眺めていた。

「映像の編集用に並べてあるんだよ。昔と違って、映画もいまはテレビと同じように複数のカメラで撮るようになった。それぞれのカメラで撮った映像を同時に流して、気に入ったアングルを拾い上げていき、正面のデスクトップで繋ぎ合わせる。私はいまだに、自分の作品は自分で編集している。学生たちにも編集をＡＩに任せないように教えている。芸術は合理性の追求ではなく、人の手で創る物だからね。私は『フィルムギルド』という映画制作会社で監督をやっていた頃から、編集は自分でやっていたものだ。最近の学生は演技指導やアングルを決めるのだけが、監督の仕事だと思っているから困る」

米田が銀髪を掻き上げながらそう言って笑った。

大活映画では編集は、監督から独立した分野として存在していると教えられたのでとまどったが、分業があたりまえの商業映画と、芸術性を追求する独立映画会社との違いであろうと判断した。

「ただいま仰られた『フィルムギルド』という会社は、現在も存在するのですか？」

芽衣子はあえて憚ることなく聞いた。この教授の現在の心境を知りたい。

「いや『フィルムギルド』は、十年前に解散した。われわれは社会派映画のスタンスを取っていた。それが時流に合わなくなってね。それからはフリーのプロデュース業になった。けれども商業映画にはなじめなくてね。細々とロードムービーなんかを作って食いつないでいた。経済的には苦しかったよ。そんな時に、大学の後輩の山神が拾ってくれたんだよ。この大学が開学するときにね」

助手がマグカップに注いだ珈琲を、持ってきた。

三人ともそのカップで手を温めた。

「ご相談とは他でもありません。広報用の動画にぜひ米田教授にご出演願えないかと」

芽衣子は、いきなり切り出した。

とたんに米田の顔が強張った。

「いや、それはお断りする！　私はメディアの取材なども一切断っている。代わりに、映画実践論の畠山洋輔教授や脚本学の大塚景子教授に対応していただいたらどうだ。ふたりは地元局でも人気者だからね。彼らを起用したらいい。私は研究一筋だ。絶対に広報の動画などには出演せん！」

先ほどの学生に対する接し方とはまったく違う怒鳴るような言い方だった。

驚いたが、ある種の疑いも強くなる。世間に顔を晒したくない事情がありそうだということだ。隠したい何かがあるということではないか。

「わかりました。お気を悪くなされたのなら謝ります。他意はありません。米田教授のお姿がとてもアーティストらしく見えましたので、私の中で閃いただけです。出演依頼は撤回します」

芽衣子はすぐに引き下がった。潜入捜査ではとにかく敵を作らないことだ。敵を作る場合は、あくまでも戦略を立てた上でのことだ。

珈琲を飲み終えるまで、米田の映画に対する思いを聞き、それで退室した。

「すみません。先走りました」

エレベーターが一階に着いたところで芽衣子は森川に謝罪した。

「いや、いちいち募集担当の僕の許可を取る必要はないんだ。広報は広報の考えで動いたらいい」

森川は特に気分を害しているふうでもなかった。

「それにしても教授は頑なでしたね。何か理由でもあるのですかね」

スタジオの方に歩きながら、森川の反応を窺った。まだ撮影は続いているようだった。さきほどスタントマン張りの空中回転を見せていた荒川未知が、再びスタジオ棟のルーフの上に立っている。

「教授がメディアに出たがらない理由なんて、さっぱりわからんよ。だいたい米田教授に限らず芸大の教授というのは、ある種浮世離れした人間なんだ。我々とは感覚が違う。ひとことだけアドバイスしておくと研究者とは、まったく異なる人種だと思って接したほうがいい。その時の気分によって反応がまったく違う。明日頼んだら、ＯＫてこともあるのさ」

森川はあっけらかんと言った。

「芸術家ということですね」

「その通り」

ちょうどスタジオの前を通り過ぎようとした。

芽衣子は左側の顔面に風圧と殺気を感じた。左目の隅に誰かの足底が見えた。条件反射で、体を屈めた。そのまま尻もちをつく。転んだフリだ。

飛んできた足底が空を切り、芽衣子の右側に、荒川未知が倒れ落ちた。

危なくローリング・ソバットを左頬に受けるところだった。

「すみません！　私、跳躍の勢いを間違えて」

踏み固まった雪の上に落下して、しとどに足を打った未知が立てずにいた。

「おいおい、大丈夫かよ」

森川が未知に手を貸してやった。未知は顔面を歪めながら、森川の腕を掴みどうにか立ち上がった。

芽衣子は未知の顔を凝視した。

この女は間違えて飛び過ぎたのではない。

狙ってきたのだ。

第四章　フェイスクラッシャー

1

「青南芸大の棒田さんとは、月に一度は飲む仲だよ。けんど刑事さん、勘違いしねぇでけれよ。俺たちは飲むだけだ。それ以上の関係は一切ねぇ」

陸奥テレビのドキュメンタリー制作部のディレクター三宅哲夫は、雪焼けした赤茶色の顔を崩して笑った。

「最後に会ったのはいつだべ？」

青森県警光浦署の田辺一郎は、行方不明者棒田純子の捜索を続けていた。

青森で撮影した素材を提供してくれる予定だった西本が突然事故死したことや『ボンバーズ・ジャパン』の倉庫火災が、棒田純子の失踪と無縁だとは思えない。

倉庫の火災は漏電が原因と発表されたが、警視庁内の知人情報によれば放火の疑いも捨てきれず、湾岸中央署が、隠密裏に捜査中ということだ。

もし自分が、棒田純子のことを聞き込みに行かなければ、あの日ふたつの事故は起きなかったのではないかとも思う。

そうだとすれば、この失踪事件の根は深い。いったいどんな背景があるのか、田辺は濃厚な闇の奥まで覗き込んでみたくなった。

「十二月十五日でした。年内最後の講義が終わったとのことで、青森に遊びに来ました。いつも自分の車で来るんです。だいたいは青森駅前のビジネスホテルに泊まって翌日帰ります。その日は本町（ほんちょう）の居酒屋で飲みましたね。うちのカメラマンや青都日報（せいとにっぽう）の記者とかも一緒でプチ忘年会でした。一月の講義や実習はなくて、入試の終わった二月中旬に戻ってくるって言ってました。まぁ、東京のひとだはんで一番寒い時期は、いたぐねがったんでねべがな」

陸奥テレビのロビーの打ち合わせテーブルだった。窓の向こう側は広い駐車場だが、吹雪でほとんど車が見えない状態だ。青森は一月が一番吹雪く。

「棒田さんが、光浦でよく行く場所とかしらねが？」

田辺はロビーの自販機で買った缶コーヒーで手を温めながら訊いた。三宅にも一本渡してある。三宅はすでに飲みはじめていた。

「んだなぁ。たいして行ぐどころもねがったと思うけんど、日本海の撮影はよぐやってきただな」

「どこでよ？」

「それは深良浜海浜公園からだべ」

「冬でも撮影するのが？　カメラっていうのは、雪や雨に弱えんでねが？」

「そりゃ、カメラに水分は敵だ。けんどあの公園には東屋があるべ。あそこはカメラマンにとっていいポジションさ」

　その証言をメモした。

「八甲田にもよぐ行ぐって、以前勤めていた会社の同僚には言っていたみたいだが、そのへんのことは聞いたことねぇがね？」

「あぁ、日本海と八甲田を定点撮影しているって言っていだ。八甲田は酸ヶ湯温泉から仙人岳、大岳と上がる北八甲田ルートをよく撮っていたみたいだ。もっとも冬山は撮っていねさ。東京者が行げるのは、せいぜいバリカン山とか整備されたスキー場ぐらいだ」

　三宅は缶コーヒーを飲み終えた。早い。

「いや、地元の者でも雪山は、うっかりすると帰れなくなる。時間貰ってすまながったな。なにか気が付くことがあったら連絡してくれ」

　田辺は名刺を置いて立ち上がった。

「そういえば、棒田さんがね、十一月に八甲田撮影の帰りがけに、バリカン山の入り口で妙なものを見たって言ってだ」

　三宅も立ち上がりながら正面玄関を睨んだ。晴れていれば見えるはずの八甲田山は、いまは吹雪に姿を隠している。その遥か手前にあるバリカン山は不気味に黒ずんで見えた。

「妙なもの？」

「あぁ、サバイバルゲームをしているような男たちば見かけたそうだが、背負(しょ)っているリュックが樽形でやたらでかがったって。どのぐらいでがいのがって聞いたら、ドラム缶ぐらいでかがったって。おらは死体でも入っているんじゃねぇべかと笑っていたんだが。まぁサバゲーもいろんな装備品を持つようになったからな」

「それは貴重な情報だ」

　田辺はその証言もメモをして、陸奥テレビを辞去した。もし彼女が、何かに興味を持って八甲田に入り遭難したのならば、捜索は雪解けまで無理だろう。スキーヤーが偶然遺体を発見してくれたら別だが。

　田辺は毛糸の帽子を被り、吹雪の駐車場に出た。

　十五年落ちのトヨタカローラを慎重に発進させた。

　青森から光浦までは約百十キロ。都会と異なり渋滞はない。田辺は一時間三十分ほどで光浦に戻った。

　到着する頃には空は晴れていた。日暮れ前に見ておきたいと思い、田辺はそのまま海浜公園へ向かった。

浜辺は薄く雪が被っていた。足跡がいくつもありそこからは砂が見えていた。これが陽が沈むと雪は氷結し、銀色一色になる。

東屋があった。田辺も何度も入ったことのある東屋だ。ここだけは屋根に覆われているため雪が被ることがない。大相撲の土俵ぐらいの大きさだ。

なるほどここから撮影していたのか。

田辺は屈みこみ丹念に三十センチ四方ごとに区切って土の上を見て回った。海に向かって右端から左に向かい、一段下がって、今度は左から右に進む。

すでに棒田純子が行方不明になって一か月が経とうとしているが、これといった手がかりはない。そんなときは土の上を這いずりまわるしかないのが刑事である。

腰と太腿の痛みに耐えながら、毛糸の手袋で土に触れながら目を凝らした。ふと目を上げると小学校低学年ぐらいの男の子がこちらを見ている。

不思議そうな顔をしている。

田辺は睨みつけた。子供は泣きそうな顔をして逃げていった。大人げないのはわかっている。

東屋の中央まで辿りついたとき、土に埋まりかけたガラスの破片が見えた。田辺は丁寧にその破片を土から抜いた。

三日月形に割れている。レンズのようでもあり、瓶の欠片のようでもある。田辺には判断がつかない。

とりあえず署に持ち帰って指紋照合だ。

他に手がかりはないかとさらに目を凝らしてあたりをうろついた。

東屋の最後方に近づいたとき、土に埋まったままになっている黒いプラスチックの破片がいくつもあるのを見つけた。

踏みつけられて、土中にめり込んでしまっていたようだ。

田辺は遺跡発掘でもするかのように、土の上に四つん這いになり、丹念にひとつずつ拾い上げた。遠く離れたところから、子供らが並んで田辺を指さしている。

破片は大小三十個ほど散らばっていた。

繋ぎ合わせると何かの形になるようだ。そしてもうひとつドアノブのようなものも発見した。なにか棒田純子に通じるものではあるまいか。

淡い期待が浮かんできた。

署に戻り、これらの破片を繋ぎ合わせてみるか。

ジグソーパズルは嫌いではない。

発見した破片のすべてを拾い集めハンカチに包んだ。さすがに疲れ、拳で腰を叩きながら立ち上がった。

夕陽に照らされた眼前の海が、急に荒れはじめている。岩礁に激突する波はどんどん大きくなり、まるでこの先の捜査に立ちはだかっているようだ。

そう思うほどにファイトが湧いてくるのも刑事の性(さが)だ。

公園の門へ向かう途中、隣接する青南芸大の時計台が見えた。カラフルにライトアップされ、その周りに噴水が上がっている。

さながら発射直前のロケットのようでもある。

田辺はふと足を止めて、その光景を眺めた。

あの大学が開学してから、光浦町は大きく変わったものだ。

まずは町内のいたるところで標準語を耳にするようになった。人口七千人の町にいまや三千人以上もの学生や教職員が移住してきたのだから当然だ。

高齢化が進んでいた町に、若者が集まるようになり、町は昭和三十年代の活気を取り戻したようだ。

ただし町の経済は、大学に依存する傾向がどんどん拡大している。

同時にこの新住民の増加は、徐々に選挙にも影響を及ぼすようになっている。大学側が、教職員を町長選に立てようという動きがあるのだ。

いつの間にか光浦という町が、大学に乗っ取られてしまいそうな、そんな気さえするのだ。

そんなことを考えながら公園の駐車場まで歩き、カローラのドアを開けた。

そういえば棒田純子の車も消えたままだ。

それが、事件ではなく逃避行説を否定できない根拠になっている。本人が運転したままどこかに行ったと考えられるからだ。

田辺は雪道を慎重に運転しながら署に戻った。

すぐに地域係と交通係に顔を出し、棒田純子の所有車について情報をもう一度集めてもらいたいと依頼した。

「田辺さんよ。取りあえず彼女のマンションと海浜公園の周辺に聞き込みはかけておくよ。けんど、ややこしいことにしたぐねぇな。拉致とかそしたらごとになったら、県警から大勢捜査員がやって来て面倒くさいことになるべ。手がかりはねぇて、うやむやにしたほうがいいんじゃねぇべか」

地域係の中村が眉間を扱きながら言う。

総勢五十名の小さな署では連携もうまくいくが、大きな事案を抱えたくないのも本音だ。

「わがっている。手ば尽くしたっていうアリバイづくりだ。頼むじゃよ」

田辺は方便を使った。

交通係も同じ反応だった。不審車なんて出てきて欲しくないのだ。それよりも交通事故死ゼロ記録の延長に躍起だ。交通係でも田辺は方便を使った。

「仮に不審車があっても、報告書には書がねぇさ。たださ、万が一、あったときに見逃しを問い詰められるのもしんどいべ。そん時は俺の書き忘れ、交通係は報告してあった、ってことでどうだべ」

そう伝えると交通係の主任の鈴木(すずき)は親指をたてた。パトカーや白バイ勤務の巡査たちから情報を集めてくれるという。

自分の席に戻り、ハンカチをひろげプラスチックの破片を繋ぎ合わせ始めた。三十分ほどで立体になった。

長方形の枠である。

田辺は首を捻(ひね)った。

ガラスの方もレンズではなさそうだった。光学ガラスではなかった。普通の強化ガラスだ。

棒田純子と関連性があるのかどうかは定かではない。

田辺はインスタントコーヒーを淹れるために給湯室に立った。他にするべき事案があれば、そちらを優先するが、いまのところない。暇だった。

とその時、署内スピーカーからアナウンスが流れる。

「駅前通りで漁師のトラックとオートバイ三台が衝突。オートバイは、大間越街道(おおまごしかいどう)を鯵ヶ沢方面に逃走。緑枠の品川ナンバー、出動、出動」

交通課の席があわただしくなった。緑枠とは排気量二百五十一cc以上のバイクであることを指している。

「東京者かよ。雪を舐めているべ。でかい事故につながらないうちに食い止めねばな」

鈴木が、警察官用のぶ厚い黒革のハーフコートを着こみ飛び出していった。

最近、どういうわけか首都圏の暴走族がよくやってくるようになった。これもまた大学ができたことと関連しているのかもしれない。

2

「新入生募集のPR動画制作やテレビやネットの枠取りもうちは東京の『御園企画』に一本化している。雷通にいた今村さんはそんな零細広告代理店かと拍子抜けするかもしれないが、山神学園グループの学校はここを通すことになっているんだ。社長の三浦真理さんが、理事長と親しい関係でね」

パソコンに向かってPR動画の構成を練っていると、背後から森川がそう言ってきた。御園企画の社長の名刺を置いていく。

「わかりました。私は別に雷通の回し者ではないのでご安心ください。原案に関しては新しいアイディアを捻りだそうと思っていますが、枠買いや実際の制作は既定の会社でかまいません」

芽衣子は答えた。

これは既得権に近いものだろうから入社したばかりの職員が否定すべきことではない。この場合、弁えのある職員だと思われたほうが得策だ。

森川は満足げに頷き、自席に戻っていった。好青年ではあるが、完璧なイエスマンである。

さっそく『御園企画』を検索する。

資本金は一千万円。

所在地は東京港区六本木。乃木坂交差点に近いビルにあった。社員数五名とあるので本当に零細企業だ。

主要取引先の項には『山神学園グループ』の他にも、いくつかの企業名が並んでいた。食品輸入会社『把瑠都貿易』、中古車販売の『イースタンゲイル』、観光ヘリコプター運航会社『レッドインパルス』とある。

いずれも知名度の低い企業ばかりだ。

それらの企業についても詳細を知る必要がある。

社長の三浦真理の経歴を見ると、山神と同じW大学の出身で、元は大手広告代理店『博学社（がくしゃ）』の営業部勤務とある。

それならばテレビやネットの枠買いは『博学社』を通じているのだろう。そうした大手広告代理店の実質傘下にある制作会社は多い。

もう少し詳しく、この会社の営業実態や社長の素性を調べる必要があった。

総務部のデスクからでは、誰が見ているかわからない。

「すみません。ちょっとアイディア探しにキャンパスを歩いてきます」

広報担当の先輩や森川に断り、芽衣子は外に出た。

外は晴れ渡っていた。

雪が降っているときは視界が悪いが、晴れていると今度は日差しが雪に反射して眩（まぶ）しい。雪景色というのは何かと人の目を幻惑するものだ。

芽衣子は眼の上に手を翳しながら、円形池の前まで歩いた。

日本海側の音楽学部に向かって歩く。

歩きながら公安刑事用のスマホを取り出す。こいつのセキュリティは万全だ。ショートメールを打った。あて先は毎朝（まいちょう）新聞社会部の川崎浩二（かわさきこうじ）だ。

【ご無沙汰。六本木にある『御園企画』という広告代理店とそちらは取引はない？】

川崎は公安特殊工作課の情報提供者（エス）だ。すぐに返信があった。

【唐突だな。ちょっと待て】

【悪いわね】

連投する。

【いいんだ。うちは、局長の代からジミーさんの遊軍だ。大手町の新聞社のようにＣＩＡに協力したりはしない。チャットに変えて返事する】

ジミーとは課長の小口稔の現役時代のコードネームだ。

大手新聞社やテレビ局がなんらかの形で諜報機関と手を組んでいるのは、どこの国も同じだ。

警視庁公安部は、全国紙四紙の政治部、経済部、社会部に情報協力者を少なくとも三人ずつ確保している。

ちなみに芽衣子のコードネームは『女豹』。

返事を待ちながら、音楽学部の方へ進んだ。

トランペットやトロンボーンの音が聴こえてくる。器楽学科の学生たちが海に向かって自由演奏しているようだ。

初日にキャンパス巡りをしていたときにその光景も見ている。

器楽学科の学生のために、防音ブースもたくさんあるのだが、同時に管楽器を海に向けて力いっぱい吹けるように、壁に開閉自由な穴を開けてあった。

様々な管楽器の朝顔(ベル)が吹き出せるサイズになっている。

トランペット、トロンボーン、サキソフォン、クラリネット、ホルンなど、楽器に合わせた位置、大きさの穴がスライド式の扉で開閉できる。

終了時はロックする仕組みだ。

時には海に向かって管楽器隊が大合奏するそうだ。さぞかし壮観であろう。

芽衣子はその吹き出し穴が見える位置にまで進んだ。見学のときには中からしか見ていないので、海に臨む外観も確認しておきたかった。

裏側に回り込んだ。塀の向こうには桟橋が延びていて、大型クルーザーが停泊していた。

『ブルーアート号』。

大学の海上撮影実習船だ。資料によればサンロイヤル85FTという船舶だ。全長八十五フィート。船体は大学のシンボルカラーの青と白のツートンに塗られている。

スマホが震えた。

川崎からだ。

【御園企画はうちでも取引はある。全五段や半五段スペースを年間に六回ぐらい打ってくれている。しかも零細ながら直取引だ】

正直驚いた。小規模会社が大手マスコミに一千万円単位の枠買いをするのは、買い手といえどもかなり難しいことで、てっきり社長の出身である『博学社』を通じていると思っていたからだ。

【それは信用取引？】

【いや、証拠金を入れている。現金の余裕があるのか、あるいはクライアントから先受けしているかだろう。証拠金は常に三千万円は入っているそうだ。広告営業部にとっては、小規模会社でも取りっぱぐれのないお得意様ということだ】

要は前払いをしているということだ。

【利息もつかないのに、よく預けっぱなしにしておけるものだわ】

正直な感想を打った。

【利息代わりに提灯記事を書かされているようだ】

社会部の川崎は、いまいましげだ。

【お願い、そのクライアントについてもう少し調べてくれない？　いま私が知りたいのは御園企画のクライアントである青南芸大なの】

【わかった。御園企画絡みの記事を検索すればすぐにわかる】

音楽学部棟の裏側からは、日本海に向かって、様々な楽器の音が鳴っていたが、いつの間にか一曲の演奏になった。曲名までは知らないが行進曲だ。開いた穴から様々な楽器の尖端が突き出ていて、キラキラと輝いて見えた。

聴きながら川崎の返事を待った。

返事は曲が終わらないうちに来た。

【それらしい記事を見つけたぜ。学芸部は学生映画祭の取材では『青南芸術大学』の作品を過大評価している。地方版のレストラン紹介なんかでは、やはり御園企画のクライアントである『把瑠都貿易』という会社の輸入ウォッカをさりげなくカウンターに載せた写真が使われている。一種のステマだ……新聞社として、なんともみっともない話だな】

【青南芸大については何か知らない？】

芽衣子はさりげなく聞いた。もちろんそこにいることなどは伝えない。

【ちょっと待て】

資料を漁(あさ)るのだろう。

芽衣子は、ふたたび音楽学部棟を見上げた。

妙な既視感があった。

脳にぼんやりとある光景が浮かんだ。

トーチカだ。

【理事長はやり手のようだな。ありきたりのことしかわからん】

川崎から返事が来た。

【ありがとう。今度何か特ダネをプレゼントするわ】

芽衣子はチャットを切ろうとした。その時、さらに文字が浮かんだ。

【待て。映画学部の教授、米田和樹。こいつの本名は与根田一樹だぜ。映画監督になって

からは米田和樹にしているがな】

【さすがね。それ自体が特ダネでしょう】

米田が与根田でありW大学時代、学生運動の活動家であったことは、小口からの調査資料にも記されている。

米田は内ゲバが激化していた時代の活動家だ。逮捕歴こそないが叩けばいくらでも埃は出るだろう。

そもそも反体制派を気取った映画制作集団を組織しておきながら、リベラルブームが去ると、博士号を取得して芸術大学の教授に収まるなど、いい加減な男に思えた。しかもW大とは真逆のK大の大学院で学位を受けているところなど、転向もはなはだしく、気に入らない。

【逮捕歴がないからそっちにはデータがないんだろう。与根田は五十年前、ある輪姦事件の容疑者のひとりだった】

【リンチの間違いじゃない？　彼が在学していた時代に内ゲバによる凄惨なリンチ事件があったというわ】

【いや、公安事案の内ゲバリンチ殺人とは違う。刑事部事案の集団レイプだ。結果として決定的な証拠がなく逮捕されなかったが、当時の容疑者のひとりから時効後に口裏合わせがあったというタレコミがあった。三十年後に同じW大で起きたインカレサークルのレイプ事件と似たようなものだ。いまほどネットが発達する前のことで、大事（おおごと）にはなっていないが。我が社の先輩たちが残していった取材ノートにそんな記録が残っていた。そうだとすると、青南芸大にはとんでもない教授がいるっていうことになるな】

これは盲点だった。公安の調査結果にはそんなことは記載されていなかった。小口がそんな重要事項を告げ忘れることはあり得ない。

強姦事案はあくまで刑事部の管轄だ。

公安部と刑事部は今も昔も犬猿の仲だ。現在のように刑事部内に公安の内通者がいなかった時期だったのかもしれない。

内調（サイロ）や公調（ピシア）にもない人的情報（ヒューミント）だ。

この情報はヒットだ。

【俺は、先月から『インカレサークル事件史』という特集を書くために資料をかき集めたから、気づいたのさ】

川崎は自慢げだ。

【事案の概要をもう少し詳しく教えてよ】

芽衣子は、トランペットのベルが突き出た穴を見ながら文字を打ち込んだ。あの穴からマシンガンの銃身が出たとしたら、いったいどうなる？

【映画制作研究会の大学交流会で、性交を拒否した他大学の女性を複数でやっちまったと

いう事件だ】

【最低ね】

【内ゲバでも何でもない、ただのナンパの果ての強制性交さ。与根田は、相手女性から確実に現場にいたとの確証が得られず、逮捕も起訴もされなかった。だが逮捕され服役した仲間たちが、時効成立後に行った我が社との取材で、与根田もその場にいたと証言している。いまから二十年前のことだ】

【記事にしなかったの？】

【被害者女性の感情に配慮したということさ。その女性も六年前に交通事故で他界している。生涯独身だったそうだ。いまこそ再検証するのにいい時期だ。俺は半世紀前のこの輪姦と二〇〇三年のイベントサークル輪姦の対比をやってみるつもりさ】

【共通項はあるのかしら】

まるで別物のように思われた。

【あるさ。学生時代にそんなことをしていた連中が、一流企業に入り、堂々と働いているってことだ。米田もそんなひとりさ】

【それは暴きがいがあるわね】

【五十年前のこともあらたに何かわかったら、連絡する】

川崎は相変わらず正義感に燃えて取材をしているようだ。近頃ではめったにいないタイプの無頼派記者である。

円形池に引き返した。

今度は、演劇学部棟へと向かって歩く。

米田和樹が、そうした事情を抱えているのであれば、マスコミに極力顔を出したがらないのもわかる。

果たして、このことを森川は知っているのだろうか。

いくつかの謎が同時進行で深まってきた。

演劇学部棟が見えてきた。

数人の学生とすれ違う。

学生の九割が県外からの入学者で、海外からの留学生も多い。

特にアジアと東欧出身の学生が多い。チェコ、ハンガリー、ポーランド、ベトナム、マレーシア、中国からの学生だ。

特に演劇学部には多い。

その演劇学部棟へと続く道の左右にはプラタナスの並木がある。雪が被った並木通りは、北欧の都市のような風情である。

演劇学部棟に入り一階の通路を進んだ。どの教室の扉にも小さなガラス窓がついており、中が覗けるようになっている。

気になっていた荒川未知を探す。

創作ダンス学科の実習室を覗いた。アクロバティックなダンスを踊っている一群を未知は椅子に座って見学していた。芽衣子と接触しそうになったジャンプの失敗で足に怪我を負ったままのようだ。

空手のような動きだった。最後に上げる足が完全に回し蹴りだった。二分ほど眺めていると未知と目が合った。鋭い視線を返してくる。

ちょうどその時間の終わりを告げるチャイムが鳴った。

踵（きびす）を返して、出口へ向かおうとすると、実習室から未知が追いかけてきた。

「広報の今村さん、先日は本当にすみませんでした。もしクラッシュしていたらと思うとぞっとします」

「いいえ。撮影現場を横切ろうとした私がいけないのよ。荒川さんの方こそ、容態はどうなの？」

芽衣子は微笑（ほほえ）み返した。

「大丈夫です。捻挫も骨折もしていません。打撲の痛みがまだ残っているので見学にしているだけです。私、スノボでもよく捻挫していますから慣れています」

未知も頬を緩ませた。けれども瞳の奥は冷たい光を放っている。

「荒川さん、スノボやるの？」

「はい。私スノボ同好会ですから」

外に出る。太陽の反射による雪光りはさらに増していた。未知は慣れているのか、すぐにサングラスをかけた。

「ダンスに支障はないの？　素人考えだけど、怪我をする確率が高くなるような気がするんだけど」

「普通に考えるとダメでしょうけど、私は将来、スノーダンサーになりたいんです」

「スノーダンサー？」

円形池に向かって歩きながら訊いた。

「はい。競技者としてのボーダーとかじゃなく、ショーダンサーとしてスキーやスノボを取り入れたダンスをやりたいんです」

「それは凄いわね」

「今村さんは何かスポーツとかやっていないんですか」

未知が訊いてきた。さりげない風を装っているが、瞳の奥に猜疑心が潜んでいるのを、芽衣子は見逃さなかった。

「私は、一年ぐらいボクササイズのジムに通ったことがあるだけ」

咄嗟に小口からもらったプロフィールにないことを言った。多少、反射神経が鋭い理由を作っておいたほうがよいと思ったからだ。

芽衣子は柔剣道の有段者であると同時に、キックボクシングも習得している。本能的にその癖が出てしまう可能性があった。

「もし時間があったら、放課後の映画学部の撮影スタジオを覗いてください。芸大のわりには、体育系の部活がさかんですから。ほとんど同好会ですけどね」

体育系部活が盛んなのは、理事長の方針からだ。キャンパス内の様々な実習施設が、そのまま部活に転用できるように工夫されている。それは総務部の中にいておのずと知った。

「あら、それは見たいわ」

「私たちは映画スタジオの裏側に作ったスロープで練習しています。雪国の強みですね。十二月から二月までは、かなり本格的なスロープをふたつ造れるんですよ。美術学部の学生たちが、雪祭り気分で造ってくれます。スタジオは、撮影実習がない限り、放課後は部活練習に貸してもらえるんです」

「そうなんだ。今日にでも行ってみる」

芽衣子は答えた。

スノボの練習よりも未知そのものに興味があった。

放課後、約束通り、芽衣子はスタジオの裏に見学に行った。

ハーフパイプと呼ばれるU字形スロープと、普通のスロープがあった。ハーフパイプは高さ三メートル長さ二十メートルほどのミニチュアサイズだが、それでも立派な造りだ。

他に雪像がいくつかあった。この辺は芸術大学だ。

スロープから少し離れた位置で、男子学生が数名レスリングのようなことをしていた。レスリングと相撲が混ざったような動きだ。

未知はここでは見学ではなく、実際に滑っていた。本当に怪我はたいしたことがないようだ。

未知の他に十人ぐらいが練習していた。全員が女子だった。ハーフパイプでは、みんな高く飛び、空中で一回転したりしている。

芽衣子は目を見張った。

「みんなダンス学科です」

普通のスロープから勢いよく芽衣子の前に滑り降りてきた未知がザッと音を立てて止まった。

「いや、凄いわ。ハーフパイプなんて生で見るの初めてだから」

「今度やってみてください。用具は予備がいくつもあります」

茶目っ気たっぷりな口調だが唆(そそのか)している眼だ。

「そうね。一度試してみるわ。ウエアとか揃えてくるわね。私、形から入るタイプだから。ねぇ、あの格闘技はなにかしら」

男たちの方を指差した。

「あれはサンボです。映画学部脚本学科の植木陽太君が会長の『サンボ同好会』。彼らもスノボやスキーが好きなので、一緒にゲレンデに出たりします。仲がいいですよ」

と未知が男たちの方へ手を振った。男がひとり走ってくる。大柄で猪首で耳が反った男だった。格闘家のような殺気を漲らせている。

「広報の今村さん。この前私がフェイスクラッシュしそうになってしまった方」

未知が紹介してくれた。

「脚本学科三年の植木です。ダンサーの脚と膝って、結構な凶器ですから、食らったらたまりませんよね」

植木が笑って未知の太腿を指差した。あえて柔らかい表情をつくって殺気を消そうとしているようだ。

「珍しい格闘技ね」

サンボはロシアの格闘技だ。芽衣子は知っていたが惚けた。

「動画の見よう見まねです。もともとプロレスファンなので、遊んでいるだけです。未知にオクトパス・ホールドをかけたりしてます」

オクトパス・ホールドとはプロレス技の卍固めのことだ。

「またかけて欲しいわ。私もやり返す」

未知が笑いながら、芽衣子の眼を覗き込んできた。

カマをかけられている。そう直感した。

「それどんな技なんですか？」

芽衣子は惚けとおした。格闘技のことなど何も知らない振りをしなければならない。そして卍固めを掛け合う男女は、かなり深い仲だと疑うべきだ。

「こんど、見せてあげますよ」

植木は軽く会釈し、サンボの技をかけあっている男たちの方へ、駆けていった。

芽衣子はしばらくスノボの練習を見ていた。

五人の女子が一斉に空へ飛ぶ様子などは壮観だった。

そして空中で彼女たちはスノボを履いたまま、蹴りを見舞うようなポーズを何度も取っている。なんとも不気味なポーズだ。

そのときポケットの中でスマホが震えた。見るとふたたび川崎からだった。

【『御園企画』だが、資金が潤沢な理由が分かった。金主は『山神学園グループ』そのものだぜ。広告制作費や媒体購入費の名目で前払いしているんだ。それも実際の請求額より額が多い。これは事実上の子会社だな。税金逃れのためともいえる】

【なるほど。買掛金にした利益隠しね】

芽衣子はすぐに打ち返した。

【それだけでもない。御園企画はメディアに先払いして提灯記事を書かせるだけではなく、

山神学園グループにまったく関係ないクライアント企業にも融資をしている】

これはスキャンダルだ。

【それらの企業は事実上の山神学園グループということも考えられるわね】

輸入車の中古販売会社や貿易会社、観光ヘリコプター運航会社、それらが実質、山神学園グループだとしたら、御園企画を通じた迂回融資となる。

【その辺を調べさせてもらう】

【わかったことは、すぐに記事にせず先に教えてちょうだい。国家の安全保障の問題がありそうなの】

【そうじゃなきゃ、記者(ブンヤ)の俺にわざわざ調べさせねぇだろう。了解だ】

川崎とのチャットを終えた。

なにかこの大学には得体のしれない闇がある。

映画学部の講師、棒田純子は、いったいどこに消えた？

3

警視庁組対五課準暴力団担当の古泉直也は、江東区の豊洲(とよす)にいた。一月下旬の夕方のことだ。

『三原モーターズ』。

広い敷地を持つ自動車修理工場だ。ずかずかと足を踏み入れると、ずらりとＳＵＶが並んでいた。

旧式のランドローバーとクライスラーのチェロキーが多いが、数台のアフトヴァース社のＳＵＶも混じっている。日本では馴染みの薄いロシアの自動車メーカーだ。歌舞伎町のロシアンマフィアが乗っていたことがあるので、取りあえず記憶していた。馴染みが薄いので、古泉には年式がわからなかった。こんな車に乗っているのはロシア大使館員くらいではないだろうか。

念のためナンバーを控える。ＳＵＶの車列の中に入り、スーツのズボンのベルトを緩める。ナンバーを控えたメモ用紙をトランクスの内側、陰毛の上に絆創膏で貼って隠す。職業柄絆創膏は常に持って歩いている。開いたままのステンカラーコートのボタンをきちんとはめなおし、車列の前に戻る。

ハンチング帽も目深に被りなおした。

またもや見慣れない黒の高級セダンがあった。第一汽車の紅旗ＬＳ５だ。中国の要人が乗る車として、ニュースでよく見る。

ロシア車と中国車が置いてある修理工場は珍しい。

「おっさん、ここは中古車販売店じゃないんだ。勝手にうろうろされたら困るな」

ヤードの隅にある工場から背の高いスキンヘッドに口髭を生やした男が出てきた。

「斗真（とうま）、久しぶりだな」

古泉はハンチングの鍔を上げた。

「げっ。刑事が何しにきやがった。俺はもう堅気だぜ」

三原斗真が片眉を吊り上げた。

解散したはずの半グレ集団『ジゼル』の元総長だ。

この男、入店を断られた六本木のクラブのエントランスに灯油を撒いて火を放った前科がある。そのクラブは『城南連合』の連中のたまり場だった。

城南連合の下っ端の対応が早く、エントランスの床が燃えただけで、被害者が出なかったのはたまたまだった。

もし燃え広がっていたら、現場にいた百人近い客が、一酸化炭素中毒で死亡した可能性がある。

それにもかかわらず二年半の懲役刑に、三年の執行猶予がついた。ついた弁護士が凄腕だったせいだ。

猶予が明けるにはまだ一年ある。

「世間話でもしようと思ってよ。極悪非道の男のその後の更生を見届けるのも刑事の任務でな」

古泉はコートのポケットから煙草を取り出した。ラッキーストライクだ。オイルライターのホイールを回して火を付ける。

「額に汗して働いていますよ。ジゼルもパンクしちまったしね」

斗真はちらりと修理場の方を見た。ブルーのツナギを着た目つきの悪い男たちが、黒いメルセデスのSUVのリフトを上げ、タイヤの交換をしているところだった。四人いたがいずれもスキンヘッドだ。その連中に斗真が目配せした。男たちは作業を中断し、奥へと引き上げていく。

「その懸命に働いているという修理場を見せてくれるか」

古泉は勝手に修理工場の方へと歩き出した。

「令状もなしに勝手に入るな！」

斗真が前に飛び出し、立ちはだかった。

「その態度は都合が悪いことがあるってことだな。シャブでも放り込んで、現行犯逮捕でも食らわせてやろうか。十年は出られなくなるぞ」

古泉は斗真を睨みつけた。斗真も眼に力を込めている。

「最低なやり方だな」

斗真が折れた。

修理工場はよく片付いていた。しっかり仕事をしている証拠だ。働かない者ほど、仕事場は荒れているものだ。刑事のデスクも似ている。

古泉は新品に替えられたタイヤを凝視した。ゴムの表面に無数に鋲（びょう）が打ってある。フランスメーカーのタイヤだ。

「今どきスパイクタイヤとは、どこを走る気だ？」

リフトで浮いたタイヤを叩きながら、斗真の目を見た。

「依頼主に言われた通りやっているだけだ。うちは下請けだ。所有者の事情なんか知るか」

斗真の目が泳いでいる。

「車検証を確認させてもらう」

古泉はグローブボックスを開けた。

所有者は『株式会社イースタンゲイル』とあった。古泉の記憶にある社名だった。すぐにスマホで撮影する。

「この会社は？」

「輸入車専門の中古車販売会社さ。うちはオークションで競り落とした車の整備を請け負っているだけだ。チューンアップするのが俺らの仕事で、用途までは知らねぇよ」

斗真は吐き捨てるように言った。これは嘘ではなさそうだ。

「スパイクタイヤじゃ積雪道以外は走れないよなぁ。それだけで違反だ」

八〇年代までは北海道や東北地方では、冬になるとスパイクタイヤが当たり前だった。だが、雪が完全に溶けるまでアスファルトの上をスパイクのまま走行したため、雪国各地で粉塵被害が発生し、その後規制が進んだ。現在、日本国内のタイヤメーカーはスパイクタイヤの製造はしていない。代わりに登場したのがスタッドレスタイヤだが、スパイクほどのグリップ力はない。

「だから、用途までは知らないって言っているだろう。ここに持ち込まれるときには、ノーマルタイヤで自走してくるが、俺らがスパイクに替えた後は、大型トラックに載せて青山の『イースタンゲイル』まで運ぶんだ。納車した後のことまで知らんよ」

斗真はまくし立てている。

古泉は無視して工場内を歩き回った。隅にタイヤが五十本ほど積みあがっている。いずれもスパイクだ。

表に並んでいるメルセデスやランドローバーのすべてをスパイクに替えると思った方がよさそうだ。

「戦争でも始める気か？」

タイヤを睨んだまま訊いた。

「勘弁してくれよ。いまの俺はただの修理工だぜ」

「いま、大型トラックと言ったよな。それは首都高で急ブレーキを踏んだトラックじゃないのか」

古泉は振り返った。

「それで来たのかよ。追突されたのはこっちだ。コーナーでブレーキングするのは普通だろうよ」

弁明する斗真の顔色が変わっていた。

「追突した小型車は、数台のバイクに煽られていた。それで振り切ろうとしたところを、いきなり前を塞がれた。お前らが、気に入らない相手を潰すときの常套手段じゃないかよ」

古泉は積み上げられたタイヤの山を蹴り上げた。

「妙な因縁つけるなよ。相手は過労運転だったそうじゃないか。ぶつけた運転手が働いていた『ボンバーズ・ジャパン』という会社も、前方不注意という警察の見解を認めて、こっちの修理費を全額負担するということで合意しているんだぜ。もう事故処理は済んでいるんだよ。保険金もすでに振り込まれている。昔の俺なら、ドライバーの精神的苦痛とか休業費用だとか、いろいろ付け加えて、別に慰謝料をふんだくっただろうが、いまは素直に修理代だけで示談を成立させている。紳士的にやっているんだ。あんた妙な言いがかりをつけないでくれよ」

逆にそれが不思議だった。追突された割には素直すぎる。

「本当は頭にきていたから、倉庫に火を付けたんじゃないのか？『ボンバーズ・ジャパン』の燃えている投稿動画の中に、バイクが数台映っているんだよ。調べたらバイクの所有者は、元ジゼルの早瀬（はやせ）だった。行方不明になっているけどな。どういうこった？」

いっきに切り込んだ。

「難癖もいいところだ。早瀬とはとっくに縁が切れている」

斗真の語尾が揺れていた。

「バイクが、台場で消えているんだよ。警視庁自慢のNシステムにも、民間の防犯カメラにも、映っていない。火災現場の付近の投稿動画には映っているのにな。それでピンときたよ。海を使ったな、と」

台場から豊洲まではプレジャーボートなら十分で着く。古泉は、そこで斗真に揺さぶりをかけに来たのだ。

「あんたアクション映画の見過ぎだよ。金にもならないことをやらねぇよ」

「だから、聞きに来たんだよ。おまえ、どことつるんでいる？」

確証は何もない。煙草の煙を吐いた。

『ボンバーズ・ジャパン』が裏で脅迫されているという事実もなかった。それだけに古泉は気になったのだ。元半グレのトップにしては手ぬる過ぎる。

斗真は黙り込んだ。向こうも、こちらの手を読んでいる気配だ。十五歳から少年院を出たり入ったりしてきた男だ。警察との駆け引きには慣れている。

古泉はリスク覚悟でもう一歩踏み込んだ。

「お前の六本木での放火事件、すげえ弁護士がついたよなぁ。神崎重四郎(かんざきじゅうしろう)。大手広告代理店『博学社』の顧問弁護士だ。おまえどうやって知り合ったんだよ」

その言葉に斗真の眦(まなじり)が微(かす)かに動く。

古泉は、神崎重四郎が顧問を引き受けている法人の一覧を頭に叩き込んで来ていた。さっき見た車検証記載の『イースタンゲイル』もその中の一社だったのだ。

「それがどうしました？　クラブで遊んでいた時代に『イースタンゲイル』の社長と知り合ったんですよ。これからはちゃんと働くという条件の下で、神崎先生をつけてもらいました。はい、この修理工場の設立に支援も受けています。だから、いまも仕事は何でも引き受けています。それがどうだっていうんですか」

斗真が今度は淀(よど)みなく答えた。まさに準備された答弁のような言い方だった。

「そうか。まぁ、いいさ。今日のところはここまでだ」

古泉は、煙草を床に落として、つま先でもみ消した。

「話が済んだのなら、とっとと帰ってくれ。急いで納車しなきゃならないんだ」

斗真が奥の扉に向かって、声を掛けた。作業員たちが戻ってくる。

「邪魔したな」

古泉は工場を後にした。

自分の車を止めてあるコインパーキングに向かって歩いていると、背中からバイクの音がした。

早いな。

古泉は肚をくくった。

すぐに地を蹴り古びたビルの間に逃げ込んだ。腰の裏のホルダーから拳銃を抜く。警視庁の制式拳銃サクラM360Jだ。だがセーフティを外す前に、ヘルメットを被った男が数人走り込んできた。金属バットを持っている。巨軀（きょく）の男たちだった。

「てめぇら、警察をやったら、どうなるかわかってんだろうな」

「そりゃ、この国がこれからも存続すればの話だろう」

男のヘルメットの頭頂部が古泉の顔面に激突した。

鼻梁（びりょう）がぐしゃっと折れた。意識が遠ざかる。さらに男はヘルメットを何度も振った。

頬骨が折れ、顔が崩れていくのが微かにわかった。

最後に顎に、ヘルメットを被ったままの頭突きを受けた。

「あううう」

古泉は短く呻（うめ）いた。意識はそこまでだった。

4

オフィス棟の三階全体がカフェテリアになっていた。

四方がガラス窓で、一日中陽が差し込むことから『サンシャイン・カフェ』と呼ばれている。

「『御園企画』へ依頼するPR動画の制作のポイントはまとまったかね」

マルゲリータピザとサラダの載ったトレイを持った森川が、芽衣子の前に座った。

「はい。各学部合同で映画作品を作り上げる様子をハイライト的に繋ぎ合わせていくという動画を作ってもらおうかと思っているのですが」

芽衣子はそう答えて、紙コップに入ったエスプレッソを飲んだ。ただ苦いだけのエスプレッソだ。

「その場合、文芸学部が取り残されないかね。あの学部の学生だけ、躍動感が演出できない」

森川が首を傾げた。おそらくこの案は初めて出たわけではあるまい。ありがちな案であるはずだ。

「主人公を文芸学部の日本文学科の学生にするんです。読書ばかりしている孤独癖の学生が演劇学部の女子学生と知り合い、芝居やダンスの練習を見学するようになる。そして演劇学部や他学部の学生の活動を見て回るようになります。このとき個々の学部の実習風景がクローズアップされます。そしてそれらの躍動する芸大生の姿をみた主人公は、文学ではなくアクション小説を書こうと決心します。そこから彼の原作をもとに一本の映画が完成していくという物語です」

芽衣子はいっきに説明した。

「なるほど、そいつはいい。原作小説ができていくまでと、映画が完成するまでを、クロスさせながら見せるのがいいかもしれない」

「そうです。液晶画面にワードがタイピングされていく様子と書き手の苦悩の表情や、脱稿した笑顔のアップがあると、文芸学部の躍動感も表現できるのではないでしょうか」

言い切ると、森川が小さく拍手した。

「理事長好みのエキサイティングな動画になるな。よし、その線で『御園企画』に依頼しよう。制作費は本学の機材を使用してもらうことで、低予算ですむ。その分、媒体露出を増やせる」

「時期はいつごろになりますか？」

「毎年、四月にわずかに打って、志望校の絞り込みに入る時期である九月以降に集中させている。若干、二月下旬から三月上旬にも『まだ間に合う大学』としてテレビスポットも打つのだけれど、今年の分は去年の映像を使う。明日、東京に行ったら、その枠の交渉もしないといけない。御園企画に安い時間帯をなんとかしてもらうさ」

「いわゆる空き枠買いですね」

大活映画の宣伝部でその辺の知識は得ている。時間指定をせずに価格だけを決めて、売れ残っている枠に、どんどん流してもらう買い方だ。

この十年、二十代以下のテレビ離れは進む一途で、企業は広告予算をネットへと移行させている。

そのため民放各局は、表向きの価格は崩していないものの、実質取引では十年前とは比べ物にならないほど大きな割引をしているのが実情だ。

「そう。いままでは深夜でも早朝でも、あるいはBSなんかでもいい。とにかく目に付けばいいということでやっている。間違っているかな？」

森川は元大手広告代理店出身という触れ込みの芽衣子の反応が気になるようだ。

「正直、受験生はそれほど視聴していないと思いますが、親御さんに気づかせるという意味で一定の効果があると思います。ＢＳの再放送ドラマ枠などを視聴していた祖父母が本学の情報を伝えることだってありえますから」

適当な見解を示した。

「なるほどな。プロの言うことは違うな。明日一緒に東京に行ったら、御園企画との媒体購入は、どんどん今村さんが詰めてくれ」

「いやいやまだそこまでは無理です。映像の企画内容は私が説明しますので、媒体をどう買い付けるかについては、森川さんにお願いします。来年は、私がやれるようにしっかり勉強しておきます」

謙虚に伝えたが来年の入試時期に、自分がこの大学にいる確率はほとんどない。その頃、どこに潜入しているのかは、小口の気分次第だ。

明日は東京出張だ。

隣のテーブルが少しざわついた。

首からゲスト用の入校証をぶら下げた五十がらみの男が、学生たちに話しかけていた。よれよれのコートを着て、髪の毛はぼさぼさで、日に焼けた男だ。これで葉巻を吸っていたら、七〇年代に一世を風靡(ふうび)したアメリカの刑事ドラマの主人公にそっくりだ。利口そうに見えない動きと口調で、相手を油断させるロサンゼルス市警殺人課の刑事だ。

「えーとすみません。どなたかこれ何かわかる人いないかな？」

男は髪の毛を掻きむしりながら、テーブルの上に、黒いプラスチックの枠のようなものを置いた。接着剤で繋ぎ合わせたもののようで、一部は欠けていた。

学生たちが集まって、覗き込んでいる。

「失礼ですが、どちら様で？　私は総務課の者です」

森川が職員証を翳しながら立ち上がった。

「どうも。光浦署の田辺です。総務部の結城部長にお願いして、ちょっとした調べ物に来たんです。映画学部に行こうと思ったんですがね、ここで学生さんたちに訊いたらわかるかもしれないと思って」

刑事らしい男が、茶色のステンカラーコートの内ポケットから警察手帳を出して見せた。

「映画学部へ？」

芽衣子が聞き直す。

「はい、講師の棒田純子さんから、その後、何か連絡があったかどうか、先生方にお訊きしようと思って」

刑事の口から、棒田純子の名前が出た。芽衣子があえて、今日まで口に出さなかった名前だ。

「いや棒田先生からは、何ら連絡はありません。こちらの方が警察の捜索状況を知りたいぐらいです」

森川が答えた。

「そうですか。いや、警察も方々を当たっているのですが、なかなか手がかりが摑めませんでして」

芽衣子は聞き耳を立てた。上手い具合に刑事と出くわしたものだ。

刑事は失踪したとはいわなかった。学生たちがいるので、刺激的な言葉を使っていないのか、はたまたまだ失踪と断定していないかだ。

「刑事さん、これは昔のベータカムのレンズフードですよ」

ひとりの学生が言った。

「あぁ、きっとそうだ。いま棒田先生の名前が出たんで俺も気が付いた。先生、報道とかを撮っていた時に使っていたというテープ式のベータカムを時々学内に持ってきていた。あれと同じタイプじゃないかな」

別な学生もそう言った。

「カメラのフード。そうか尖端についているやつだな。あぁそうか君たち、映画学部?」

「そうですよ。ここにいる四人は撮影学科ですから機材のことは多少知っています」

「すまんが、これは、なんだかわかるかな」

刑事がポケットからハンカチを取り出し開いた。中からガラスの破片が出てきた。レンズのように丸みがある。

「うーん。これはライトの破片じゃないですか?」

先ほどの学生が、ハンカチごと受け取って、そばにいた他の学生に回覧している。

「もし棒田先生ならナンライトのかなり高価なやつだよな」

最初のひとりが言う。

「ＦＯＲＺＡ７２０Ｂとかじゃなかったけ。凄い高いライトよね」

女子学生が言う。

「私にはさっぱりわからんが、それは製品名かね」

刑事が手帳を開いた。

「そうです。ナンライトはメーカー名です。中国メーカーですがプロには人気です。製品名、書きますよ」

と女子大生がナプキンにアルファベットと数字をサインペンで書いた。芽衣子はその製品名を記憶した。

「どうもありがとう。これは助かった。わざわざ先生方を探さなくても、聞き込みが済んじまった。いや、私はね、青森市の者でね。今夜は女房の誕生日だから、青森に帰って食事をする約束なんだよ。いや、学生さんたちのおかげで助かった」

刑事はテーブルに置いたレンズフードとライトの破片を大切そうに鞄にしまい込んだ。

芽衣子はこの刑事がやけに惚けた調子なのが気になった。刑事は重要な事案の聞き込みほど、さりげなく振る舞う習慣がある。この田辺という刑事の表情と口調は明らかに不自然だ。

東京から戻ったら、接触する必要がありそうだ。

「刑事さん、映画学部には行かれるのですか？　なんなら案内しますが」

森川が聞いた。

「いや、もう結構です。この破片がカメラに関係があることさえわかれば、目的は達成です。きっと棒田さんの失踪の手がかりになりますよ」

田辺は、鞄を叩き、背中を向けて手を振りながら、出入り口へと歩いていった。

レンズフードとライトの破片について裏を取りたかっただけのようだ。

第五章　ブレーン・バスター

1

水曜日の正午。日比谷公園の小音楽堂の最後列。

「ワルシャワでは何人ぐらいの日本人が動いていた？」

小口はレジ袋からコンビニ弁当を出しながら呟いた。

「フリージャーナリストと称するふたりと、ウクライナへの支援品を調達しているというボランティア団体の男ひとりが、完全にロシアと繋がっていました。三人とも六本木のロシアンパブで釣り上げられていたようです」

ワルシャワから帰国した小林晃啓が、ハンバーガーを齧りながら答えてくれた。バーガーキングのダブルワッパーチーズだ。

目の前では警視庁音楽隊が行進曲『エル・カピタン』を演奏している。サラリーマンや子供連れの主婦たちが楽しそうに体を揺すっていた。

小林も足でリズムを取っている。だが、この行進曲の6／8拍子ではない。公安機動捜査隊専用の暗号リズムだ。ロシア連邦保安庁(FSB)と繫がっている三人の名前を暗号で送ってきたのだ。三人とも以前から公安がマークしていた人物だった。

「それでどうした」

「MI6に売っておきました。NATOのどこかの国で、別件逮捕されます。まあ罪状は、覚せい剤所持とか、性的暴行とかそんなところですかね。十年ぐらいは、異国の刑務所で過ごすことになるでしょう」

小林がさらに大きな口をあけてバーガーに齧りついた。

小口は自分の膝の上に置いた幕ノ内弁当の鮭を摘まんだ。小林が頰張るハンバーガーの方が断然旨そうだ。ちょっと癪(しゃく)に障るが、自分は極力糖質を避けているのでやむを得ない。そういう年齢だ。

「国内の監視対象が三人減ったことになるな」

「はい」

小林がバーガーの包み紙を丸めている。若者は食うのが早い。

「実は、組対部のマルボウがひとり消えた」

小口は鮭の切り身を咀嚼(そしゃく)しながら言った。よくもこんなに薄く切れるものだと思うほどペラペラな鮭だ。塩気もない。だから買ったのだが、やはり味気ない。

「それがうちと繋がりがあるんですか」

「いまのところ軽く繋がっているとしか言えない。紗倉が潜っている事案にちょいと関連しているんだ。そこが気になってな」

マルボウは失踪した青南芸大の講師が以前に勤めていた会社の倉庫の放火を疑っていたようだ。今朝の部長会議で組対部長から正式に報告があった。

「紗倉はマイアミじゃなかったんですか」

「切り上げてもらった」

「それはでかそうな事案（ヤマ）ですね」

小林の目が光った。山っ気の強い性格だ。

「はっきりせん」

小口は視線を前方に向けたまま言った。演奏する音楽隊の背後で噴水が上がった。小口には一瞬、爆発に見えた。

でかい事案ではないことを祈りたい。

「それで自分の任務は？」

小林が聞いてきた。

「半グレの『ジゼル』と接触してくれないか」

「『ジゼル』はいつ復活したんですか？」

「まだその気配があるということでしかない。消えたマルボウは、ジゼルの元総長をマトにかけていたそうだ。ただし、威嚇捜査だった可能性が高い」

マルボウは、時にヤクザや半グレに対して、容疑が確定していないのに威嚇的な態度で接することがある。抗争や凶器の準備を事前に諦めさせるための予防措置として、威嚇するのだ。あくまでも反社に対してだ。

「そのマルボウを攫ったのはジゼルのメンバーとか？」

「組対はそうみているが、俺はどうも違う気がする。半グレやヤクザは刑事を攫ったりはしないだろう」

最大の疑念はそこだ。

「そうですがジゼルはちょっと体質が違いますよね。グローバルマフィアの要素がある……って、えっ、そういうことですか……」

小林がハンバーガーに齧りついていた時と同じぐらい大きな口を開けた。諜報員には絶対見えない顔だ。

「そう、ロシアの工作機関と外国系をルーツに持つ半グレ集団が手を組んでいるのではないかという仮説が浮かびあがってくる。まだ俺だけの仮説だがな」

ふたたび噴水が上がった。

先ほどよりも高く上がっている。

仮説を立てシナリオを練るのが課長の仕事だ。演技は部下に任せる。

「それはやりがいのある任務ですね」

小林は不敵に笑っている。

「化けてもらいたいキャラのプロフィールはここにある。」

小口はバッグから一台のタブレットを取り出した。演じてもらいたい男のキャラクターや、作業そのもののシナリオが書かれたファイルを入れてあった。

「そこにある人物は、現在、司法取引で刑務所に匿われている」

この場合も実在人物の背乗りだ。

潜入捜査員の身を守るには、それがもっとも効果的な設定となる。身バレは命を落とすことに繋がる。

「誰ですか?」

「阿部雅彦」

「それは極悪人ですね。捕まっているとは知りませんでした」

小林は前を向いたまま、唸った。

ふたりの声は、音楽隊の演奏にかき消されている。

阿部雅彦とは、中東のテロ集団に所属していた日本人で、改造銃や爆発物の製造に通じている男だ。

「日本国内では、一時期、テロリストの隠れ蓑として歌舞伎町の『新闘組』に所属していたがそれがあだとなって逮捕された。マルボウのガサ入れで改造銃を造っていた現場を押さえられたのさ。別人に成りすましていたが、マルボウの中に公安出身の奴がいた」

それで司法取引となったのだ。

小口が続けた。

「中東に潜っている日本人ゲリラのリストを証言することで、三十年間、刑務所で守ることになった」

つまり刑務所暮らしと言ってもＶＩＰ扱いで、スイートルームのような部屋で暮らしているということだ。

女は無理だが、無修正エロ動画まで差し入れされているし、房内から馬券も買っているというのだから優雅な暮らしだ。

阿部の逮捕事実は公表されていない。

「癪に障りますが、その男、刑務所から出すわけにもいきませんね」

「この傭兵に『ジゼル』が乗ってきたら面白いと思わないか。芝居のシナリオはここにある」

タブレットを小林に渡す。

「食いついてきたら、爆弾が欲しいってことですね」

「よろしく頼む」

小林が会釈して立ち去った。小口はそのまま座っていた。

これで紗倉と小林をそれぞれ別な事案に潜り込ませたことになる。

別な事案とはあくまでも現時点でのことだ。

このふたりが出会うと、ふたつの事案は繋がる。繋がるとどんな化学変化が起こるのか、小口にもまだ想像できなかった。

空恐ろしすぎて想像もしたくなかった。

音楽隊の演奏がいよいよフィナーレに入った。

カラーガードが四人現れて、華やかさが増した。そこでメールが入った。官邸からだった。

【至急、官房長官室へ】

小口は弁当を諦め公園を後にした。卵焼きは食べておくべきだったと後悔の念が胸に広がる。天下国家の大事の前に卵焼きは諦めた。

苛立ちながらも、直ちにタクシーを拾い、官邸入りした。

官房長官室へと向かう。内閣情報調査室(サイロ)の狩谷と公安調査庁(ピシア)の南田も同時に入室してきた。

「市ケ谷からの情報だ。オホーツク海で中国漁船の通信を偶然傍受した。漁船と言ってもすべて中国の工作船だがね。どうもおかしい」

官房長官の石原光三郎がハンカチで額の汗を拭きながら言っている。強いショックを受けているようだ。この場合の市ケ谷とは防衛省情報本部を指す。

国内の情報四機関の中ではＤＩＨがもっとも通信情報収集に重きを置いている。

警察庁公安部とピシアはおもに人的情報収集を担い、サイロは本来、公開情報の分析と通信衛星情報分析を主務とする機関だ。四情報機関でもその生い立ちからして、それぞれ役目は違う。

海上自衛隊の艦船が工作船の通信を傍受したようだ。

「これが工作船同士の会話だ」

三人が頷くのを確認して石原がパソコンのキーボードを叩いた。スピーカーボックスから機械的な言語が流れた。

『サハリン付近の漁場で、ロシア船から日本漁船が瀬取りしていても、各船舶は無視しろ』

『了解』

『むしろ危険だから、その船舶には、絶対接近するな』

『了解』

『傍受されている！　切るぞ』

　そういう内容だった。言語を特殊暗号に置き換えていたようだが、ＤＩＨがさらにそれを言語化したために、ＡＩが喋（しゃべ）っているような無機質な声になっている。

　たったそれだけの通信だが、石原は繰り返し再生させた。瀬取りとは海上での積荷の移し替えのことだ。

「妙じゃないか。ロシアがあえて日本漁船に何かを瀬取りさせているとしか思えない。しかも中国だけがその情報を共有しているということではないか」

　石原が額に手を当てながら言った。

「ロシアが、ウクライナでの戦争資金稼ぎに、覚せい剤の密売をはじめたということか」

　ピシアの南田が首を傾げながら訊いてきた。海上瀬取りによる覚せい剤取引は、これまで北朝鮮のお家芸とされていた。

「いや、覚せい剤の取引であれば、必ず国内のヤクザや半グレに動きがあります。そうした情報は組対部（マルボウ）からも、まったく上がっていません」

　小口は答えた。すきっ腹なので、喋ると腹が鳴った。誰も笑わなかった。

「それに覚せい剤なら、中国工作船がわざわざ『危険だから接近するな』と僚船へ暗号通信などしませんよ」

　小口には覚せい剤取引だとは思えず、なんども首を振った。

「先日のサイロの通信衛星情報と関連はないのか」

石原が狩谷に矢のような視線を向けた。

「ありえます。青南芸術大学の実習船が、その漁船から何かを受け取っているのではないでしょうか」

狩谷が眉間を扱きながら答えた。

「覚せい剤ではないとすれば、一体なんだ？」

石原が、小口、狩谷、南田の顔を交互に睨んだ。憂鬱な空気が長官室を支配した。小口は最悪を想像した。

「まさか武器では」

狩谷が、天井を仰いだ。危険と言ったのは何に対してか？

核？ そんな疑念がわいたが、まさかとも思う。

「六〇年代の学園紛争は鉄パイプでしたが、監視外の過激派が武装したら大変なことになる」

南田が、自分の鞄から資料を取り出した。

「青南芸大の教授に怪しいのはいないか？」

石原が詰める。南田が答えた。

「はい。改めて六〇年代の紛争世代と過激派の関係を洗い続けていますが、いまだ不明です。映画学部の学部長米田和樹、本名は与根田一樹ですがW大時代に過激派セクトに所属していたのは確かです。ただし、二大過激派組織のどちらでもありませんでした。いわば泡沫セクトで、彼の卒業前にそのセクトは解散しています。映画監督になってからの活動は、先日の狩谷さんからの報告の通りで、当初こそ反体制的作品を監督していましたが、バブル期以降は商業映画の制作者です。当時のソ連や、東欧諸国の映画関係者との交流についても追跡調査をしましたが、その後は疎遠になっています」

「われわれの追跡の結果も同じでした」

狩谷も答えた。

「昨日、その件につきまして潜っている女豹から、新情報が入りました」

小口はおもむろに切り出した。まだ自分の胸にしまっておきたかった情報だが、もはや止むを得ない。

「なんだね？」

石原が顎を上げ、眼を細めた。

「一九七二年当時の集団強姦事件を、現役の公安は把握していませんでした。なにぶん警視庁内の刑事部と公安部の縄張り争いが現在以上に激しかった時代のことですので」

小口はまず恥の部分を口にした。

「どういうことかね」

「米田が所属していたセクト内で女性活動家への輪姦事件が起こり、女性が所轄署へ訴え出て、刑事事件となり、多くの逮捕者をだしています。容疑者として米田も捜査上に上がっていたのですが、被害者の記憶が曖昧で、米田は逮捕に至っていません。我々公安の先輩たちは、同年に起こったW大内の内ゲバによる学内リンチ殺人事件の捜査に集中しており、そちらの事案にまで気が回っていなかったようです」

昨日、女豹から暗号メールを受け取った直後から、小口は資料室に籠り、一九七二年のW大生輪姦事件について調べ上げた。

米田が所属していたのは『反体同』というマイナーなセクトで、暴力革命より文学、芸術によって人民の意識革命を呼び醒まそうとする穏健なセクトであった。

学内の最大セクトからは軟弱派と罵られながらも、他方、演説原稿の草稿を依頼されるなど、理論的支柱の役割を果たしていたようだ。

小口は続けた。

「ただし、その事案はいわばセクト潰しの別件逮捕だったとも思われます。当時我々の先輩はその手をよく使っていました。セクト内では痴情のもつれや活動家同士の嫉妬も頻繁だったので、うまく女性活動家に接近して刑事告訴させて、別件でどんどんパクったと。セクトに潜り込んでいた工作員がそうなるような誘導をしていた可能性はあります。だから、公安の記録には残していなかったのではと」

資料を読み、さらに裏の意味まで考えると、小口はそうした結論に至っていた。ハムと刑事部が犬猿の仲なのは、今も昔も表向きの芝居だ。裏ではしっかりと手を握っている。もちろんマルボウともだ。縦割り組織になっていると見せておいた方が、なにかと都合がいいから、そうしているだけだ。

「なるほど、米田は左翼系活動家であったことは間違いないが、それほど過激思想者ではないということだな」

狩谷が口を挟んできた。サイロも、すでに米田の裏は取っているのではないか。

「はい。経歴に一貫性がありません。時代の流行に乗っているだけの男のようです。輪姦事件との関わりを突かれるのがいやで、監督という表に出る立場ではなく、裏方のプロデューサーに回ったのではないでしょうか」

と小口。

「うちも見立てを変えることにします。新過激派は、伝統的過激派の世界同時共産主義革命などという荒唐無稽なイデオロギーとは無縁な集団ではないかと」

そう告げた狩谷は渋い顔で顎を扱く。

「小口さんのほうは、なにか他にも裏情報を摑んでいないのかね」

南田が疑り深い眼を向けてきた。学内に捜査員を放っているのは警視庁だけだからだ。仮説を伝えるのはまだ早いと感じた。

「いや、あったら包み隠さずここで、伝えますよ。ただ少し角度を変えて見ることも必要かもしれません」

「というと？」

「理事長の山神秀憲です。この男は典型的な起業家ですが、与党政治家との太いパイプが見つかりません。許認可事業を行っている割に、おかしくないですか」

「なるほど！　野党や霞が関内に応援団がいるということか！」

狩谷がすぐに膝を叩いた。

「それに資金の調達ルートですな。銀行からの借り入れもかなりあるが、投資額は半端ない。どこから持ってきている？」

南田も資料を捲りながら、首を捻った。

「その辺のところを探ると、見えなかったものの正体が浮かび上がってくるかもしれません」

小口は薄く笑ってみせた。

「ところで青南芸大の失踪者についてはどうなんだ？」

石原が鋭い視線を浴びせてきた。

「そちらに関しては、光浦署の刑事が何か手がかりを掴んだようです。うちの女豹がまもなく接触を試みます。今日にでも女豹をサポートするリエゾンも送り出しますので、わかり次第、ご報告いたします」

「そろそろ総理に上げねばならないが、さてどう説明したものか」

石原は隣の総理大臣執務室を見やった。総理は国会に出席しており、防衛費の増額について野党から激しい攻撃を受けているはずだ。

「まだ、ロシアが攻めてくるという状況根拠は見当たりません」

狩谷が答えた。石原はそれを恐れているのだ。小口も同感である。

「青南大学の実習船が妙な動きをしているということも、まだわからんのかね。いったいやつらは何を受け取っているんだ？」

石原が額に手を当てた。優柔不断で打つ手が遅れてばかりの総理に代わって、自分がいち早く見極めなければならないという焦りが窺える。

「実習船が何を受け取っていたかは、潜入捜査員もいまだ確認できていません。ただし、この大学の校舎、キャンパスの構成自体に得体のしれない怪しさがあるとの報告を受けています」

正直なところを伝える。

「得体のしれない怪しさとは何かね」

石原が片眉をあげた。他のふたりの諜報機関の代表も身を乗り出してきた。

「あくまで捜査員の主観ですが、ある学部の校舎は、海に面したトーチカのようだと。創作ダンス学科のレッスンは戦闘訓練のような動きで、学内には撮影小道具としての火薬もあるようです」

「トーチカですか」

南田がたまげた、という顔をした。

「不可解だな。ロシアや北朝鮮が攻めてくるならわかるが、トーチカは迎撃用ということかね」

官房長官の石原は首を傾げるばかりだ。

「そのキャンパスを、軍基地化して他国に渡したとするとどうなりますか？　あくまで仮説ですが」

「青南芸術大学全体が要塞となるということだ」

狩谷が大きく息を吐いた。こうなるとサイロも監視員を入れてくるはずだ。

ここまで来たら、ある程度は胸の内を伝えておいた方がいい。

「さらなる仮説として、半グレ集団の『ジゼル』が復活し、この事案に一枚嚙んでいる可能性があります」

「半グレ集団ですか。それはまた種類の違う話ですな」

ピシアの南田が、小口を見据えてきた。筋読みの範囲を広げ過ぎるなと言いたいらしい。

「『ジゼル』は外国にルーツを持つ連中の不良集団です。解散していますが、彼らは六本木を根城にするロシアンマフィアやアフリカンマフィアと親しい関係にありました。ロシアンマフィアの大半が工作員だとすれば、縁がないとはいえません。本日、うちの捜査員にジゼルの残党への潜り込みを指示したところです。コードネームは『虎』です」

きちんと伝えることで、サイロやピシアも小林の身を監視してくれることになる。

「その線はありえるね。近年、全体主義国家の諜報員が、成熟した民主国家の反社会組織に入り込み、その国の内部崩壊を企てるという事例がある」

サイロの狩谷が言った。

「その国の政権を揺さぶるよりも、闇社会を支配したほうが、崩しやすい。これは道理です」

これは事実だ。小口は自信をもって付け加えた。

「米軍もサハリンからの漁船による積荷のリレーを確認しているはずですよね」

南田が官房長官に確認した。

日本列島の制空権を握っている米軍が知らないはずがない。

「防衛省から打診した。だが米軍は囮の可能性が高いという見立てだ。ウクライナから極東へ意識を逸らそうという陽動作戦だろうと」

石原が天井を仰いだ。

「そうでしょうか？　いよいよもって、ロシアは米国と直接的な危機を作ろうとしているのではないでしょうか」

小口はモスクワからキューバに脱出した山崎の伝言を芽衣子から受けていた。

「六十年前はキューバだったが、今回は日本が人質に取られるかもしれないということかね」

石原が声を震わせた。

「そういうことです。そう仮定すると、通信衛星画像のリレーとも辻褄が合います」

「まさか核を運んでいるのではあるまいな」

六十年前のキューバ危機はソ連の核持ち込みだ。

「ありえます。それもいまの中国船の通信状況が裏付けているような気がします。核だから近づくなと」

小口は、傍受した通信内容を聞いて最初に抱いた懸念をさらけ出した。

「核なら、米軍は知っていても日本に知らせないな。いざとなった場合、独自にしか動きませんよ。たぶん我が国と連携をとることが逆に足枷になると考えます」

狩谷が苦々し気に言った。

同感である。

一緒に相手を撃ってくれない日本のために、なぜ米兵が血を流さねばならないのか、と。

彼らは、自分たちの身を守るために迎撃するか先手を打つだろう。

それは我が国を助けるためではない。この国が、米国の『どでかい空母』として必要なためでしかない。

「オールジャパンの情報機関（インテリジェンス）で乗り切って欲しいというのが、総理の本音でもある。自国の力で防衛するから、主権国家なんだ」

石原がきっぱり言った。

三人揃って頷いた。

もとより、他に手はない。諜報で止めるしかない。

2

芽衣子は三週間ぶりに東京に戻った。僅か三週間ぶりなのに、ひどく東京が懐かしく感じられた。マイアミやハバナから戻ったときよりも感慨深いのは、都会を離れていたからだろう。ハバナもクラシックな趣きがある陽気な都会であった。対して光浦町は、静まり返った陰鬱な町だった。町自体がもっとも潜入しにくいポイントであることは間違いない。

広告代理店『御園企画』は乃木坂（のぎざか）の古いオフィスビルにあった。

狭いスペースに社長用の椅子と、細長いテーブルしかない、狭いオフィスだった。

「ご趣旨は承りました。それでは原作の小説待ちということになるのでしょうか」

代表の三浦真理が微笑んだ。四十八歳と聞いているが、それより遥かに若く見える。

「厳密にはそうなのですが、今年の九月には募集を開始したいので、冬季部分の撮影はこの冬にお願いしたく思います。雪国の芸大というイメージは外せません」

芽衣子は原作を執筆することになった文芸学部の学生にも、四季の風景を入れる条件を付けている。

「わかりました。それでは、三月中旬頃にクルーを送ります。機材はいつものように青南芸大さんからお借りできますか」

真理がカレンダーを捲りながら聞いてきた。

芽衣子は隣に座る森川を見た。そうした実務の経験はない。

「もちろんですよ。必要な機材リストを送ってください。本学の映画学部の機材を押さえておきます」

森川が答えた。芽衣子が続ける。

「私よりも長年本学の広報に関わっている三浦さんの方が、青森には詳しいと思います。ロケの候補地はありますか？」

いかにも手慣れた感じで打ち合わせを進めていく真理に、芽衣子はあえて委ねた。

「光浦町の周辺だけに限定せずに青森という大きな括りの中で、八甲田山というのはあると思います。県外の人々がイメージする青森を演出するという意味では、冬の八甲田と夏のねぶた祭りは欠かせないのではないでしょうか。それとも私の考えが、ステレオタイプすぎるでしょうか」

真理はカラカラと声をあげて笑った。

「八甲田山ですか。たしか降雪時は通行止めでは？」

芽衣子はそう言い、森川の顔を覗いた。果たして撮影などできる環境なのであろうか。

「酸ヶ湯温泉から八甲田ホテルまでは、車両が入れる。そこまでは大型ロケバスを用意しますよ」

森川は平然と言う。

「あのあたりはまさに雪の回廊ですよね。そこを撮らない手はないと思います。雪山に強いスタッフを用意します。森川さんのほうで、専門のガイドさんを五人以上確保していただけませんか。多いに越したことはないです。カメラクルーを三チームほど入れて短時間で広い範囲を撮りたいですから、ガイドさんが多いほど安心です」

「それは問題ないです。カメラやライトも三チーム分必要ということですね」

「そうなります。光浦町内やキャンパス内の雪景色から撮り始めて、スタッフの体が寒さに慣れたところで、八甲田を撮りましょう。樹氷なども収めておきたいですしね」

青南芸大のPR動画の撮影には慣れているようで、真理は淡々と工程をノートパソコンに打ち込んでいった。

打ち合わせは一時間ほどで終了した。

「俺はこれから、推薦入学の提携をしている高校を三校ほど回るが、無理に付き合わんでもいいぞ」

乃木坂駅に向かう途中、森川が自動販売機で缶コーヒーを買いながら言っている。

「せっかくですからお付き合いさせてください。今後の広報活動に役立つはずですから」

謙虚な姿勢をみせる。

「なら一緒に行こう」

芽衣子の分も缶コーヒーを購入してくれた。

乃木坂から表参道で乗り換え、田園都市線で多摩川を越えた。川崎市宮前(みやまえ)区のこぢんまりとした駅で降りた。

丘の上の高校だった。

校門の前で森川がスマホで、職員に来訪を伝えた。お洒落なイメージの私立高校だった。すぐにジャージを着た教師が出てきた。五十代半ばに見えた。

「森川さん、いらっしゃい。さぁ体育館へどうぞ」

教師が先導して校庭を横切り、体育館に向かった。校庭に面した扉が開け放たれており、部活に励む生徒たちの姿が見えた。

片側で女子のバスケットボール。もう半分の面には畳が敷き詰められ、男子の柔道が行われていた。

「青南芸大への推薦を希望しているのは、あそこで背負い投げの練習をしている坊主頭の男子ですよ。強いですよ」

教師が指差した。

柱に結んだ帯を手に、何度も背負いの形をきめている。ひとり練習の基本だ。

「ぜひ、推薦してください。映画学部、演劇学部、文芸学部がいいでしょう。音楽と美術はやはり素養がいるので」

森川は眼を凝らしてその生徒を見ていた。

「植木がいる映画学部がいいようです。芸術のことなんてまったくわからないので、本校の先輩がいる学部のほうが安心できるようです」

あのサンボをやっていた学生は、この高校から来たようだ。

「わかりました。受け入れの準備をしておきます。他にも沢山受験させてくださいよ。理事長は、華岡(はなおか)先生の横須賀栄養大学への受け入れも準備しています。五年後に学生課のポストをひとつ確保しておきます」

「いやいや定年後のことまで考えていただき感謝です。地方大学を希望する生徒が徐々に増えているので、どんどん推薦します」

「では、よろしく」

帰り際、森川が教師に茶封筒を渡した。

推薦入学の裏側を見た思いだ。

「呆れただろう。しかしなんとしてでも体育会系の学生を集めるように、理事長から指示されているんだ。芸大から有名アスリートを、が職員の合言葉だ。一見無茶のようだが、知名度を上げるには無茶なことをやらないと」

森川が自嘲的に笑った。

それは本当にアスリートの獲得を目指してのことか？

たった今見た高校生が柔道経験者ということが気になった。サンボ同好会の練習風景も重なった。戦闘員の獲得ではないのか？

そんな疑惑が湧き上がってくる。

ほかに二校回った。田園都市線をさらに進み、中央林間駅から小田急線に乗り換え、上り線の駅で二度下車する。

どちらの高校でも応対に出てきたのは体育教師だった。最後のミッション系高校では、タレント志望の女子体操選手を創作ダンス学科にスカウトする話などが俎上に上った。

創作ダンスも、武闘のような動きだったことを思い出す。

——怪しい。

夕方、新宿駅に戻った。

「俺はちょっと新宿をぶらつきたい。帰りはお互い別々の新幹線で帰らないか。俺は最終に乗るよ」

　森川が提案してきた。

「わかりました。では私は銀座の百貨店でも覗いて帰ります。たぶん私のほうが先に乗ると思います」

　出張の用件を終えたのだから、そのほうが解放される。森川も歌舞伎町でも覗きたいのだろう。男はみんな歓楽街が好きだ。

　芽衣子は東京メトロ丸ノ内線で銀座に向かった。夕方とあって混んでいた。久しぶりの満員電車だ。扉付近に立ったが人いきれに噎せ返る。

　四ツ谷で電車が一度地上に出た時だった。すっと目の前に知っている顔が現れた。

――鷹！。

　胸底で叫んだ。

　十五年前から出版社の社員として一般社会に溶け込んでいる潜入捜査員の芦田隆介だ。濃紺に縦縞のスーツに黒のマフラー。ビジネスバッグをぶら下げていた。

　芽衣子や小林のようにある目的をもって一定期間、特定の場所に潜入する公安特殊工作課とは異なり、芦田は社会の中で公安の眼となり耳となることを職務としている別動隊に属している。

公安内で草と呼ばれている捜査員だ。

市中の動きに眼を光らせているのが主務だが、時に接続員として現れる。芽衣子は公安特殊工作課に配属になった時、自分の前に現れる予定の接続員の顔写真と動画を何度も見せられ暗記させられた。ひとりではない。五人もだ。

芦田が胸の前で指で数字を作った。

【ジミーに情報を運ぶ。ここまでの潜伏状況を】

やはり偶然出会ったわけではなかった。芦田は接続員として現れたのだ。

芽衣子も額の汗を拭くふりをしながら、数字を送る。

【銀座パウリスタ】

老舗喫茶店を指定した。

ふたつ目の駅、赤坂見附で、芦田は下車した。用心に越したことはない。銀座線に乗り換えたはずだ。

芽衣子はそのまま丸ノ内線で銀座へと出た。銀座通りをのんびり歩いて、八丁目の老舗珈琲店に入った。

珈琲豆の匂いに混じって強い香水の匂いが鼻孔を突いた。美容室でセットを終えたばかりの銀座のお姐さん方が、ここで一休みしているようだ。

しばらく雪国のモノトーンの景色に慣れていたので、豪華絢爛な着物姿のお姐さんたちが眩しかった。

芦田はすでに一階奥の席に座っていた。偉そうに脚を組んでぶ厚い単行本を読んでいる。芽衣子は背中合わせの席に座り、ブレンドコーヒーをオーダーした。芽衣子のほうがレジに近い。

ただちにトートバッグからメモ帳を取り出し、サインペンで走り書きする。ロディアの黄色い表紙のメモ帳だ。

潜伏中の重要事項の伝達には決してメールやラインは使わない。

手書きで手渡す。

このアナログな手法こそがもっとも漏洩を防ぐ。諜報員の必要性はそんなところにもある。

走り書きにはサインペンが最適だった。

暗号メールで送った以外のことを、詳細に知らせた。今日のロケの打ち合わせ状況、兵士のような学生、外国人留学生の多さなど懸念すべきことを書いた。

書き終えてメモ帳のカバーを伏せ、咳ばらいをした。

芦田が立ち上がりレジに向かおうと芽衣子の真横を通る。ビジネスバッグのファスナーが開いていた。芽衣子は何食わぬ顔でメモ用紙一冊丸ごと、そのバッグに放り込んだ。

同時に芦田が、メモ用紙を落とす。

ほんの一秒の間のことだ。

芦田はレジで支払いを済ませながらバッグのファスナーを閉めていた。そのまま出ていった。

芽衣子は少し珈琲を飲みながら、芦田のメモを眺めた。暗号で書かれている。

すぐに解いた。

【学内に核弾頭秘匿の可能性あり】

見るなり、気が遠くなった。

3

豊洲の『三原モーターズ』の前で小林晃啓は、バイクを止めた。

気取ったおっさんが好みそうなハーレーダビッドソン・パンアメリカ1250スペシャルに乗って小さなリュックを背負っていた。二月に入ったばかりの木曜日の午後だった。

小口から渡されたタブレットに、元ジゼルの総長、三原斗真が現在経営するこの修理工場のことが記されていた。消えたマルボウもここを訪れたのではないか。

この三日ほど三原斗真の集中監視をした。

斗真は朝、汐留のマンションの地下駐車場を、ランドローバー・ディフェンダーで出ると、この工場にやってきて、夕方五時ぐらいまでは、まったく出てこない。

アフリカ系の血を引く男らしく、色黒で彫りの深い顔の持ち主だ。

昼時になると従業員らしい数人の男が、ぶらぶらと出てきて、近くのコンビニで弁当を買っていく。

どの男たちもスキンヘッドで毛糸の帽子を被っていた。男たちの会話はネイティブな日本語だが、その顔立ちは彫りが深く、日本人というよりも欧米風の顔に見えた。外国系半グレ集団『ジゼル』の残党に違いなかった。

昨日は大型トレーラーがやってきて、メルセデスのSUVを三台積んで帰った。

三台ともタイヤにはスパイクが挿し込まれており、サイドとリアウインドウには金網が取り付けられてあった。

色は濃緑色でまるで軍用車だ。

一台のナンバーを記憶していたので、運輸支局自動車検査登録事務所に照会を依頼した。所有者は『イースタンゲイル』という法人である。

輸入車専門の中古自動車販売会社だ。所在地は港区青山。ホームページを覗くとSUVの車種を多く取り扱っていた。

三原斗真は三日間とも、夕方五時になると、ランドローバー・ディフェンダーに手下三人を乗せて、新橋に繰り出していた。

駅近くに車を止めると、すぐに白人風の男がやってきて、車を引きとっていく。個人的に雇っているポーターのようだ。あくる朝、同じ車で出勤するところを見ると、このポーターに汐留のマンションのガレージに戻させているようだ。執行猶予中の身とあって、飲酒運転や駐車違反にも慎重のようだ。

車を降りた斗真は、大衆的なイタリアンレストランか居酒屋でたっぷり二時間食事をし、次はパブめぐりに繰り出していく。

決まって烏森神社付近のフィリピンパブとロシアンパブに行く。フィリピンパブは一時間程度だが、ロシアンパブは九時頃に入店し、午後十一時の閉店まで必ずいた。

店名は『スプートニクス』。

閉店後、斗真はひとりでぶらぶらと歩いて帰る。

が、手下の三人は、スプートニクスで働く女たちと連れだって帰るのだ。

初日は斗真を尾行した。斗真はどこにも寄らず、歩いて汐留のマンションに戻った。

二日目は、三人の手下と女たちをつけた。六人は店から徒歩十分ほどの位置にある、西新橋二丁目の古びたビルに入った。

翌朝、小林はこのビルを先に張った。

午前八時、男三人が出てきた。斗真の出勤よりも一時間早い。すぐにビルの前にミニバンが出迎えに来た。

ナンバーを記憶し、九時過ぎに運輸支局に照会を求めた。ミニバンはロシアンパブ『スプートニクス』の所有であった。

六人はここで同棲している可能性があった。元半グレ集団、しかも準暴力団指定を受けていた『ジゼル』の連中とロシア人ホステスが同棲している。

上司の小口稔の勘は当たったようだ。

三日目は、ＳＵＶが運ばれたのを確認した後に、西新橋二丁目のビルを張った。

午後四時頃、女たちが出てきた。

三人は新橋駅のＳＬ広場近くのカフェレストランに入った。小林も入った。何食わぬ顔で近くのテーブルに座った。

女たちはパスタやオムライスを食べている。出勤前の食事らしい。ロシア語で話していた。小林は聞き耳を立てた。ロシア語は解す。

『和也たちは、三月に青森に行っちゃうのね』

金髪に透き通るような白い肌の女が言っている。スレンダーな女だ。

『会えないの寂しいね。私は悠馬のことを本気で好きになるところだった』

太った女が言う。

『ジーナ、ちょっと辛そうだね。でもこれ大きなミッションだからしょうがないね。ボスが決めたことだし。私たちの任務ももう終わりね』

栗毛をアップにした中肉中背の女がカプチーノを飲みながら肩を竦めた。

任務？

その言葉が引っかかった。さらに思うに、この女たちの言葉遣いはとても洗練されているのだ。いわゆる出稼ぎホステスに多い南ロシア訛りではない。

すると黒いスーツを着た白人男が入ってきた。女たちの顔に緊張が走った。

『店替えだ。来週から横須賀に移ってもらう。国籍はベネズエラに変更だ。日常会話はスペイン語で話せ。それぞれの素性はメールする。ターゲットは地元のハーフの半グレ集団「スモーキー」の幹部たちだ。父親が元米兵の連中が多い』

白人の男はスペイン語で言った。

女たちは、そのスペイン語を理解したようだ。

『いよいよメインターゲットね』

こいつらは間違いなくロシアの工作員だ。日本の首都東京の中心街で、堂々と諜報活動をしているのだ。小口の見立て通りロシアの工作機関は、日本の闇組織を食おうとしているようだ。

そろそろ仕掛けるか。

4

その日、小林はハーレーのアクセルグリップをニュートラルギアのまま回した。マフラーを外した排気口から轟音が上がる。千二百五十ccの音量は爆撃機並みだ。『三原モーターズ』の前で何度も空ぶかしてやる。

「るっせえぞ」

ブルーのツナギを来た男がヤードからひとり出てきた。金属バットを肩に担いでいる。

小林は、下を向いたまま、男の声など聞こえないふりをしてエンジンを空ぶかしし続けた。さらに轟音が鳴り響いた。

「なんだ、なんだ、喧嘩売ってんのかよ」

ブルーのツナギを着た男がさらにふたり出てきた。どちらも鉄パイプを持っている。いずれもロシアンパブの女たちと一緒にいた連中だ。今日も全員スキンヘッドに毛糸の帽子を被っている。

小林はフルフェイスのヘルメットを被ったまま無言を貫いた。アクセルグリップを上げたり下げたりを繰り返す。

「てめぇ、ぶっ殺してやる」

金属バットの男が飛び出してくる。バットを頭上に振り上げた。ためらいのない眼だ。

小林は、すぐさまアクセルを回したままギアをローに入れた。

ハーレーが唸り声と共に前輪を上げる。ウィリー。ヒグマが獲物に襲い掛かるような格好だ。

「うわぁあ」

男は目を剝いた。無手勝流にバットを振り回してきた。バットの尖端が前輪タイヤに当たりそうになるのを、小林はハンドルを振りながら躱した。バットが空を切り、男がよろけた。その顔面に前輪を落とす。

「ぐえっ」

男は一瞬にして地面に這った。

小林は前輪を着地させた。他のふたりが左右に分かれて襲い掛かってきた。鉄パイプを車輪に絡めようと狙っている。

一旦、フルスピードでヤードの中に飛び込み、居並ぶSUVの前でUターンし、ゲートから追いかけてきたふたりの前で、今度は急ブレーキをかけた。

ハーレーが三百六十度スピンをする。

我ながら見事だと思う。

アスファルトにタイヤが猛烈に擦れ焦げた。焼けたゴムの臭いが上がる。

「ぐわっ」

「ぎゃっ」

半グレたちを前輪と後輪で払い飛ばしていた。鉄パイプが宙を舞い、男たちの背後に飛んでいく。

地面に叩きつけられ、ふたりが大の字になっている。

小林はそのひとりの股間を狙って、バイクを突進させた。

「うわぁあああ。キンタマ潰すな!」

男は慌てて起き上がり、前のめりになりながらゲートのほうへ逃げていった。その隙にもうひとりの男は逆方向の工場のほうへと駆けて行く。

打撲で相当なダメージを受けているはずだが、アドレナリンが上がっているのか、ダメージを受けている割には、俊敏な動きだった。

工場の扉が開き、三原斗真が現れた。クロスボウを手にしていた。

「おまえ、どこのもんだ! 氷漬けにしてやる」

斗真が叫びクロスボウを構えた。

小林は的を絞らせないように蛇行しながら斗真に接近していく。撃たせて躱したら勝ちだ。

蛇行をしながら片手でリュックベルトのフックを外し、背中からリュックを取り寄せた。

シュッ。

クロスボウの矢が飛んできた。早い。

咄嗟にハーレーを地面すれすれまで倒す。景色が斜めに見えた。

矢が後方に消えていく。

すぐに立て直し、リュックの中の起爆装置をオンにした。

五メートルほど先で斗真が唇を嚙みながら新しい矢をセットしていた。

SUVの一台に向かってリュックを放り投げた。一直線に飛んでいく。リュックは黒のメルセデスの真下に落ちた。

――いっちゃえ。

一秒後に爆音が鳴り響き、すぐに火炎が上がった。

斗真が呆然（ぼうぜん）としている。

次の瞬間、メルセデスのルーフが吹っ飛び、中からオレンジ色の火柱と黒煙が舞いあがる。

「ふぅ」

小林はヘルメットを脱いだ。潜る直前に剃髪していた。スキンヘッドのほうが傭兵らしい。

「お前『城南連合』かよ」

斗真があらためてクロスボウを構えながら言っている。他の三人は地面に這いつくばったままだ。

「そりゃ、なんだよ。俺はマフラーの修理をしてもらおうとして来ただけだ。ここなら盛大なバックファイヤーを出せるようにチューンしてくれんじゃねえかと思ってよ。そしたらいきなり金属バットに鉄パイプだ。殴りかかられたら、普通、轢き殺すだろうよ」

小林はギアをニュートラルに戻し、アイドリングしながら答えた。ただしグリップは離さない。ギアキック一発で飛び出せる体勢だ。

「うちの前で、あんなでっけえ音で吠え捲られたら、誰だってカチコミだと思うだろう」

斗真もクロスボウを構えたままだ。

「修理屋の前で、マフラーの調子を見ていてなにがおかしい。おらっ。ここで、その工場に突っ込んでやろうか。全部吹っ飛ぶぜ。あぁ、弓でも引いてこいや。外したら最後皆殺しだ！」

一歩も引かず、胸を叩いた。ゴツンゴツンと音がする。ライダースーツの内側に、セラミックが仕込んであることを知らせるためだ。

斗真の顔が歪んだ。

メルセデスは炎をあげたままだ。

「あんた何者なんだよ？」

「誰でもいいだろう。マフラー見てくれるのか、くれねぇのかどっちなんだ」

小林は強気一点張りで攻めた。命知らずであることを突きつけねばならない。ここは、そういう場面だ。

「わかった。見てやるよ。車検証はあるのか？」

「トランクの中だ。勝手に見ろや」

小林は腰の後ろにあるトランクを叩いた。

「和也、開けて車検証の確認しろや。悠馬、おめぇも、いつまでも転がっていねぇで、消火器を持ってこいや。他の車に燃え移っちまうぞ」

斗真が怒鳴った。

「はいっ」

和也が近づいてきて、ハーレーのスチール製のトランクを開けた。

「わっ」

和也の悲鳴が上がる。

それもそのはずで、トランクの中には起爆装置とダイナマイトが五本束ねられているのだ。その脇に車検証の入ったホルダーが差し込んであった。

「心配するな。俺がリモコンを押すか、こいつが激突でもしない限り、爆発しねぇ」

小林はハーレーのボディを撫でながら、静かに答えた。

「うっ」

和也は体を震わせながらトランクに手を入れ、車検証のホルダーを抜きとった。すぐにハーレーから離れて、斗真のもとに駆け寄った。

「阿部雅彦というのか？」

車検証を見た斗真が睨みつけてきた。

「偽名だ。だが車検証は存在する。それでいいだろうよ」

小林がそういうと斗真は和也に顎をしゃくった。

和也が尻ポケットからスマホを取り出しタップし始めた。阿部雅彦を検索しているようだ。

——ありがたいことだ。

悠馬が工場内から三人の仲間を引き連れて来た。全員、消火器を持っている。燃え盛るSUVに向かって白い泡を噴射し始めた。

「あんた、どっかの傭兵だな」

ネット記事を見たらしい。斗真の顔は引き攣っていた。

阿部雅彦は爆弾製造の罪で指名手配されたままになっている。府中の刑務所に匿われていることなど一切知られていない。

「だから、偽名だよ」

ここからが駆け引きだ。

「だったら、あんたの本名は何ていう？」

「三原」

ぶっきらぼうに答える。ＳＵＶの炎は収まりだした。

「ざけんなよ」

斗真が揶揄（からか）われたと思って、クロスボウを構えようとした。小林はすぐにアクセルをふかす。

「うっ」

和也が飛び退（の）く。

消火中の四人も一斉に地面に伏せた。

「待て待て」

斗真が手を振った。

「だからよ。阿部雅彦でも誰でもいいじゃん。俺が頼みたいのはマフラーをマシンガンに仕立てたいってことだけだ。まさかバイクの排気口から実弾が飛び出すなんて、追ってくるパトカーも思わねぇだろうからな」

笑いながら言ってやる。

すると斗真も笑いだした。

クロスボウを放り投げ、両手を膝に当てて笑い出した。

「そいつはいいや。ジェームズ・ボンドだ。わかった阿部君。うちでそのハーレーをバリバリ、チューンアップしてやるよ。けど阿部君、なんで俺んところにやって来た?」

半グレは、同格とみなすと君付けで呼び合うのが通例だ。

「三原君のことはマニラのギャングから聞いた。日本国内で武器の製造を頼める奴はいないかと聞いたら、そんなクレイジーな奴は元ジゼルの三原斗真しかいないと教えてくれた。日本国内にいる中東の地下組織からの依頼だ。試作車を作りたい」

暗に自分が本物の阿部雅彦であるかのように匂わせる。

「それはさらに面白い」

斗真もさらに高笑いをした。

半グレは本職の極道よりも猜疑心がなく、シンプルなところがある。相手の根性と力量を見極めると、すぐに意気投合したりする。

「マシンガンの本体の製造方法は俺が教える。あんたらはマフラーへの組み込み方や、グリップをトリガーにするための配線を工夫してくれないか」

小林は殺気を消して伝えた。

「OK。とにかく、その危なっかしいハーレーのエンジンを止めて、工場の中に入れてくれ」

斗真が手招きした。

地面に這いつくばり頭を両手で押さえていた連中もようやく立ち上がった。

小林はハーレーから降車し、手で押しながら工場内へと入った。場内は見事に整頓されていた。これだけでもジゼルは統制の取れた賢い半グレであることが一目瞭然だ。

中央に車体を持ち上げるリフトがあり、黒いBMWのSUVが載っていた。タイヤ交換のようだ。スパイクタイヤに交換している途中のようだった。

その隣では塗装が行われていた。赤のBMWのSUV車の左右のドアサイド、ボンネット、ルーフ、リアハッチドアに白で十字のマークを吹き付けている。

一見ヘルプマークだ。日本の救急車とは異なるが、すれ違う誰もが医療系の緊急車両と見間違うだろう。

奥には大型車用のスパイクタイヤが積み上げられ、その脇には黒色火薬の袋が並べられている。

こいつら何をしようとしているのだ？

「立派な工具がそろっているな」

小林は壁際の棚に並べられた様々な工具や、作業机の上にある旋盤機やバーナーを眺めた。

「好きなように使っていい。なぁ阿部君、こっちの仕事も手伝ってくれないかな。うちの客分として一切合切面倒を見る」

　斗真が切り出してきた。

「へぇ、三原君が俺を客分にしてくれんの。面白えけど、俺は半グレの抗争なんかには興味ねぇよ」

　あえてそっけない態度をとった。

「いや、俺は『城南連合』のことなんてどうでもいいんだ。もっとでっかいこと、本気でてっぺん取りに行きてぇと思っている」

「三原君の志によっては手伝わないこともない。俺は、正義の味方だから」

　あえてちゃらけてみせる。

「ちょっとクルーザーで散歩しないか。サシで阿部君と話したい」

　斗真が工場の奥の扉を指した。

「車だけじゃなく、船も扱うのか？」

「いや船はあくまでもプライベート用だ。監視カメラのない場所って、海しかないからな。商談は海上と決めている」

　言いながら斗真はさっさと歩き出した。

5

『三原モーターズ』の真裏は運河になっていた。工場の裏扉から石段を下りるとプライベートな桟橋になっている。

そこに中型クルーザーが係留されていた。トヨタ製の十二人乗りの最新クルーザー、ポーナム31だ。船名は『BLAZE』とあり、その下に炎の絵がペイントされている。ロックな感じだ。

和也が操舵室に入ってエンジンを掛けた。

「あいつは元横須賀の暴走族だ。車を船に変えても、爆走したがる」

キャビンに腰を下ろした斗真が、冷蔵庫から缶ビールを取り出しながら言う。バルチカだ。

「ロシアビールとは珍しいな」

一缶受け取った小林は缶のデザインをしげしげと眺めながら言った。

「さすがに詳しいな」

斗真が言い顔の前に缶を翳した。小林も同じ仕草をした。

日差しのある午後とはいえ二月の海には寒風が吹き荒れていた。ライダースーツを着たままで正解だった。

「見たことがあるだけだ」

小林はあくまでも曖昧な態度を貫いた。そのほうが真実らしく見えるものだ。クルーザーが東京湾の中心部に出た。横浜港のほうを向いている。

「天下を取るには、いったん混乱が起きたほうがいい。それも国全体があたふたするような混乱じゃないとな」

斗真は傍らの戸棚から葉巻の箱を取った。キューバ産のコイーバだ。十本ほど並んでいた。

「吸うか？」

「あぁ」

小林は一本受け取った。濃厚な香りが漂ってくるが、すぐに風に飛ばされた。

「どんな混乱だよ」

「まだ、はっきりは言えない。ただ、それがテロなのは事実だ」

斗真もこっちを見定めようとしている。

「半グレだと思ったら、おまえら過激派か？」

「違う。国の体制なんかには興味はない。ただし、過激派と手を組むメリットは感じている。闇社会の現在の勢力図をいっぺんに吹っ飛ばしてしまうには、政権自体もぐらついてしまった方がいいんだよ」

誰かに吹き込まれたらしい。斗真がオイルライターのフリントホイールを回し葉巻に火を付けた。

「何故そう思う」

小林も葉巻を咥えた。斗真がぼっとオイルライターの火をともす。小林はその火を両手で囲み、風を避けながら葉巻の尖端を差し出した。

「いま天下を取っている極道は、みんな政治家と繋がっている。『城南連合』や大阪の『アッパーウエスト』なんかも政治家や財界人の息子や娘を手なずけては、利権にありついている。そしてなにより警察が、そうした有力者をバックにもつ半グレの捜査には手を抜く。逆にライバルグループを、容赦のない徹底捜査で潰しに来る。それをひっくり返すにはよ、一回ゼロに戻すのがいいのさ」

一理あることを言っている。

警察が特定の任侠団体と協定をしているのは事実だ。江戸時代の同心が岡っ引きや町火消などの侠客たちを下部組織にしてきた名残りのようなものだ。一時期、与党系ヤクザに、裁判で裁けない悪党どもの闇処理を任せたこともある。

だがいまはその闇処理も、警察がきっちりやるようになった。

「要するに、表社会の転覆に乗じて、裏社会もひっくり返そうって魂胆だな」

小林は葉巻を喫(す)った。

「七十八年前に日本が戦争に負けたときに、新手の悪党たちが米軍にうまいこと入り込み、その後の利権を握ったというじゃないか。その流れが闇社会にも延々残っている。裏社会のイノベーターは弾(はじ)かれるんだ。いやになるぜ」

斗真が葉巻を咥えたまま、立ち上がりデッキに進んだ。

「それは確かにそうだ」

小林も立ち上がり斗真に続いた。葉巻をふかし合いながら離れていく陸地を眺めた。

一九四五年から約七年に及ぶ連合国軍による占領統治の間に、日本のあらゆる分野の構造が変わった。

政体や企業構造までが激変したのだから、闇社会の序列も変わったのは当然だ。

当時、闇市に生まれたのが現在の半グレのルーツとされる愚連隊系ヤクザだ。それまでの伝統儀式を重んじる博徒系ヤクザや神農(テキヤ)系ヤクザの利権に割って入り急成長した。特に米軍利権に食い込んだのが、この愚連隊系である。

「戦後八十年だ。そろそろガラガラポンの時期じゃねえか」

風に煽られた葉巻の尖端が赤々と燃えていた。

「表の方を動かそうとしているのは、どんな連中だよ」

小林は一歩踏み込んだ。

斗真が葉巻を船縁（ふなべり）で叩いて灰を落としながら、小林の眼を不審げに覗き込んできた。息苦しくなるほど凝視される。

小林も睨み返した。

「あのな。表の方がしくじったら終わりってことだろ。そこを言わないで組まないかと言われても頷きようがねぇ。俺も生死の境目を潜り抜けてきたんだよ。あやふやな作戦に参加するつもりはねぇ」

ここで下手に飛びつかないほうがいい。ハードネゴシエーションも、最後は度胸が決める。

さらに十秒ほど斗真は小林から視線を外さなかった。小林も殺す気で睨み返した。テロリストになり切ることだ。

「『日本烈火（れっか）派』という新過激派と『ジゼル』は組んでいる。表を突破するのはその『日本烈火派』で、裏を牛耳るのが俺たちだ」

斗真が口を割った。

「漫画みたいな話だな。『烈火派』なんて日本でも中東でも聞いたことがねぇぞ。三原君、騙（だま）されているんじゃないか」

小林はさらに火に油を注ぐような言葉を選んだ。

前のめりになるよりも、小バカにしたほうが斗真は喋るような気がした。

ムッとさせた方が、人は自分が正しいと弁明するかのように、言わなくてもいいことまで、口を滑らせるものだ。

果たして斗真の蟀谷にくっきりと筋が浮かんだ。

「知らなくて当たり前さ。この名前が世に知られるのはもう少し先になる。間もなくでっけえ花火が打ちあがるんだ。日本中がひっくり返るような大型花火だ。そしたらたぶん国のお偉方も腰を抜かすさ。そして、この一発だけで、まず金持ちたちが海外に逃げだすだろうよ。日本の経済はいったん空洞化し、既得権を持つ闇組織もシノギを失って、町が荒廃する。そこで俺たちがあらたな秩序をつくるのさ」

斗真の口が軽くなりだした。

「嘘くさすぎる」

小林はあくまで信じられないというふうに、笑いながら葉巻をふかした。苦み走った匂いが風に溶けていく。

「大昔にあった連続企業爆破なんてレベルじゃねぇ爆発が起こる。そして、それを仕掛けている国の存在がはっきりわかったら、パニックになることは間違いない」

斗真が口角から泡を飛ばし始めた。

「三原君、ドラマの『ジャック・ライアン』とかの見すぎじゃねぇの？」

トム・クランシー原作のヒット・ドラマの名を上げた。ＣＩＡの分析官ジャック・ライアンが世界中でテロリストと闘う人気ドラマだ。映画『レッド・オクトーバーを追え！』のアレック・ボールドウィンは適役だと思うが、ドラマ・シリーズの主演、ジョン・クラシンスキーは原作のイメージとだいぶ違う。小林はそう思っている。

「そんなもの知らない。ちっ、それ以上は説明のしようがねぇ」

斗真は、葉巻を海に投げ捨てた。

いっこうに小林が信じようとしないので苛立ってきたようだ。クルーザーがベイブリッジを潜って横浜港に入った。貨物船が何隻も停泊している。クルーザーはその間を縫うようにして、航行した。

「和也！」

斗真が叫び一隻の貨物船を指差した。

錆びついたコンテナを山のように積んでいるパナマ船籍の大型貨物船だった。クルーザーはその鉛色の船体の真横に忍び寄っていく。周囲から隠れるような位置だ。

反対側からタグボートがやってきた。

二百トンクラスのタグだ。

二隻が貨物船の横で交叉した。タグのデッキに小柄な外国人が乗っていた。浅黒い肌に口髭を生やした男だった。三十代半ばといったところだ。

「フェデル。すぐにわかったか」

斗真が声を掛ける。

「あぁ、浮かんでいる中で一番ぼろい貨物船といったら、こいつだろうよ」

風に千切れながら綺麗な日本語が届いた。

「荷は、今夜出す。小荷物だ。太平洋で処分してくれたらいい」

「オッケー。小荷物なら二万ドルだ」

「たっけぇ。円安なんだ。一万五千に負けておけ」

「一万八千ドル」

「日本円で二百三十万でどうだ」

「ノーノー。円はいつ紙くずになるかわからない。ドルオンリー」

フェデルと呼ばれた男は譲らなかった。

「ちっ。いまからラモンの店に行って一万八千ドル払っておくよ」

「なら請け負った。また捕まりそうになったらボゴタに逃げてこい、世界一旨いコーヒーを淹れてやる」

コロンビア人のようだが、流暢(りゅうちょう)な日本語を話す。

「ゲリラと麻薬の売人しかいねぇ町になんか、行くかよ」

「いまに東京もそうなるさ。斗真、勝ち残れよ。ラモンから連絡が入ったら、荷物はふ頭で受け取る。じゃあな」

タグボートは進路を変えて出ていった。

少し先でギリシア船籍の大型貨物船から艀（バージ）にコンテナが降ろされている。タグボートは、その艀を山下ふ頭に押し込むために向かっているようだ。

斗真のクルーザーはパナマ船籍の貨物船から離れ、横浜港の方へ向かっていく。

「国際シンジケートと繋がっているようだな」

「あんただって中東のテロ組織の傭兵みたいなことをしているなら似たようなものだろう。だいたい正義だの秩序だのなんてものは、いま天下を取っている連中が決めたことだろう。そいつらのルーツはどうよ。喧嘩に勝ったってことだろう。俺は気に入らないから、ひっくり返したいだけだよ。世界中にそんな奴らがいて、提携しあっている。既存の権力をぶち壊すんだから、表も裏もねぇだろう」

斗真がまくし立ててくる。半グレにしては弁が立ちすぎる。小林は、斗真の屁理屈は誰かからの受け売りだろうと睨んだ。その誰かを探り当てねばならない。そいつがオルグをしたに違いない。

小林は少し、考えるふりをした。

クルーザーは『横浜ハンマーヘッド』と呼ばれる新ふ頭のほうへと向かっている。

「俺の報酬はいくらになる。三原君の客分になる気はないが、ビジネスとして成立するなら応じてもいい」

小林は視界の先にある米軍施設を見やりながら伝えた。こんなところにも米軍の派出所のようなヘリポートがある。そして思えば日本の内陸部の空は、すべて米軍が制空権を握っているのだ。

本来、内陸部を飛べば二十分の飛行で済む、旅客機の羽田—伊丹路線は一旦、太平洋に出て海沿いを迂回して飛行するために六、七十分となる。これが日本の現状だ。

つまり空の上から見る限り日本はアメリカなのだ。

米国にとっては、日本という島全体が、あたかも極東アジアの全体主義国家たちの目の前に浮かべた巨大な航空母艦のような存在と言えよう。

逆に大陸側の二大全体主義国家からみれば、喉元に突き出された匕首のような島となる。グローバル化が進むほどに、日本の立場が危うくなってくるのは当然のことなのだ。

「傭兵としての報酬は一億円。期間は三月末までだ。その間、武器の密造に力を貸してもらう。ただし、二か月間、身柄は拘束させてもらう。俺らと共に行動してもらうということだ」

武器の製造に関し、小林は一定の知識を持っていたが、万能ではない。そのレベルにもよる。

「武器の種類にもよるぜ」

「阿部君がさっき言っていたバイクの排気口に逆噴射的に発砲できるマシンガン。それって、凄くいいと思う。うちの工場で二十台ぐらい造ってくれないかな」

それは可能であったが、いかにも暴走族の抗争や白バイ対策の武器ではないか。

小林は、三原斗真に接近するための口実として、マシンガンの仕掛けを持ち掛けただけなのだが、こいつらの狙いはその程度の武器を扱いたいということなのだろうか。

もう一歩踏み込まねばならない。

「一億は安すぎないか。おまえら国をひっくり返すんだろう」

ハードジャブを入れる。一歩間違うと、ここで交渉は打ち切りになる。

「まず二千万は即金だ。そして一か月後の三月上旬に三千万。三月末に残金五千万だが、場合によってはもう五千万上乗せする。友達になれたら、その後、阿部君の関与するテロ組織に資金を提供する。もちろん億単位だ」

斗真が手の内を見せ始めた。

この支払い計画はあきらかに三月に『烈火派』が何かをやるということを匂わせている。

そして三月下旬には、その何かが、ひとまず決着を見るということだ。

小林は一呼吸入れてから答えた。

「順番が逆だ。先に五千万だ。そして一か月後に三千万。三月末までの契約は守る。別れ際に二千万プラスボーナスだ。それ以後のことは、その時の話し合いだ」

受ける気構えがあることは示す。

「先払いは二千五百が限度だ。それで不満ならご破算だ。横浜で降りろ。ハーレーは手間賃として貰っておく」

その気を見せるとすぐに、足元を見てきやがる。

「あれはくれてやるよ」

小林はダイバースーツのポケットからハーレーのキーを取り出し、海へ投げこんだ。そのまま続ける。

「キーを差し込まずに、あのバイクを解体したら爆発するぞ。あの工場が吹っ飛ぶぐらいの威力はある。俺がそのぐらいの仕掛けをしていないと思うか」

ブラフで応酬する。

斗真が少し青ざめてスマホを取り出した。工場に電話しているようだ。

「ハーレーには触るな」

誰かにそう告げている。まだ、触られてはいなかったようだ。小林は安堵(あんど)した。キーは予備を持っている。

「三千万まで出そう。指定口座に振り込ませる。一か月後に五千万だ。こっちは持ち逃げのリスクを負っているんだ。妥当なオファーじゃないか」

「わかった。引き受けよう。今すぐここに振り込め。ドル換算だ」

ここら辺が着地点だ。

小林はカリブ海に浮かぶ小国の銀行口座番号を伝える。

ここに入金されると自動的に小口の知るところとなり、それは潜入が成功したことを知らせるサインにもなる。

斗真が送金手続きをするためにスマホをタップし始めた。メールを打っているようだ。

陸地が近づきつつあった。

クルーザーが『横浜ハンマーヘッド』の横から入り江に入っていく。そのまま大岡川へと滑り込んだ。

春なら両岸に桜が咲き誇る名所として知られる川だ。桜木町方面へと航行している。

「送ったぜ。確認してくれ」

悪事で稼いだ金の一部を警視庁の秘密口座に戻してくれたことになった。その金が公安機動捜査隊の裏捜査費に回る。

すぐにスマホを取り出しタップした。世界中の機密費を預かるカリブの金融機関では二十四時間いつでも入金確認ができる。

ほぼ三千万円分のドルが入っていた。

「代理の振り込み人が、澳門のカジノとはな」

斗真は頷いた。資金洗浄（マネロン）にカジノを挟むのは、反社組織のお家芸だ。

「契約成立だよな」

「そういうことだ。必要な道具は揃えてもらう」

小林が答え、斗真と拳をあわせた。海を照らしていた陽光が、すこしずつ西に傾き始めていた。クルーザーは大岡川をどんどん上っていき、何番目かの橋のそばで止まった。

「ちょっと寄り道をしていく。付き合ってくれ」

斗真が橋脚のあたりへ飛び降りる。小林も続いた。川の北側に降りた。階段を上り川べりの道に出る。太田橋という橋だった。この界隈に詳しくはないが、位置的に伊勢佐木町通りに近いのではないか。

斗真は川べりの道を歩いていく。

小さな店が並んでいた。

いずれも二階家で、長屋のように連なっている。カフェやアートショップなど小洒落た店が多いが、ところどころに、赤提灯を下げた昭和の佇まいを残す飲み屋もあった。まだ陽があるうちだが、中年男たちが飲んでいた。

歩いているうちに、ここいらが京急日ノ出町と黄金町の間のあたりだと気が付いた。

戦後の一時期バラック建ての家や飲食店がならび、ヒロポンの密売とパンパンと呼ばれる米兵相手の街娼が並んだ町だ。九〇年代には逆に外国人娼婦が並んだという歴史を持っている。

カフェやアートショップ、ブティックが連なる棟割家屋は、かつて『ちょんの間』と呼ばれた売春専用の飲食店が入っていたものだ。

その歴史を知らなければ、とてもアートな町に見える。大通りの向こう側にある風俗街曙（あけぼの）町と異なり、この辺りにはもはやセックスの香りはないようだ。

斗真はそのまま一本裏の通りに入っていく。

すぐにトタン板にペンキで書かれた『ラモン製氷商会（アイス・ファーム）』の看板が見えてくる。

古めかしい木造の店舗。

伊勢佐木町の飲食店に氷を卸している店のようだ。

斗真はそこに入っていった。小林も続く。

コンクリートの床に板壁というちぐはぐな印象の店の中央に、業務用の古い鉄製製氷機が備え付けられてあり、ごとごと音を立てていた。

「ティーオはいるかい。斗真だよ」

斗真が大声を張り上げた。

「甥っ子（ソブリノ）よ、待っていたぞ。厄介な荷物はさっさと運び出してくれ」

店の奥の引き戸が開き、カーキ色のオーバーオールに身を包んだ太鼓腹の中年男が出てきた。銀色の髪と髭。彫りの深い顔の男だ。

「今夜、本牧のふ頭からFの旗をつけた艀（バージ）に乗せてくれ。一万八千ドルでフェデルと話がついた。これを渡しておく。ラモン伯父(おじ)さんの保管料と港までの運搬料も含めて、日本円で三百万だ」

斗真が茶封筒を差し出した。

「おぉ、確かに受け取った。いまからボゴタのヘッフェに電話する。三十分以内にフェデルに電話を入れるように伝えておく」

ラモンが答え、札束の入っているらしい茶封筒を手にしたまま奥へ引っ込んだ。スペイン語のヘッフェはボスを意味する。このおっさんはコロンビア犯罪組織(シンジケート)のボスのひとりであろう。

奥の方からスペイン語で話すラモンの声が聞こえてきた。

ラモンとボゴタにいるボスは実際の送金を伴わない、信用取引だ。地下銀行の典型例だ。フェデルはボゴタに帰国後、ボスから金を受け取ることができる。

逆もある、コロンビアで犯罪を犯して日本へ密入国したい場合、その費用の一切はコロンビア国内で支払う。

ラモンは犯罪者という荷物(バゲージ)を引き受け、日本での新たなパスポートや隠れ場所を提供し生活の面倒を見る。

密入国した男は、すでにこの国にはいないコロンビア人、もしくはスペイン語圏の男になりすまし南米系マフィアの一員として、金を稼ぐのだ。

いずれまた他国へ出るか、もしくは日本国籍を持つ者と結婚し、この国に根付く。斗真が率いる『ジゼル』のルーツはそこにあると見られている。グローバル化が進み世界が狭くなるほど、ジゼルのような組織は増えるだろう。

ロシア系、中国系も同じような形で、日本の闇社会を侵食しつつある。中国系などは、すでに出身地別にいくつもの派閥に分かれており、歌舞伎町や上野を舞台に、同国民同士で抗争を繰り広げているほどだ。

そして、このやり方に便乗してロシアや中国、北朝鮮は工作員を送り込んでいる。スリーパーセルと呼ばれる、この国に根付いた工作員を育てようとしているのだ。

斗真のことはアフリカ系とばかり思っていたが、実は南米系なのかもしれない。その辺も接触しているうちに判明するだろう。

もっともルーツがどこにあるかとは無関係に悪党どもはウイルスのように結びつき、より強力になっていく。

「ヘッフェ・クアトロはオーケーしたよ。すぐにフェデルに電話を入れるそうだ。間違いない」

ラモンが戻って来て、サムズアップした。

「これでカタがつく。面倒くさい証拠品はさっさと始末しないとね」

斗真が言っている。小林は無言でふたりのやり取りを聞いていた。

「いちおう、今夜運び出す荷を確認してもらうとするか。隣の冷凍庫だ」

ラモンが歩き出した。

「阿部君も一緒に来てよ」

「証拠品ってなんだ？」

歩きながら訊いた。

「阿部君には見慣れたものさ」

ラモン製氷商会の真横にコンクリート造りの冷凍庫があった。ステンレスの扉を開けると白い煙が上がった。

「マイナス十八度だ。世界中の氷を取り寄せて保存してある。ちょっとした俺のコレクションルームだ。それなりに役に立つこともあるんでな」

ラモンが笑いながら入った。斗真とともに進む。十五平方メートルほどの冷凍庫の庫内はライダースーツを着ていても、鳥肌が立ちそうな寒さだ。

奥の方に黒いハードケースが立てかけてあった。サッカースタジアムのロッカーぐらいのサイズだ。

「アラスカから届いた氷に漬けてあるから、まったく腐っていない。匂いもない。このまま艀に降ろしたらいいだろう」

そう言いラモンがハードケースの扉を開けた。中に素っ裸の男の遺体が、目を見開いたまま氷漬けになって入っていた。美しい標本のようだ。小林が画像データで記憶している警視庁組対五課準暴力団担当の古泉直也の顔と一致した。

「大事の前に、ちょっと面倒臭かったからな。下手に俺たちを嗅ぎまわるとこういう目に遭うんだ。氷結してやった」

斗真が小林の眼をじっと覗き込んできた。

「雪山で死ぬのが一番苦しくないんだ。斗真君は優しいよ」

小林は平静を装った。

「阿部君、さすがだね。ここはラモン伯父さんに任せて、中華街で旨いものでも食って帰ろうぜ」

斗真はさっさと冷凍庫を出ていった。

第六章　トペ・コンヒーロ

1

【学内に核弾頭秘匿の可能性あり】

光浦町に戻った芽衣子は、オフィス棟の三階の窓辺に立ち、円形池を眺めながら、脳内に何度もその言葉を浮かべた。

一体どこに、そんなものを隠す？

窓からキャンパス全体を眺めた。背後の音楽学部の棟以外の四学部は、ここから見渡すことができる。

吹雪いてきた。雪は幻想的で、思考を巡らせるにはもってこいの風景である。

映画学部のほうから賑やかな声が聞こえてくる。今日も撮影実習をしているようだ。火薬の匂いも漂ってきた。視線を百八十度移動させると美術学部の工芸制作棟が見える。そこからは、鉄やステンレスを叩いているような音が聞こえてきた。

もはやこのキャンパスが軍事基地であることを疑う余地はないが、その確実な証拠を握りたい。

特に核弾頭があるとすればどこだ？

ダッフルコートを着こみ、キャンパスへと出ることにした。

まずは美術学部の工芸制作棟の扉を開けた。

バーナーを持った二十人ほどの学生が、一斉に芽衣子に振り向いた。全員モスグリーンのフェイスシールドを装着しており、ロボットのようで不気味だった。製作しているのは、ドローンだ。見間違いではない。撮影用ドローンだ。美術の工芸品とは縁遠いものだ。

奥の方から背の高い男が歩いてきた。指導教員のようだ。

「講師の佐々木健二です。なにか？」

「実習中、すみません。広報の今村です。ＰＲ動画のロケハンをしたくて、各校舎をまわっています。見学してもよろしいでしょうか」

ぶらさげた身分証を指さしながら、笑顔を作った。

「そういうことは事前に連絡してくださいよ。いまは、製作の最終段階です。実習に集中させてください」

佐々木が芽衣子の眼前に立ちはだかった。それでも中の様子は見えた。ドローンの脚の部分に銃口のような筒もあった。

「あっ、そうですよね。すみません。改めてメールでご相談します」

「そうしてください。僕は短期集中講座だけの担当講師です。おそらくその撮影には伝統的な津軽塗の座卓制作の模擬実習がいいでしょう。後藤准教授と相談する方がよいと思います」

佐々木は明らかに、ドローン製作の様子を見られたくないようで、頑としてその場を動かなかった。フェイスシールドをした学生たちも身じろぎもせず、こちらのやり取りを見守っている。

顔が見えないので、本当に学生であるのかも疑問であった。

「はい、改めて連絡いたします」

怪しまれないために早々に退散することにした。

美術学部の敷地を歩きながら、スマホに保存してある講師リストを検索した。

美術学部、特別工芸実践講座担当。佐々木健二。五十一歳。T工業大学卒のエンジニアで、現在は大田区の精密機器製作会社に勤務とある。

今年の二月に四コマだけの講座を持っていた。

胡散臭さの極みである。

あのドローンは間違いなく兵器だ。ということは、何らかの暴動を起こす決行日が近いのではないか。

もはや時間との闘いになってきたようだ。

円形池まで戻り、中央の時計台を見上げた。

午後三時十五分。

文字盤がそう示していた。長針と短針がほぼ重なり合い、なんとなく日本海を指しているように思えた。

時計台を凝視した。

脳裏で、不意に北朝鮮のミサイル発射のニュース映像とこの時計台の姿が重なった。

まさか？

ここから白い空に向かってロケットが飛び出すなんてありえないと思うのだが、現実は劇画よりも衝撃的なものだ。

雪を踏み、フードや肩についた牡丹雪を払う。尖端の時計に比べて胴体がやたら太い。

何気なく雪を丸めて投げてみる。カーンと内側に響くような音がした。

空洞？

てっきりコンクリートの塊だと思い込んでいたので驚いた。もう一発投げてみようと雪を拾おうとした時だ。

「今村さん、そこで何しているんですか？」

オフィス棟から出てきた森川に声をかけられた。

「いえ、この上にカメラを設置したら、三百六十度、見渡せそうだな、と」

咄嗟に思いついたことを言う。役になり切っていると、そうした機転が利くようになる。広報のプロならどう考えるだろうということを常に念頭に置いているからだ。

「それはドローンで撮影したほうが早いんじゃないか？　学生だと心もとないが、御園企画が手配するカメラマンなら、旋回して撮ってくれるだろう」

森川は怪訝な顔をした。

「そうですよね。ドローン撮影という手がありましたよね」

笑ってごまかす。

「それより、今村さん、フリーパブリシティの獲得を目指してくれませんか。地元マスコミへアプローチして欲しいんです。首都圏戦略は、動画があがってから有料枠で流すしか手がないですが、地元はできるだけフリーパブで行きたいんです。なんとかタイアップ企画で口説いてくれませんか」

もっと働けというような口ぶりだ。

「わかりました。一両日中に企画を考えて、すぐに陸奥テレビと青都日報にプロモーションをかけます」

「よろしく」

森川は正門のほうへと歩いていった。芽衣子がオフィス棟へと戻りながら振り返ると、森川も振り返っていた。なにかを疑っている眼だ。

手を振ってやる。

時計台には何か隠しごとがある。芽衣子はそう睨んだ。

夜更けになった。

夕方六時過ぎにマンションに戻っていた芽衣子は、五時間ほど睡眠を取り、目覚めると白のキルティングスーツに着替えた。

ライダースーツのようなデザインだが、しっかり防寒対策がなされている。

公安特殊工作課の設備班が考案した衣類で、表面にはライトやレーザーにも反応しない特殊塗料が塗ってあった。潜入用の小道具が詰まったリュックを背負う。これも白だ。

雪の町では白が一番目立たない。

午後十一時三十分。

芽衣子はマンションを出て、ひた走った。

夜十時を過ぎると人気のなくなる町である。誰にも出会わずに大学に到着した。

正門は閉まっている。すぐ脇に守衛室はあるが、夜間は常駐していない。守衛がいるのはオフィス棟の警備室だけだ。夜間は四名体制だが、キャンパス全体を巡回しているわけではない。

芽衣子は塀沿いに海側に回った。

海辺には『ブルーアート号』の船体がぼんやり見えた。芽衣子が着任してからは、一度も航行していない。海上ロケ用の実習船だが、密輸品の運搬に加担している疑いも捨てきれない。

まずは、あの船をチェックだ。

桟橋を音を立てずに走り、船体にたどり着く。後部デッキへと飛び乗った。ルーフに雪が積もった操舵室へ向かう。扉の鍵は手持ちの万能鍵で開ける。

五平方メートルほどの室内は一見、普通の操舵室だが、左右に機銃用の台座が装備されている。マイアミマフィアの麻薬運搬船のような設備だ。

カメラをセットするためという言い訳をしていることだろう。

標準装備のメーター類の他に、特設機材がいくつか加えられていた。

魚雷も発射できたりして？

そんな気にさえなるボタンやメーター、レーダーモニターが並んでいる。レーダー類の性能が気になるところだ。

操舵室の後方ステップからキャビンに降りる。ソファーやテーブルはすべて取り払われた広い部屋だった。

左右の壁には円形窓が並んでいるが、どの窓の手前にも鉄製の台座が設置されている。カメラを固定するためなのだろうが、見方を変えると、これもマシンガンやロケット砲の設置台になりえそうだ。

キャビン中央の鉄板を開け、ヘッドランプを灯し中を覗いた。広い保管庫のようだが、いまは何も置かれていなかった。

――いちおう、仕掛けておくか。

芽衣子は保管庫に降り、リュックからドリルを取り出した。電動ではない。手回しドリルだ。コンクリート壁に穴を開け、そこにペンシル型プラスチック爆弾を挿し込む。十個ほど挿し込み、壁の上から塗料を塗る。塗料はチューブコンクリートだ。リモートで爆破できる。

後部デッキに戻り、桟橋に飛び降りた。

「うっ」

凍結しているので足を滑らせ、転倒した。桟橋から身体の半分が飛び出す。

桟橋の真下が見えた。

岸壁のしたに大きな穴があった。下水道の穴のようだが、悪臭がしない。

不思議に思い、橋桁にしがみつきながら、降りてみる。

暗い隧道のような穴にライトを当ててみた。

三メートルぐらい先に、巨大な円形の鉄扉があった。マンホールのふたのような扉だ。

——下水道ではない。

通路かはたまた倉庫だ。

円形扉の前まで進んでみる。鍵もレバーも見当たらなかった。どこかからリモートで開閉するのであろう。

いずれ、それがどこかにあるか、探し出さねばなるまい。

音楽学部の真裏の塀に戻った。

リュックを開き、尖端にフックのついたロープを取り出した。塀の上方に設置された鉄柵に引っ掛ける。

カーンという音がしたが、警備室までは届くまい。

ロープ伝いによじ登った。塀のてっぺんから飛び降りる。雪が音を吸収してくれた。音楽学部棟の真裏だ。トーチカのような棟の窓はいまはすべて閉まっている。

ロープを外し、リュックに詰め、次は暗視ゴーグルを取り出し、装着した。

闇に包まれているが、暗視ゴーグルを通して見ると、白い雪道が光って見えた。

円形池に向かって走った。

池の周囲を歩いてみた。違う音がするところがあれば、そこが地下道になっているやもしれない。

一周したがわからなかった。雪がやはり邪魔なのだ。

まもなく零時になろうとしていた。

いつものように日付の変更を知らせる噴水が上がり、ライトアップがなされるはずだ。

芽衣子は池の畔(ほとり)に腹ばいになり、身を隠した。池の縁の高さは五十センチ。冬季でなければ腰掛けるのにちょうどいい高さだ。その外周にライトが埋まっている。

噴水があがった。

七色のライトが池の外縁から放たれる。

周囲が明るくなったので、さらに眼を凝らしながら外周を匍匐(ほふく)前進した。

池の外縁壁に付いた縦横二十センチほどの鉄の扉を発見した。昼は吹雪のため気付かなかったのだ。

鍵がかかっているが、普及品の鍵穴だ。芽衣子はすぐにポケットから万能鍵を取り出して挿し込み、ロックのポイントを探した。眼を閉じて、感覚を研ぎ澄ます。

引っかかりを得た。凹凸が嵌まる感触だ。

回す。

発条(ばね)が撥(は)ねたように小扉が開いた。

中にはテンキーとボタンが二個。グリーンとレッドのボタンだ。

核ボタンか？

一瞬慄(おのの)いたが、さすがにそんなはずはないと、すぐに思い直した。

なにかの開閉ボタンであろう。

テンキーは暗証番号用——。

リュックから特殊セロハン紙を取り出す。指紋採取用の紙だ。テンキーの上に貼り付けた。これまでに押したキーの上に指紋が浮かび上がる。

1×6×だ。四桁なのはこれでわかった。

だが順番がわからない。

必死に考えた。スマホを開いて、青南芸大とその関係者の様々なデータを引き、この四個の数字との関連性を探る。

噴水が終わり、さらに十分ぐらいが過ぎた。こうした忍びこみの場合、三十分以上の探索は危険だった。

理事長の東京オフィスのファックス番号がこの四桁に嵌まった。FAX番号は案外盲点だ。役所以外にFAXを多用する企業も個人も少ない。

6××1と押してみる。

つづけてグリーンを押す。

池の底で静かな音がした。

外壁に顎を載せ、覗き込む。

池の底の反面の床が縁に引き込まれ、さらに下にあるアクリルの底板が覗いている。地下が透けて見えるようだ。暗い穴が広がっていた。

芽衣子は暗視ゴーグルの度数をあげた。ぐっと底が見えてくる。

心臓が止まりそうになった。

地下に小型ロケットが直立しているのだ。弾頭が核か通常爆弾かはわからない。だが核弾頭が、ここに運び込まれているのは、もはや確実であった。

使用しようとしている者が、状態を定期的に確認するためにこの装置がついているわけだ。池の地下にはおそらくオフィス棟からの地下道がある。

理事長室だろう。

そしてあの岸壁の洞穴にまで通じているはずだ。

この仮説が証明できると、サハリンからこの大学まで、なにかが運搬されているという説明がつく。

探る機会は別にもうけることにして、芽衣子は赤ボタンを押した。案の定、池の底に、灰色の鉄板のような底が戻ってきた。

あとどれぐらい余裕があるのだろう。

芽衣子は焦りを感じながら、再び裏の塀にむかって走った。

マンションに戻り、着替えもせずにデスクの最下段から、特殊刑事電話（スマートポリスモード）を取り出した。

めったなことでは使わない。この周波数が敵対する勢力に拾われると、命取りになるばかりか、公安本部の通信体制の立て直しまで迫られるからだ。

だが、いよいよもって小口に直接、言葉で伝えるときが来たと判断した。

「こちら女豹。核弾頭は不明ですが、大学内でミサイル発見です」

その詳細を述べた。

小口はところどころ相槌を打ちながら聞いていた。

「もはや、青南芸大が、新過激派のアジトであるのは間違いないな」

「新過激派ですか？」

「『日本烈火派』と名乗る集団が、国体を変えるべく暴動を起こそうとしているようだ。半グレの旧『ジゼル』がその手先になっている」

「やはり……それはたぶん、女性講師失踪にも関連していると思います」

芽衣子は確信がなかったので伝えずにいた、首都高速の事故現場映像でみた組対刑事の古泉のことを話した。

「その線なら、こちらも把握している。女豹がいま浮かべている筋立てで間違いない。残念ながら、古泉はやられてしまったよ」

小口は淡々と話しているが、情報の把握が早い。これは、誰かをジゼルに潜らせたということだ。

虎だ。

だとすれば、久しぶりに面白いゲームになった。

どっちが先にラスボスの首を獲るかだ。

「いずれにしても青南芸大は、建設時から軍事要塞化しており、学生の一部を兵にすべく軍事教練をしているということです。自前の兵士が育つまで、ジゼルを傭兵として使うということでしょうか」

「その読みも当たっていると思う。本来はもっと時間をかけて革命の準備を整えようとしていたのだろうが、そのタイミングが早くなったということだろう」

小口の声が少しだけ熱っぽくなった。常に冷静なボスにしては珍しいことだ。

「国内的にも切羽詰まったロシアが、ウクライナから眼を逸らすために、日本に攻め入ろうということですね」

「おそらくな。ジゼルの動きからして、そのXデーは近そうだ。気を付けろよ。大学からはいつでも離脱できるようにしておけ。それと体内GPSの装着を」

「わかりました。離脱の方便は『親不孝』でいきます」

「いつ使ってもOKだ」

大学からいったん去る方便として、実家に不幸があったと伝えるのだ。父でも母でもいいのだ。裏を取られてもいいように、小口が『実家の葬儀』まで偽装してくれる。

「一週間ぐらいで女性講師の行方を探ってくれ。拉致であればその犯人が何者であるかだ。そこから次の手が考えられる」

「了解しました。調べを急ぎます」

特殊刑事電話を切って、ローテーブルの上に置いてあるハバナクラブの栓を抜いた。こんなときは酒でも呑まなければ、興奮が冷めない。

同時に奥歯にGPSを仕込んだ。これが唯一のタイトロープになる。

2

午前四時三十五分。

小口は市谷の自宅マンションを飛び出し官邸にタクシーで向かった。議員宿舎にいた官房長官の石原は、小口が電話した時にはすでに起床しており、日課のラジオ体操に励んでいた。

内閣情報調査室（サイロ）の狩谷、公安調査庁（ピシア）の南田も緊急に駆けつけた。官邸正面にはまだ、番記者の姿はなかった。

「青南芸大は軍事基地化しており、地下にミサイル発射台まで建設しているようです」

小口は手短に説明した。

「それは間違いなく核ミサイルだな」

官房長官がそう断定した。

最初にサイロが発見したサハリンからの積荷のリレーとの辻褄が見事に合致するので当然だ。もはや疑う余地はない。

「米軍がどこまで把握しているのか、CIAを張っていても読めません。つまり……」

狩谷がそこで言葉を切った。

「つまり?」

官房長官が、淹れたてのコーヒーを飲みながら、眼を尖らせる。鷲鼻に汗が浮いている。

「米国はあえて発射させる気かと。いつものやり方です」

狩谷がきっぱり言った。

小口も、南田も大きく頷いた。

ホワイトハウスは常に世論を気にかけている。ウクライナに手を突っ込まないのも、ロシアを刺激したくないというのは建前で、国内世論の反発を恐れてのことである。

「同盟国に撃ち込んでくれたら、即座に反撃の理由が付くか……」

官房長官が天井を仰いだ。

「小口さん、ミサイルのサイズはどのぐらいだったのでしょうか」

狩谷がタブレットを開いている。ミサイルのカタログを見ているようだ。

「確認できていません。捜査員は上方から覗き込んだにすぎません。せいぜい短距離弾道ミサイルかと」

「青森県を横断するには何キロかね?」

官房長官は日本地図を広げている。

「二百キロ強というところでは?」

小口は勘で答えた。すでに目標の想像はついていた。

「短距離弾道ミサイルでも、それぐらいは飛ぶな……」

「はい核弾頭を積んでも五百キロまではありえます。ロフテッド軌道をきちんと計算して……米軍三沢基地狙いかと……」

「まいったな。米国はそれを待っているということか」

官房長官が忌々し気に立ち上がった。

その背中に狩谷が告げる。

「はい、八甲田山の真上辺りで、打ち落とす気ではないでしょうか。基地内の様子が一切漏れてこないところを見ると、すでに迎撃準備を整えているのは確実です」

「日本を利用するということですな。同盟国内で、米軍基地がロシアに爆撃されそうになったとすれば、あの国の世論は一気に参戦に向かうでしょうな」

南田がそう言って唇をかみしめた。

「ロシアは日本国内の社会主義革命勢力が、帝国主義体制に対して独自に起こした紛争だと言い出すでしょう。その勢力を解放するために自分たちは協力すると。ついでに、北海道は、元々ロシアの領土だったなどと言い出しかねませんよ」

狩谷がクレムリンが言いそうなことを代弁した。

「米国が頼れないとなると、自国で対処するしかないな」

官房長官がふたたび着席した。

「総理とは？」

小口が訊いた。

「これから、電話で相談する。おそらく政治判断になる。ここで少し待っていてくれ」

そう言い、官房長官はコネクションドアから、隣の総理大臣執務室に入っていった。公邸との直通電話を使うのであろう。

五分ほどで官房長官は戻ってきた。

「現時点でロシアの関与に確実な証拠があるわけではない。米国の狙いも推測の域を出ていない。となると、これは国内問題だ。国民を不安にさせず、穏便に処理したいと。それが総理の政治判断だ」

想定内の返事であった。

自衛隊を冬の八甲田山中に待機させたり、機動隊を青南芸大に出動させることは、現時点で不可能だ。

「公安特殊工作課だけで、闘えと？」

「官邸がオペレーション本部になる。必要に応じて、防衛省にこちらから要請する。サイロとピシアも情報網を駆使してサポートするように」

「これは破壊工作の命令と受けてよろしいですね」

「その通りだ」

小口は肚をくくった。

日本烈火派もジゼルも潰してしまうしかない。

さてどこから手を付けるべきか？

放った女豹と虎に委ねるしかあるまい。

3

光浦町から青森市までは、車ならば一般道と高速道路の併用で約一時間三十分強だが、電車ならば乗り換えを含めてたっぷり三時間かかる。しかも本数は限られていた。

捜査のスピードアップを迫られる中で、このローカル線の不便さには、心底うんざりさせられた。

芽衣子が青森市に到着したのは昼過ぎだった。

青森駅前から市営バスに乗り、市内中央部にある『陸奥テレビ』に向かった。

フリーパブリシティを得るためのプロモーションである。

局への持ち込み案はすでに立ててある。大活映画宣伝部の蔵田正人に電話でアドバイスを願ったのだ。青森の大学で広報の仕事をしていると聞いて、蔵田は驚いていたが、いかにも映画会社の宣伝部員らしい案をくれた。

森川もその案を支持してくれている。

一方で、動画撮影の件も進んでおり、御園企画が一週間後にロケハンをしたいと伝えてきた。十人ほどの撮影クルーを派遣してくるという。

一昨日、ミサイルを目撃してしまったせいか、この大学を取り巻くすべての人物、組織が、テロ組織と繋がっているような気がしてくる。学生ですら不気味なのだ。

御園企画も、事実上、山神学園グループの関連会社に等しい。何らかの形で、テロ活動のサポートをしているのではないか。

そのロケハンが撮影目的ではなく、テロのためであると疑いたくもなる。

その辺のことは、東京に戻り、さらに調べ上げるとして、いまは棒田純子の行方を追うことが先決だった。

まる一日、大学を出て、青森市へ出張できるのはありがたかった。

地元マスコミから何か手がかりが得られるかもしれない、というものだ。

バスの車窓から見える光景は、灰色と茶色ばかりだ。ルーフに雪を積んだままの車が、シャーベット状の茶色の雪を撥ね上げながら行き交っていた。

『陸奥テレビ』は市の中央部を流れる堤川の近くにあった。

バスはその局舎の前で停車した。

ビルそのものは大きくないが、広々とした駐車場と車寄せを持つ、風格のある局舎だった。

受付に来意を伝え、ドキュメンタリー制作部のディレクター三宅哲夫を待つ。事前にアポを取っていた相手だ。

すぐに三宅はやって来た。

「どうもどうも。三宅です。光浦からわざわざご苦労さまですな。東京の方だそうで」

口と顎にたっぷり髭を蓄えたヒグマのような男が、津軽弁を抑制した、この地方独特のイントネーションの標準語で近づいてきた。

「はい、一月に着任したばかりなので、見当違いなお願いになるかもしれませんが、どうか三十分だけお時間をください」

名刺を差し出し、深々と頭を下げた。

「そんなに畏(かしこ)まらんでください。キー局じゃないんですから、ある程度はご要望にこたえられますよ。温かいものでも飲みますか」

三宅はロビーの隅の自動販売機に進んでいる。

「恐縮です。それではほうじ茶をお願いします」

遠慮せずに頼む。

三宅は缶コーヒーを取り出して、一番窓際の席に着いた。ロビー内には大型灯油ストーブが据えられ、赤々と燃えているが、それでも窓際はひんやりとしている。

「で、青南芸大さんで、何か面白いイベントでも？」

三宅が満面に笑みをたたえて聞いてきた。人懐こそうな目だ。

「はい、イベントというわけではないのですが、芸術大学の学生のスノーボード部って、一般の方は、意外に思われるのではないかと思いまして」

芽衣子はそう切り出した。大活の蔵田から貰った案だ。

「ほう」

と唸り、三宅は缶コーヒーを一口飲んで、渋い顔をした。ありきたり過ぎたか。

「芸術大学としてのイメージを根底から変えたいと思ってます。芸大にはスポーティなイメージはありませんが、当校は将来、全日本大学駅伝やスノボ世界選手権にも出場できるような精鋭を揃えたいと思っております」

三宅は考え込んでいた。

「それって、むしろキー局なら面白いネタだと思いますよ」

「御社では無理ですか？」

広報担当者らしく粘る。

「地元ではスノボ自体が普通です。芸大生がスノボやスキーをやっているからと言って、県民は大して関心を示さないでしょう。ただ……」

三宅が眉間を扱いた。

「ただ？」

芽衣子は三宅の顔を覗き込んだ。

「うちから、キー局の東日テレビの夕方ワイドかなんかに、上り便で上げるという手はあります」

「上り便？」

聞き直した。

「電車と同じです。系列の地方局から、キー局に企画を提案し逆に素材を送ることを、我々の業界では上り便と言います。うちは東日テレビのネットワークの傘下に入っていますが、子会社ではありませんから、すべてを受け入れているというわけじゃないです。時にはこちらから企画を上げて、青森をアピールすることもあります。首都圏とか、雪国ではない地方の人は驚くのではないでしょうか。編成部を通じて、提案してみる価値はありますな」

「ほんとですか！」

芽衣子は思わず膝を叩いた。上手くいくと全国へ青南芸大の名を届けることができる。広報担当者としてフリーパブをものにする喜びは、たぶん刑事がホシを落としたときの昂奮に似ているのではないかと思った。

「まだ、上げてみると言っただけで、東日さんがどう反応するかはわからんがね。ただ、青南芸大のスノーボード部が半端なく上手いのは知っているよ」

「三宅さん、ご存じなのですね」

芽衣子はタブレットを出したところだった。スノーボード部の滑降シーンがダイナミックに収録された動画が広報課にあったのだ。

「あぁ、生で見たわけじゃないけどね。そちらの棒田純子先生が映した動画を何度も見たことがある。まるでプロ並みのテクニックの持ち主が揃っていた。もっとも当人たちが本当に上手いのか、純子先生の撮影テクニックが上手いのかはわからないけどね」

思わぬところで棒田純子の名が出た。

焦りを抑えて、仕事の話を進めた。

「この映像も是非見てください。よければ東日テレビさんにプレゼンしていただければと思います」

タブレットの画面をタップし、演劇学部の創作ダンス学科の学生が中心のスノーボードによる演舞の動画を見せる。

まずはゲレンデの広い横幅を最大限に利用して、三十人のスノーボーダーたちが、様々なフォーメーションを取りながら滑降している様子だ。

ヘリコプターで上方から撮影されているので、色とりどりのジャンパーを着て様々な形を作る動きは、あたかも万華鏡のようだ。

スロープの中ほどに入ると撮影用に作ったと思われるコブがいくつもあり、そこでボーダーたちは、空中に飛び一回転するなど、アクロバティックな演舞を見せる。一転して、視点はローアングルに変わる。ボーダーたちが青空に向かって飛んでいく姿は迫力があった。

「ダイナミックだな。まるでプロ並みだ」

三宅も唸った。

地元では珍しくないというスノーボードの演技も、撮影の仕方によっては、芸大生の部活を通り越して、プロボーダーの模範演技に映る。

極めつけはラストの大きなジャンプ台から三十人がVの字になって飛び出す映像だ。渡り鳥のような陣形で大きく空中に舞い上がり、揃って前方に二回転すると、背負ったリュックからパラシュートが飛び出す。それぞれ赤と白のパラシュートだ。空撮とローアングル、それに前後左右のカメラががっちりその様子を捉えていた。
「この撮影を演出し、編集したのは、たぶん棒田先生だな。あの人以外に、こんなプロモーションクリップは撮れないよ」

三宅が目を細めた。棒田の名前が、相手から出たのは幸運だった。これで会話を繋げやすくなる。

七十インチ型テレビモニターほどの大型石油ストーブが赤々と燃えており、熱風を放っている。屋外は極寒の青森だが、室内ではむしろ東京のオフィスなどより遥かに温度を高くしていることが多い。このテレビ局のロビーも、温度計は二十八度を示している。

「私は、棒田先生と面識がないのですが、八甲田山にはよく行かれていたのでしょうか」

さりげなく訊く。

「はい、好きでしたよ。八甲田山の四季に魅せられると言っていました。いずれ雪中行軍の青森ルートに挑戦したいって言ってましたが、そればかりはやめておいた方がいいと言っておきました」

三宅は窓の遠くに聳(そび)える八甲田山を顎でしゃくりながら笑った。

山の稜線が東西に長く延びていた。沈黙する巨人が両手を大きく広げて、この町を守っているように見えなくもない。

三宅がいう雪中行軍青森ルートというのは、明治三十五年（一九〇二年）一月の青森歩兵第五連隊が実施した訓練ルートだ。

訓練の目的は、真冬にロシア軍が侵攻して来て、海岸線の列車が不通になった場合に備え、人力そりでの運搬が可能かどうかを調査するためであった。

残念なことに、遭難で二百十名中百九十九名が死亡するという悲劇がおこってしまった。小説や映画にもなっている事件である。

日露戦争開戦二年前のことである。

三宅があえて青森ルートと呼んだのは、同時に弘前（ひろさき）歩兵第三十一連隊も別ルートで行軍していたことからだ。

こちらは三十七名と従軍記者一名の小編成で全員生還していると記録にある。行軍目的は、雪中行軍に関する服装と行動方法全般に亘（わた）る研究であって、青森歩兵第五連隊とは大きく異なる。

「青森ルートはいまも難しいのでしょうか」

「いまは青森県道四十号青森田代十和田線となっていて、冬季でも通れないことはない。けんど、降雪によっては一部通行止になることも多いわな。雪中行軍から百年以上経ったいまも、あの辺りが豪雪地帯であることは変わらんです。東京育ちの人が、カメラ担いで歩きまわるなんて危険すぎる。だから止めたんです」

三宅は缶コーヒーを喉を鳴らして飲んだ。

「なるほど。それでも棒田さんがいずれは撮りたいと言っていたのは、カメラマンとしての好奇心のほうが勝っていたんでしょうね」

芽衣子は棒田の件について深掘りしはじめた。棒田の心象風景を知る者の証言から行方不明になった理由の一端が垣間見れるかもしれないのだ。

「その棒田先生についてだけどもよ」

突然、背中の方からしわがれた声がした。

振り向くと、よれよれのコートを着た光浦署の田辺一郎が、こちらのテーブルへと歩み寄ってきた。

「刑事さん、どうしただ？ なんがわがったのがね？」

三宅も津軽訛りのイントネーションになった。

「いやさ、棒田純子さんな、どうも光浦浜の海浜公園で、なんかあったんでねべかって、思ってな。三宅さん、なんが、思い当たる節はねえがなっと思ってな」

田辺が、勝手にテーブルに割り込んできた。

「おや、これまた偶然だべさ。あんだ、青南芸大の広報の人だべな」

芽衣子のほうを向いて言う。一度見た顔は確実に覚えている。同業者なら当然だ。

「はい、その節はどうも」

芽衣子は立ち上がり会釈した。

「海浜公園がどうしたって？　まぁ座れや、刑事さん」

三宅が空いている椅子を指した。田辺は椅子を引きながら、ジロリと芽衣子を睨む。席を外せと言っている眼だ。

「棒田純子さんのことなら、私も聞きたいのですが」

芽衣子は、平気で田辺の視線を撥ね返した。田辺の表情が険しくなる。一瞬のことだが、互いの視線が交叉して火花が散った。

「まぁ、いがべ。どのみちまた大学にも聴取にいぐごとになるはんでな。広報さんには、先に話しておくべがな」

「はい。どんなことにも協力しますよ」

すかさず芽衣子は笑みを浮かべた。三宅が立ち上がり、自販機からもうひとつ缶コーヒーを購入して田辺に渡す。

「実はな、この前あんたの大学で確認してもらったカメラのレンズフードな。あれを見つけたのは海浜公園の東屋だったのさ。ライトのガラス破片が落ちていたのも同じ場所だ。あんたとこの学生さんの証言をもとに、メーカーさんに確認したら、やはりレンズフードはベータカムに取り付けるのと同じもので、ガラス破片もライトということで間違いなかった」

「ほんとですか」

芽衣子は声を張った。先が聞きたい。

「ってことは、棒田さんがあの東屋で撮影していたと見るのが自然だべ。そして何かの事件に巻き込まれたんじゃないかと、俺は思うわけさ。三宅さんよ、あんた棒田さんが、海浜公園で撮影していたって話、聞いたことねえかね？」

田辺が一気に話し、ひと息入れるように缶コーヒーのプルタブを引いた。

「いやぁ、そういう話は聞いたことがねえなぁ。けれど、撮っていたとしても不思議じゃない。カメラマンは、日常的にカメラを持ち歩き、いつでもその気になったら、レンズを向ける。そういう生き物だから」

三宅は無精ひげを撫でながら言った。

「んだが、光浦海浜公園がら撮影したど思われる映像がどこにも見当たらねえんだばよ。東京の家族の同意を得て、こっちで借りている彼女のマンションの部屋の中も探索してみだがさ、公園の映像どころか、そうした物がなんもない。置いてあった二台のパソコンのデータもチェックしたけんども、あるのは大学構内の風景や、撮影実技の様子を別角度から撮影した記録映像ばかりさ。よく行っていだという八甲田山の風景というのも、自室には置いていねがったし。どうも釈然としねえ」

田辺が三宅と芽衣子の顔を交互に見ながら言った。反応を窺う眼だ。芽衣子も、それはおかしいと思う。

「棒田先生は、撮影データを以前勤務していた東京の制作会社さ常に送ってストックしていたんだとさ。カメラマンとが俺たちテレビ屋にはよ、素材に対する保存本能というのがあるがらな。大切な素材ほどセキュリティ能力の高い場所で保存しようとするんだがな……そうが、あの火災でそれも消失してしまったんだべな」

三宅が諦観をしめすようにさかんに首を振り、田辺の顔を見た。

「どういうことですか」

芽衣子はあえて口を挟んだ。

思わぬ線から、何か摑めそうだ。

「彼女が昔勤めていたのは東京のポスプロ『ボンバーズ・ジャパン』だ。青南芸大の広報さんは知らないのか？」

「えっ、そうなんですか？　すみません、私は今年早々に着任したばかりなもので、棒田講師のことはよく知りません。ですが『ボンバーズ・ジャパン』は知っています。私が働いていた広告代理店とも取引がありましたから。台場の倉庫が燃えたのも知っています」

芽衣子は取り繕った。三宅が納得した顔になり、再び田辺の方を向いた。

「田辺さん、東京のボンバーズ・ジャパンの本社にも棒田先生の素材は、まったく残っていなかったかい？」

三宅が念を押すように訊いた。

「テープの素材は全て倉庫に保管してあるってことだった。それでプロデューサーさんが、徹夜で素材を探して、俺が普通にパソコンでも見られるようにと、倉庫の編集室でUSBメモリーに落としてくれたんだ。それは火災になる前だよ」

「ということは焼けてないのか？」

「いや、社に戻ってくる途中、首都高でトラックに追突して、そのプロデューサーさんは亡くなられてしまった。メモリーはどこかにふっとんじまったようだ。まぁ、交通量の多い東京の高速道路のことだ、踏みつぶされて粉砕され、風に巻かれて飛んで行ってしまっただろうな。はっきりした事件でもあれば別だが、行方不明者の捜索で、高速道路を止めて証拠拾いを警視庁に依頼するのは無理ってもんだ。そういうわけで、棒田さんが、ベータカムとやらで収録した素材は、皆無だ」

田辺は無念そうに唇を噛んだ。

それはさぞかし刑事として釈然としないだろう。棒田純子が光浦海浜公園の東屋で撮影をしていたらしいという状況証拠はあるが、それを裏付ける収録画像がないわけだ。所属は違うが同じ刑事として同情する。

だが裏を返せばはっきりしたことがある。

棒田純子の失踪には、撮影した映像が絡んでいるということだ。誰かが、彼女に映されては困ることを撮られた。そういうことではないか。眼の前にいる田辺もそう感じているに違いない。

素材をＵＳＢメモリーに落としたプロデューサーまでが事故死したということが、その何よりの証拠だ。

ふと頭蓋の奥の方から、あの日の事故のニュース映像が降ってきた。

交通事故の現場で、どういうわけか組対課（マルボウ）の古泉直也が追突されたトラックの周辺を調べまわっていた映像だ。

ピンときた。

追突したトラックを運転していたのは、復活したジゼルのメンバーだ。

ジゼルは、八〇年代後半から九〇年代に日本に根付いた東南アジア系、南米系、中東系、ロシア系の子孫たちによる不良集団だ。国内系である城南連合や、もともとの在日系である朝鮮半島系や中華系とも派閥を別にする。

ジゼルがテロ組織の下請けとなって、ボンバーズ・ジャパンの倉庫に火を放ち、棒田純子の映像記録を持ったプロデューサーの車を狙ったのだ。

「おふたりさんとも、棒田さんや映像についてなにか気づいたことがあったら、連絡してけへ。打ち合わせを邪魔したようで申し訳ながったな」

田辺はそう言って立ち去った。

「今村さん、今日は光浦に帰るのかい？」

「いえ、青森市内を少し散策したいので明日帰ります」

「もし時間があったら、夜、棒田先生とよく一緒に行っていた居酒屋で一杯やらんかね。飲んで喋っているうちに、なんか思い出すこともあるかもしれんし」

三宅が猪口を呷る仕草をした。

「あら、それは嬉しいお誘いですね。喜んでお供します」

六時すぎに居酒屋で待ち合わせることにして、芽衣子も陸奥テレビを後にした。

4

雪は降ったり止んだりで、突然、青空が見えたりする。

北国の空模様はまさに気まぐれだ。市街地でこそさほど気にならないが、これが山間部であるとすれば、いまでも遭難は容易いだろう。しかも雪に埋もれるというのは、大海に溺れたも同じで、雪が解けるまで発見されるのは困難だ。ただ、溺死と異なり腐乱遺体にならないことが救いだろう。

芽衣子は市営バスに乗り、国道四号線沿いの市の東部にある合浦公園に向かった。

樹齢四百六十年以上とされる黒松『三誉の松』を中心に十七ヘクタールに及ぶ庭園式公園である。その三誉の松の前に立った。盛大な雪に覆われた松は、どこか不思議な奥深さと上品さを放っており、芽衣子の少し濁った思考に清風を流し込んでくれた。

どこか晴れ晴れとした気持ちになり、この地味な小都市としては、立派過ぎるのではないかと思うほど巨大な公園をゆっくり歩いた。雪に覆われた茶室や藤棚などは、想像していたよりはるかに風情があり、心が穏やかになる。

ザクッ、ザクッという雪を踏む音が、静寂の中に響いた。

今後の手の打ち方などを熟考しながら、陸奥湾を望む浜辺へと出た。

砂浜とはいえ、まだらに雪が残っている。野良猫が雪を避けて砂の見えているところだけを飛び歩いていた。

芽衣子は陸奥湾に目を凝らした。大学のある光浦町から見る外海の日本海に比べ、はるかに穏やかだ。それもそのはずで、下北と津軽の両半島に囲まれた陸奥湾は、海というより大湖のような形をしているのだ。

僅かに開いた平舘(たいらだて)海峡が津軽海峡へと接続している。その向こう側が北海道だ。

ふと、いやな気がした。

芽衣子は眼を凝らして海峡と思われる方向を眺めた。

脳内に海霧に煙る津軽海峡を悠々と航行するロシア艦隊の姿が浮かぶ。

自分の妄想に、ぞっとした。

だが現実として、ここ数年、ロシアだけではなく中国艦隊も堂々と、航行しているのだ。

残念なことに、これは領海侵犯ではない。

本州と北海道の間に横たわる津軽海峡は、特定海域とされ、他国が自由に航行できることになっているからだ。

裏返すと、いったん有事となれば、なにがなんでも制海権をとっておかなければならないチョークポイントである。

あそこから攻めて来るのか？

芽衣子は津軽半島の脇に当たるだろう方向を睨んだ。

白い空の下に水平線が広がっているだけだ。

だが、七十八年前の終戦直後、米軍はゴムボートでこの青森に上陸してきたのである。

そして青森県内に約一万五千人もの兵士を駐留させたのだ。これは東北地方に駐留にした兵力の約半分の数字である。

確か、この合浦公園にも蒲鉾形宿舎を設営したはずだった。

何故、米国はこんな小さな地方都市に軍を上陸させ、それだけの兵力を割いたのか？

当時のソビエト連邦に対するアドバンテージを得るためだったはずだ。東北最大の都市、仙台よりも、この青森が地政学的には、要衝の地だったわけである。

合浦公園が青森市に返還されたのは、一九五四年十二月のことである。講和条約の施行から二年も後のことなのだ。それだけ手放したくなかったのだろう。

米国は、その後も三沢市に基地を構え、北方への睨みを利かせている。八十年近い年月が経っても、その必要があると踏んでいるからだ。

日本人は長い間、自分たちの国が、再び戦火に見舞われることなどないと、信じ切っていた。

ところがそうではなくなった。

去年、いきなりロシアが牙を剝きだした。

これは遠いヨーロッパでの戦争ではない。

いま目の前の穏やかな海から、ロシアの潜水艦が浮き上がってきても、おかしくないほど国際情勢は緊迫しているのだ。

そんなふうなことを想い巡らせているうちに、ふと自分が青森に潜らされたのはそこか？　と気づかされた。

天を仰ぐと、白い空の上に、そら惚けて笑う小口稔の顔が浮かんだ。

青森から、革命でも起こるってか？

ザクッ、ザクッ、と雪を踏む音が聞こえ、背後に視線を感じた。

振り向くと、デイパックを背負った男女のカップルが歩いていた。どちらもダウンコートに大きなキャリーケースを引いていた。会話は英語だったので観光客のようだ。ようやく、この青森にも外国人観光客が、戻り始めたようだ。

芽衣子は再びバスに乗り、青森県立図書館へ向かうことにした。何か調べたかったわけではない。時間を潰すには、世界中どの都市においても図書館がベストだと考えているからだ。

それと尾行の有無の確認にもなる。

バスの中では何ら不審な視線を感じなかった。

けれども図書館に近いバス停『社会教育センター前』で降りると、背後から強い殺気を感じた。それも複数だ。芽衣子はできるだけ振り返らないように、図書館の敷地へと歩を進めた。建物前のパーキングエリアに入り、図書館入り口へと向かう短い石段を上がる。

透明ガラスのドアに、通りに止まる二台の大型バイクが映った。

フルフェイスのヘルメットを被ったライダーがふたり、芽衣子の背中に顔を向けていた。

どちらもライダースーツの上に濃紺のダウンジャケットを着こんでいる。

これは間違いなく尾行だ。

大学関係者か？

ふとサンボ同好会の植木や創作ダンス学科の荒川の顔が過ったりもした。

芽衣子が前を向いたまま、図書館の中に入ると同時に、バイクは立ち去って行った。雪道にもかかわらず、二台はスリップすることもなく、疾走していった。相当な腕前だ。

どこかの機関に自分の素性が割れた可能性があるということだ。こうなると合浦公園で出会った外国人観光客も怪しく思えてきた。

任務を急がなければならない。

結果的に図書館に入ったのは正解で、芽衣子は青南芸術大学に関する地元紙の記事を探した。開学するまでの経緯に何かヒントがあるかもしれない。

夕方六時。

たっぷり図書館で資料を読み漁った芽衣子は、三宅が指定した本町通りの居酒屋に到着した。この辺りは青森市内唯一の歓楽街といった趣だった。

ねぶたのミニュチアがいくつも飾ってあるいかにも郷土料理屋らしい店だった。

三宅はまだだ。

芽衣子は客の様子を窺った。すでにいるのは、いずれも七十代と思える老人の四人組とOL同士らしい二人組だ。どちらの席からも芽衣子には判然としない津軽弁が飛び交っている。これはおそらく敵ではあるまい。

先に生ビールを頼んで、三宅を待った。冬のビールはうまい。

「すんません。出がけにドタバタしてしまってね」

三宅がやってきた。黒のダウンジャケットを着ていたが、熊よりも熊らしく見えた。

芽衣子たちは静かに流れる津軽三味線のBGMを聞きながら、熱燗を始めた。三宅の勧めで高菜の油炒めとイガメンチを肴（さかな）にした。どちらも伝統料理だそうだ。イカをイガと呼ぶのは津軽訛りだ。

「棒田先生とも、ここで？」

辛口のぬる燗を大きめの猪口でやりながら訊いた。

「あの人は、大酒飲みだよ。雪降る夜に熱燗をやるのに憧れてたって言ってただ。俺だち、雪の中で育った人間は、わざわざそんなこと考えねえもんな。津軽料理にも、興味を持って、いろいろ試していたな」

三宅が笑顔を浮かべながら、徳利を振った。明るい酒だ。すぐに女将が『早過ぎだべさ』といいながら、より大きな徳利を運んできた。紺色の房の付いた四合徳利だ。時代劇で浪人がぶらさげているような徳利だった。

「棒田さんの、好物は何だったのですか」

その徳利で酒を注ぎながら訊いた。首と底を持たないと注げなかった。

「けの汁だな。根菜類や凍豆腐、油揚げなんかがたっぷり入った汁だ。出汁は昆布だが、元々家庭料理で、その家ごとに特徴があり、決まりもない。この店のは白味噌ベースでうまいんだ。シメに食うべさ」

「はい」

「棒田先生、どしてら？　青森さ来たどきは、ひとりでもよく来てたけど」

通りがかった女将が言った。紫色の作務衣が似合う四十路の女将だ。

「去年の講義を終えたきり、行方不明らしいんじゃ」

三宅も津軽弁になった。

「んだば大変だべさ。まさが八甲田さでも入ってねえべな。あの先生、行きたがってらはんで」

女将の津軽弁はよりナチュラルで、芽衣子にはまだらにしかわからない。語学はひと通り習得したが、津軽弁はやっていなかった。国内にこれほど違う言語があったとは、赴任するまで知らなかった。

「まさが。それは、ねびょん（＝ないだろう）」

三宅の言っていることも、いよいよ想像力を駆使しないと理解できなくなってきた。

「あの、棒田先生は、そんなに雪の八甲田山に興味を持っていたんですか？」

芽衣子は標準語で割って入った。女将が『あら、東京の人？』とイントネーションを変えた。

「はい。なんでも理事長と映画学部の教授が、雪中行軍の青森隊、弘前隊の両方のルートを使ったアクション映画を作りたいとか言っていたみたいで、撮影を指揮する立場上、早めに見ておきたいんだって、私には言ってましたよ。好奇心が旺盛な人でね、雪中行軍に行った軍人さんは、どんな弁当を持っていたのだろうかとかそんなことを私に訊いてきたりしてね。たしかに、おにぎりなんか、凍って食べれなかっただろうからね」

女将は標準語になった。

「そういう企画があるなんて、広報の私はまるで聞いていませんけど」

芽衣子はイガメンチを口に運んだ。しょっぱくて、酒に合う。

「まぁ、棒田先生自身も、そんな雪中撮影をしてみたかったんだろうな。百二十年前、弘前三十一連隊の方には従軍記者が付いていたことを羨ましがっていたぐらいだ。大学の企画が本格化したら、自らもベーカムを担いで、雪山に入って行くだろうな。あの大学は理事長や教授たちはもちろん、学生も県外出身者がほとんどだから、雪の八甲田の怖さを知らないんだ。困ったもんだよ」

三宅は猪口を呷った。

「そうそう、都会の人たちは雪山を甘く見がちだね。棒田先生にしても、雪中行軍の走路や装備品なんかばかり研究しているから、時々、幻覚を見るんだわ」

女将も三宅に同意するように顔を顰めた。

「幻覚ってなんですか？」

芽衣子は慌てて聞き返した。

「先生、十一月の雪の日に大きなリュックを背負って行軍している一団を見たとか、幻覚としか思えないことを言っていたのよ。私、気味悪くなって、そんな話、およしなさい、って怒ったの。それでなくとも青森は、恐山とか仏ヶ浦とか不気味な地名があるから、怪談話の材料にされやすいのよ。雪中行軍の遺体がいまだに眠っているなんていう人もいるし。全員回収されていますよ。観光にマイナスになることは、言わないで欲しいわ」

女将が芽衣子にも釘を刺すように言った。

「そうですよね」

そう答えたものの、芽衣子は、幻覚とするのも説得力に欠けるような気がした。棒田純子は何かを見たのではないか。

「スノボのプロチームでも見たんじゃないかな。スター級のプロボーダーなんかは人目に付きたくないからチームごと地味な格好をしているものだ」

三宅が、芽衣子の疑問を先回りするかのように、そう言って笑った。

それから三時間以上も飲み続け、最後にけの汁を食べた。この地方の伝統料理は、だいたいしょっぱく、塩分の取りすぎに注意している芽衣子は閉口気味であったが、この店のけの汁は、根菜の甘みを生かしていて、実に美味しかった。

店を出ると、外は吹雪いていた。横殴りの風に煽られた雪が竜巻のように乱舞している。

「ホテルまでは近いけど、今村さん、滑って転んでもなんだからホテルの玄関まではついていくさ」

三宅が酔いの回った赤ら顔で言う。吐く息は真っ白だ。

「ありがとうございます」

芽衣子の取ったビジネスホテルは青森港の新中央埠頭の手前、柳町通りにある。かつては賑やかな商店街であったそうだが、現在はまさにシャッター通りだ。通りの由来である柳の並木も、いまは雪を載せた枯れ枝を震わせているだけだった。

交通量も、国道四号線に比べると遥かに少ない。

そんな暗い道を三宅と並んで歩いた。

歩道と車道を隔てる辺りに腰高の雪が積まれている。

「雪の壁って感じですね」

青光りする雪道を歩きながら呟いた。

「雪かきすると車道と歩道のあいだにどうしても雪が溜まる。それが余計、町を冷やしてしまうんだな。まぁ、車道で車がスリップしても除雪した雪の山が囲いになって、歩道に飛び込んでくる心配がないというメリットもあるけどな」

酔ってはいるが、三宅の足取りはしっかりしていた。

「昼間、雪道を颯爽と走るバイクを見ました。東京では雪の日にバイクとか自転車に乗るなんて考えられませんが、こちらの人は腕が違うんですね」

芽衣子は図書館の前で見た二台のハーレーダビッドソンのことを思い出しながら訊いた。

「いや、そのバイクはよほど特殊なタイヤを付けていたんじゃないかね。普通の冬タイヤでも、凍った道を走るのは危険だ。地元の者は、冬はほとんどバイクになんか乗らねえよ」

三宅がそう言っていたときだ。

前方の新中央埠頭の方から、ライトの灯りと、エンジン音が近づいてきた。ライトはふたつ。ハーレーダビッドソン特有の低く唸るようなエンジン音。闇の奥から狼が眼を輝かせて向かってくるような殺気があった。しかも凄い速度だ。

「昼間見たのと同じバイクのようですが」

芽衣子は身構えた。

「東京者かよ。あんなスピードで無茶だろ、いまに事故る……」

三宅が、そう言いかけた時だ。

ふたりのすぐ脇までやってきたバイクの前輪が、高く上がった。雪の夜空に舞い上がっていくようだ。

「言わんこっちゃない」

三宅が顔を向けると、バイクは二台揃って、積もった雪の山を飛び越えて歩道側に舞い降りてきた。どちらも品川ナンバーだ。

これはスリップではない。ライダーが意図的にウイリーさせたのだ。フルフェイスのヘルメットを被ったライダーたちは、どちらも黒のダウンジャケットとレザーパンツを穿いていた。

「うわっ」

三宅が顔を腕で覆い身を屈めた。だが、空中の右のバイクが狙いすましたように、三宅の背中に前輪を叩き込んだ。

「ぐえっ」

三宅が歩道にうつ伏せ、打撲した身体をヒクつかせている。バイクはそのまま、歩道を五十メートルほど走り、すぐにUターンしてきた。

ほぼ同時に左のバイクが、空中で前輪を左右に振りながら、芽衣子の顔を狙ってきた。車輪で顔面を叩(はた)くつもりらしい。芽衣子としては、美容整形する都合のよい理由になるかな？　との思いも過ったが、本能的に後方に飛び退いてしまった。

商店のシャッターに背中が当たり、派手な音を立てた。バイクのほうは着地に失敗し、歩道の上に横転している。

「三宅さん！」

芽衣子は駆け寄ろうとした。

だがそれよりも早く、Uターンしてきたバイクのライダーが飛び降り、三宅の顔を蹴り上げた。サッカーボールキックだ。何度も蹴っている。

「ぐはっ」

三宅の顔から血しぶきがあがる。

「なにをするんですか！」

そう叫ぶ芽衣子に、今度はもう一台のバイクのライダーが立ち上がり、襲いかかってきた。ヘルメットを被ったまま、お辞儀したような体勢で、突っ込んでくる。

「うぐっ」

腹部に頭突きを見舞われた。腹筋は鍛えてあったが、それでもかなり効いた。もう一発食らったら吐きそうだ。

ライダーは無言で頭を引き、同じ場所を狙ってきた。やみくもに打って、恐怖を与える極道の喧嘩殺法ではなく、確実に相手にダメージを与えるプロの攻撃手法だ。

ドスンと腹部に頭がめり込んでくる。

「くっ」

芽衣子は思い切り後退して衝撃を緩和した。同時に背中がシャッターにぶつかり轟音を立てる。音が大きいほどいい。

そして絶叫した。

「いやあああああああ。人殺し！　助けてぇ。ヤクザに殺されそう！」

あらん限りの声をあげ、激しくシャッターを揺さぶった。こんなときはとにかく騒ぐことだ。

本町通りの方から、声と足音が聞こえてきた。たまたま脇を走行していたトラックも、スローダウンする。

「ちっ」

ライダーの男たちはバイクに飛び乗り歩道を走行して去って行った。タイヤがビシッ、ビシッと凍てついた雪を弾いていた。あれは、近頃、めったに見なくなったスパイクタイヤだ。

悲鳴を聞いて駆けつけてくれた通行人に芽衣子は救急車を呼ぶよう頼みながら思った。

――ジゼルか？

もしそうだとしたら、芽衣子の正体がすでに暴かれたということではないか。

ここで潜入離脱をすべきか？

歯痒い思いだ。

5

雪の日に歩き回るのは、市街地でも十分体力がいる。官給品のダウンジャケットとスーツに包まれた身体が、じっとりと汗ばんでいた。

「ちょっと疲れたな」

青森県警光浦署の田辺一郎は、晴れ渡る空を眺め、ため息をついた。カンカンに照り付けてくる太陽が憎たらしい。

「自分も上半身が汗でびっしょりです。いったん署に戻りませんか」

相勤者（バディ）の鈴木颯太（すずきそうた）が、毛糸の手袋の甲で額を拭いながら、泣きを入れてきた。鈴木は埼玉の出身なので標準語だ。

雪国の天候に急変はつきもので、太陽が隠れたとたんに北風が吹き、ドカ雪になるということもしばしばだ。そうなると汗が染み込んだ下着は、たちまち凍てつき、急激に体温を奪ってしまう。

そのため署のロッカーには常に替えのシャツが置いてあった。

「凍死したら、たまんねえがらな。そこの一軒を聞いたら、一旦上がるべ」

田辺も同意した。

ふたりは、十二月十五日から二十日までの海浜公園付近での目撃情報を探し求め、近所の商店や住宅を、一軒ずつ訪問しているところだった。都会のように防犯カメラの映像を繋ぎ合わせて足取りを追う捜査手法は、過疎の町では使えず、従来の人的聞き込みを徹底するしかなかった。不便な反面、都会の住民よりも、気軽に答えてくれるという長所もあった。

昨日は不在の家が多く、まだ半分も聞き込みができていない。今日は土曜日なので、在宅の可能性が高い。

「では、本日のラスト聞き込みということで」

鈴木が雪を踏みながら木造二階家の前に進んだ。古い家だ。磨りガラスをはめ込んだ引き戸の脇に『中西義雄』と木に筆文字で書かれた表札があり、その下に円形のブザーのボタンがあった。今どきドアホンでもなくブザーだ。

鈴木が押すと味もそっけもない音がする。まさにブザーだ。

五秒ほどで戸が開いた。

「なんですか」

五十歳ぐらいの白髪の男が出てきた。金縁のレトロなメガネをしている。町立中学の国語教師のはずだ。小さな町のことなので、古くからの住民のほとんどを田辺は把握していた。大学ができてからの移住者に関しては別だ。

「先生こんにちは。お休みのところすみません。光浦署の者です。ちょっとお伺いしたいことがありまして」

田辺は愛想笑いを浮かべながら、警察手帳を掲げた。

「うちの生徒が万引きでも、やらかしましたが？」

中西がメガネのブリッジを押し上げながら、眉間に皺を寄せた。

「いえ、そうではありません。去年の十二月に海浜公園でちょっとしたトラブルがあったもので、ご近所の方から情報を集めております」

鈴木が元気よく訊いた。

「全然知らね。うちからは、公園のフェンスしか見えねえしな」

「ですよなぁ。十二月十五日から二十日までの間のことなんですがね、ずいぶんと日が経ってしまったんで、もう情報なんてなくて」

田辺は頭を掻いて、苦笑してみせた。聞き込みで肝心なのは愛嬌だ。警察も困っていると見せることで、市民の協力を得られることがままある。特に教師にはそのタイプが多い。

中西に告げた日付は、棒田純子が最後の講義を終えた日から、東京に戻ることになっていた日までである。何かが起こったのはこの間ということになる。

「んだなぁ。記憶にはねえけど、ちょっと待でへ」

中西は一度、奥に引っ込みスマホを持ってきた。スケジュールを記録しているようで、タップを繰り返している。

「自分は、十二月十八日の日曜の夜に公園の正門前を通っていだな。たぶん夜の十時半過ぎだ。教師仲間の忘年会でさ。といっても時節柄、居酒屋とかスナックではねぐて別な先生の自宅でだよ。生徒の親とかうるさいからね」

この際そんなエクスキューズはどうでもいいのだが、田辺は笑顔で相槌を打った。

「そのとき変わった車とか、不審者とかは見かけなかったですか」

鈴木が突っ込むと、中西は考え込んだ。

「そういえば、ここらではあんまり見ねえ輸入車みたいな大型ＳＵＶが、公園の前から発車していったな」

「輸入車のＳＵＶ？　車種まではわがんねえべがなぁ？」

田辺は勇む気持ちを抑えながら、穏やかに再確認する。隣で鈴木が眼を尖らせたので、後ろに追いやった。一般市民を怖がらせたら、喋らなくなってしまう。とにかく、いろいろ喋らせることだ。

「自分は、そんとき電信柱の脇で立小便していたんだ。いやさ、我慢できねくてさ。だから、横目でちらっと見ただけだ。車種とかはわかんねえな」

中西はきまり悪そうに答えた。立小便もいちおう軽犯罪だ。警察に言うのは気が引けたことだろう。相手が捜査対象のヤクザや半グレなら、それだけでも引っ張り、ホコリを叩き出すこともある。

「他に、見たものはねぇですか？　どんな小さなことでもいいんですよ。そうしたことが手掛かりになるんです。一軒一軒聞いて回っています」

田辺は、今度はしつこさを見せた。押したり引いたりだ。

「うーん。これは黙っておくつもりだったけんど、どうせ誰かが言ったら、またあんたらここに裏をとりにくるんだろうから、チクっておくよ。ＳＵＶの百メートルぐらい後ろに『吉原文具店』のライトバンがいた。こっちは見慣れた車だからはっきり覚えている。けども、わが喋ったとは言わねで欲しい。乗っていたのは教え子ふたりだからな。吉原の倅の翔太郎と保険の外交員をしている井沢淳子だ。どっちも十年前の卒業だ」

中西が、公園のフェンスの端の方を見やった。吉原文具店は、古くからあるいわゆる町の文房具店だが、青南芸大が開学したことで、突然需要が拡大した商店のひとつだ。

「ほう。デートですかね」

「んだ。淳子の頭がステアリングの後ろで揺れていたからな。舐めていたべさ」

中西は顔を顰めた。その推測は当たっているだろう。十年前に中学を卒業したということは、二十五歳ぐらいということだ。やりたい盛りだ。

「先生から聞いたなんて、絶対言わねさ。ご協力ありがとうございました」

田辺はここで引き下がった。

雪道を戻り、町にひとつしかない商店街へと向かう。

「鈴木、もう一軒だ」

「ですね。汗が冷えないようにどんどん歩きましょう」

田辺も鈴木も早歩きになった。

十分ほど歩き、駅前商店街の『吉原文具店』にたどり着く。木造二階建ての看板建築と呼ばれる昭和な店だ。客はおらず、若い店主らしき男がレジの後ろに座ってスポーツ紙を広げていた。

「吉原翔太郎さんですね。ちょっとお訊きしたいことがあるのですが」

年齢の近い鈴木が、いきなり警察手帳を提示しながら鋭い目つきで切りこんだ。今度はやや威嚇的なほうが効果があると田辺がそうするように指示していた。

「な、なんすか、いきなり」

吉原は怯えた顔になった。

「去年の十二月十八日の夜十時半頃に、海浜公園の前に車を止めていましたね」

鈴木が断定的に言う。

「いや、そんなこと急に言われても、覚えていませんよ」

「公然わいせつ罪の疑いがあります」

「えっ……」

青ざめた吉原はそのまま絶句した。

「その夜、あんたと井沢淳子が車で如何わしいことをしていたのを目撃した、という通報があってね」

田辺が落ち着いたトーンで言った。ハッタリだ。

「うわ、まいったな」

吉原は否定しない。

「目の前に車いなかったですか？　見たっていうんですよ」

鈴木がフェイントをかけた。その車に乗っていた者が見た、とは言わない。

「はい。いました。黒っぽいレンジローバーです。ここいらでは珍しいので、覚えています。いや、まいったな。淳子のところにも、行くんですか」

車種までたどり着いた。この証言は大きい。

吉原はまいったな、を連発した。店の奥を覗かないところを見ると、家族は出払っているのだろう。

「そのレンジローバーのナンバー覚えてないかい？」

鈴木が、最後の詰めに出る。

「いや、百メートルぐらい離れていたし、夜ですからわかりません。しかし、まいったな。俺、逮捕されるんですか」

「逮捕状はまだ請求しておらんよ。逮捕されたくなかったら、今後は、車でやるのはやめとくんだな」

田辺は諭した。社会の公序良俗の維持につとめるのも、警察の役目だ。

「やめます。カーセックスはもう絶対しません」

「わがった。若いあんただちの将来ば潰したくはない。これ以上は追及しねでおぐ。マジやめでおけよ。彼女の方も、町にいづらくなっちまうはんでな」

「警部、でもタレこんだ奴は、この吉原さんに恨みでもあったんじゃないですかね。そのレンジローバー、怪しくないですか。脅迫とかしないようにマークしときたいですよね」

鈴木が芝居を打ってきた。

「ドライブレコーダーがあります。それにナンバーが映っていると思います」

吉原から言い出した。

店の脇にある木造ガレージのシャッターをあげると、かなり古いライトバンが姿を見せた。吉原にドライブレコーダーを再生させると、十二月十八日の分が残っていた。ナンバーの読み取りは微妙だったが、品川と読める輪郭だった。

「メモリーを預からしてくれないかな。もちろん任意だよ。あんたには拒否する権利もある」

田辺はいちおう伝えた。署で解析はできる。

「拒否なんてとんでもないです。持って行ってください」

吉原がすぐにメモリーカードを抜き出した。

「一週間だけ、お借りする」

田辺は、鈴木にその場で預かり証を作成させ、ほくそ笑みながら、帰路についた。汗が徐々に冷たくなりだしていたので、急いだ。

第七章　アトミック・ドロップ

1

芽衣子は青森市で交通事故に遭ったということで、光浦への帰りを一日延ばした。

その旨、大学へも申し入れてある。

この間に、潜入の離脱を仕掛けるべく、小口と打ち合わせた。明日、東京の今村家では、母親が、脳卒中で倒れる手はずができている。工作員歴四十年の母親役である。

そこで東京に帰るという算段だ。

それまでに、なんとか、棒田純子の消息と洞穴の開閉リモコンの在処(ありか)を探したい。

今朝、何食わぬ顔で、総務課に出勤した。

いつもと変わらぬ様子であった。

「来期から映画学部と演劇学部の教授や講師を、こんなに代えてしまっていいんですか」

デスクに置いてあった新学期のカリキュラムを見て、芽衣子は思わず、総務部長の結城正樹に聞いた。

主力であるふたつの学部の担当教授が大幅に変更になっている。『撮影実践論』の棒田講師は行方不明のためやむを得ないが『映画評論学』『脚本論』『演劇総論』『近代舞踊史』などの教師までが大幅に入れ替わっている。

それらの講義は、今期まで東京の有名私大の芸術学部で実績のある准教授レベルが担ってきたが、来期からは同じ『山神グループ』の系列大学や映画専門学校からの講師に入れ替わっていた。

いよいよ何か起こそうというのか。

「それは開学時から決めていたことだよ」

部長デスクの結城がこともなげに言っている。芽衣子は自席から立ち上がり、結城に歩み寄った。

「そうなのですか」

「開学して軌道に乗るまでは、有名大学の芸術学部の教授や著名な演劇関係者たちを招聘し、ブランド力をあげるが、一定期間が過ぎたら、グループ内で育てた教員に入れ替えることにしていた。招聘教授たちとの契約も六年と決めていた」

結城はそれがどうしたと言わんばかりの表情だ。

「講義の質が落ちることはありませんか？」

「すべての招聘教授たちの講義の模様を映像で記録してある。それを当グループの教員が、完全にコピーして講義する。もちろん元々その論を開発した招聘教授たちにはきちんとライセンス料を支払うことになっている。山神理事長は、ジェネリック講義と呼んでいるがね。うちのグループの大学の教員たちは、この間に芸術系の大学院に入学して、取りあえず修士号までは取得してもらっているから、経歴的にも問題ない。これはビジネスだからね」

「本学としての独自の研究はしないのですか」

「それは、これからの課題だよ。大学である以上、独自の研究や実験で評価を得ないといけない」

結城がまともなことを言った。

「ですよね」

「けれどもそれは学術的な評価だけがすべてではない。たとえば映画界や演劇界からダイレクトの評価を得るというのも、大学の名を上げ、ひいては多くの受験者を迎えることに繋がると。すまん、すべて理事長からの受け売りだ」

結城も声を潜めた。

「つまりは商業映画や演劇の世界で、評価を得たほうが、マスコミ受けがいいと」

先回りして確認する。若干、軽蔑の念を滲ませた。

「そういうことだよ。たとえば今後映画学部では、大手映画会社に負けないような作品づくりに力を入れることになった。理事長は、大学で制作した映画の一般劇場公開まで考えているのさ。将来は映画会社『青映フィルムズ』を立ち上げ、産学一体で映画に貢献しようとしているのさ」

結城はいつになく能弁だ。

「演劇学部からは有名スターも輩出したいということでしょうね」

「まさしくそれが願いだ。本学出身の俳優、女優が増えるほど大学の名が売れる。そこを目指すのは当然だ。広報としても、演劇学部の売れそうな学生をできるだけプッシュして欲しい」

アカデミズムからは、まったくかけ離れた大学運営だ。

「承知しました」

異議を唱える場面でもないので、素直に頷いた。

席に戻り、さりげなくデスクの抽斗を整理した。素性が知れるような物は残したくない。自筆のメモ等が書き込まれた書類は、バッグに詰め込んだ。

森川の姿がなかった。

昼食はカフェテリアでひとりランチした。

午後、総務部に戻ると、すぐに結城から声がかかった。

「PR動画について、理事長も案があるそうだ」

先日の侵入が発覚したのではないかと、総身に緊張が走る。同時に理事長室を観察するラストチャンスに恵まれたと、ほくそ笑む。

「ぜひ聞きたいですわ」

ただちに結城と共に、理事長室へと向かう廊下を進んだ。

改築中の警備室の前を通る。警備員を増員したため部屋を拡大しているのだ。隣接していた会議室がこのため廃止となり、すでに屈強な警備員が集められている。いずれも標準語を使う警備員ばかりだ。

「警備の強化にずいぶん力を入れるのですね」

歩きながら訊いた。暖房が効いていない廊下は冷え冷えとしている。

「それは、さっき言った映画の制作に力を入れるということと連動しているんだよ」

結城が白い息を吐きながら答えてくれた。

「どういうことでしょう？」

「大学が、本格的な商業映画を制作するということは、有名な役者さんたちも呼ぶことになるからね」

「なるほど、その警備が必要ということですね。たしかにあの映画学部のスタジオなら、商業映画の撮影も可能ですし」

そう答えたものの、釈然としない。警備員を揃えるのが早すぎる。

「すでに大学の隣の敷地も買収してある。そこに、大学のスタジオ棟とは別に本格的な撮影所を建設する計画がある。『青映撮影所』だ。私はそっちで所長になる予定だから」

結城が胸を張った。

「素晴らしい計画ですね。東京にある大手映画会社の撮影所は、いずれも老朽化していて新たな設備投資は無理な状況です。それだけでも日本の映画産業はアジアの中でも後れを取っていると言えますよ。ここ青森に最新の機能を持った撮影所を設立することは、まさに映画界に寄与することになります。そして光浦町のさらなる観光資源にも繋がるでしょう」

芽衣子は絶賛した。実に上手いビジネス手法だと感心もしたのだ。

例えばサッカーや野球用のスタジアム、あるいは大劇場などの施設を建築しても、観客動員となると未知数で、空いている期間の維持管理費は相当なものになる。

だが本格的な映画撮影所となれば、それはプロユースである。自主作品の撮影にも使え、大手映画会社や制作会社から受注できれば、事業は回転させられる。

撮影所の名前がフィルムにクレジットされることで、知名度アップにも繋がることだろう。そして、ホテルやレスランが進出してくれれば撮影所を中心に新たな町ができることになる。

「最終的には映画村として、撮影所自体が観光資源になるということだよ。もっとも、そのためには、その撮影所からヒット作を生み出さないとならないんだけどね。その辺は、米田教授はじめ映画制作のプロたちに頑張ってもらわないとね。今村さんも『青映フィルムズ』が発足したら、たぶんそっちの宣伝プロデューサーに抜擢されると思うよ」

結城が芽衣子の顔色を窺うような眼をした。

「それはそれで嬉しいですね。新映画会社の誕生に最初から関われる機会なんてめったにありませんから」

「それはそうと打撲のほうはもう平気なのか」

結城は立場上だろうが、心配そうな顔をした。

「多少は痛みますが、仕事に差し支えるほどではありません。シャッターに腰を打っただけですから。陸奥テレビの三宅さんほどではありません」

三宅は鼻梁と頬骨を折ったが、幸い大事には至らず、自宅で療養している。徒歩で青森県警本部に出向き、被害届を出した。地元テレビ局の局員が襲われたとあって、県警も本腰を入れて二台のバイクを追っているはずだ。

「三宅さんとやらも、ひどい目に遭ったものだな。襲撃していった連中はいまだに捕まっていないのだろう」

「そうなんです。早く逮捕されるといいのですが」

芽衣子はわざと恐ろし気な顔をしてみせた。

本当は、バイクの男たちの動きはほとんど見切っていた。膝蹴りや踵落としで反撃し、相手の正体を暴くこともできた。だがそれでは芽衣子が大学から怪しまれることになる。甘んじて頭突きを受けたわけだ。

理事長室に到着した。

ノックをし恭しくお辞儀をして進む結城に、芽衣子も同じように続いた。楕円形の大型テーブルに、山神、米田、森川が掛けている。

「今村君、青森で大変な目に遭ったそうだな。森川君から報告を受けているよ」

山神が対面して座る森川に目配せした。

「いえ、私はどうってことないです。それにしても、なぜ私たちが襲われたのか、わからないんですよ」

「テレビ局のディレクターなんかは、週刊誌の記者と同じで、知らぬ間にいろいろ恨みを買うものさ。暴走族とか半グレとかそういう連中が、なにか過去の報道に不満をもっていたんだろうな。今村さんは、巻き込まれただけさ」

森川が訳知り顔で言う。

「そうだとしたら、なおのこと犯人を早く捕まえて欲しいですね」

バイクは品川ナンバーであり、三宅との接点が希薄に思えたが、あえてそのことは口に出さなかった。青森県警にもナンバーはよく見えなかったと証言している。芽衣子の任務は襲撃犯の捜査ではない。なによりも潜入捜査員のカバーが剝がれるようなことがあってはならないのだ。

「とはいえ捜査のことは警察に任せるしかないだろう。我々は報告を待つしかない。それでは仕事の話をしようじゃないか」

山神が葉巻形の電子煙草を咥え、結城と芽衣子にも座るよう促した。

「PR動画の原作小説はまだ完成していないが、冬季の部分の撮影は予定通りに来月上旬に敢行するんだよね」

「はい。御園企画さんがカメラクルーを三チーム手配してくれることになっています。来週にもロケハンに来ます」

御園企画は実質山神の支配下の会社だ。わざわざ言わなくとも筒抜けになっているはずだが、芽衣子はそ知らぬ顔で伝えた。

「こういう案で撮りたいのだが」

映画学部教授の米田が約二十ページほどの企画書を配った。

大まかな撮影内容と絵コンテが並んでいる。最初の数ページは冬山を兵士のような格好をした男たちが行進する絵で、その後は合戦のようになっている。

単純な風景撮影だとばかり思い込んでいた芽衣子は面食らった。

「最初の絵は八甲田山雪中行軍みたいですね。一九七七年に映画化されたものを、DVDで観ていますが、ネットで流すPR動画にしては大規模すぎませんか」

本当に驚いたので、演技なしで伝えられた。

「雪中行軍から着想したのは確かだが、これは実話再現的な物語ではない。まったく新しいエンタテインメント作品だ。ふたつの対立する不良グループが、雪山に隠した金塊を奪い合うために、雪の八甲田山で壮絶なバトルを繰り広げるアクション作品だ。そのハイライトシーンである戦闘シーンだけを、この機会に撮っておくのがよいだろうと、私が理事長に提案した。この映画は当たるよ」

米田が得意げに説明した。クリエイター特有の、自分の案に酔ったような眼だ。

山神がその話を引き継いだ。

「原作小説にそのシーンが入るように執筆中の学生には伝えてある。アクションをメインで使おうが、あるいは、恋愛物語で、ふたりが見る映画のワンシーンのように客観的に使おうが自由だ。文芸学部の林野瑠璃子（はやしのるりこ）教授も了承してくれている。原作のストーリーは自由だ」

言い終えると蒸気を大きく吸い込んだ。

芽衣子の発案に対してあえて整合性を持たせた感じで言っているが、実際にはこれを撮ろうと決めていたのではないか。

赴任したばかりの広報担当者が思いついた案をうまく利用した。そうではないか。

「冬の八甲田山というと私なんかは、かなり危険なイメージを持つのですが、その辺は大丈夫なのでしょうか」

芽衣子は確認した。

「ヘリを飛ばしながらやるから、問題はない。明治時代とは違うよ。だが、ロケはもっと手前の山でやる。映画なんだから実際に八甲田山でやる必要はない。遠景では八甲田山を使うがバトルの撮影は、標高の低い、青森市内から近い地点で行うさ」

山神が笑った。いかにも合理主義者らしい発想だ。

「棒田先生なんかも、撮りたかったでしょうね」

森川が唐突に棒田の名を出した。

「そうだよ。こんなときに消えちゃうなんて、信じられませんな」

結城がそう言い、山神と米田の顔を交互に見た。

「いなくなったものは仕方がないさ。『撮影実践論』の三年分の講義記録は残っているんだろう」

山神が結城の顔を見た。

「勿論です。この三年間はオンライン授業がかなりの比率を占めていますから、その映像が残っています」

「だったら、わざわざ映画専門学校から大昔のカメラマンを呼ばなくても、売れていない役者に丸暗記させて講義したらいいじゃないか。いや冗談だよ。これは冗談」

山神が大声で笑った。

「あの、この雪山でのアクションバトル。学生が演じるんですか？」

芽衣子は話を戻した。

「もちろん。だがセリフがあるわけではなくアクションだけの撮影だから、演劇学部の学生という範疇ではなくサンボ同好会と女子スノーボード部に演じてもらおうと思う。それと危険が伴うので東京からスタントを呼ぶことにする。雪山でのカーアクションなどは本業の方がいい。御園企画が、車やバイクも雪山撮影に対応可能な仕様のものを用意してくれている」

米田が任せてくれとばかりに親指を立てた。

サンボ同好会の植木陽太と女子スノーボート部の荒川未知の顔を思い出す。どちらも影のある印象だった。

そのとき、ふと脳裏に、スノボで空を舞う未知の姿と一週間前に遭遇したウイリーするバイクの姿が重なった。

この撮影、危険な香りがする。芽衣子は奇妙な胸騒ぎを覚えた。

潜入捜査に焦りは禁物だが、大事が起こってしまってからでは取り返しがつかない。

——仕方がない。盗聴器でも仕込むか。

芽衣子はじっくり理事長室を見渡した。むろん眼だけゆっくり動かしてだ。仕込み場所を探すと同時に、地下通路への隠し扉や、リモコンも探す。

理事長席の背後の壁が怪しかった。石膏ボードだが、微妙な筋がはいっているのだ。回転扉ではないのか？

「日程を詰める前に、みなさんコーヒーでもいかがですか」

森川が一声入れた。

「私が淹れます」

芽衣子は理事長室専用のコーヒーメーカーの前に向かった。

常にブルーマウンテンのストレート豆が入っているというコーヒーメーカーは実に立派なイタリア製だった。

ヒーターのタイマーセット用にテンキーが付いている。珍しすぎる。

そこでスマホが鳴った。着信音はクリス・レアの『ドライヴィング・ホーム・フォー・クリスマス』。グッドタイミングだ。

「すみません、実家からです」

「かまわん。出たまえ」

山神の声がする。

芽衣子は慌てて出た。最初からスマホの受話音量は最大にしてある。

「明子か。仕事中、悪いな。いまお母さんが、倒れたんだ。脳卒中のようだ。救急車で運ばれた。戻ってくるわけにはいかないか」

父親役の男の声が、会議テーブルまで届いたはずだ。

「えっ？」

わざと戸惑いの声をあげる。

「戻ってあげなさい！」

背中で山神の声が聞こえた。

「あっ、お父さん。明日の昼までには戻ります」

芽衣子は、帰宅の準備をすると言って、その日は夕方前に、退勤した。

2

「ここで試射していいか？」

小林は完成したバイクを斗真に見せた。豊洲の工場だ。マシンガン付きのハーレーダビッドソンが五台完成していた。夜の十時のことだ。

「いや、ここではやめてくれよ。壁をぼろぼろにされたらかなわん。実戦で試したいから、いまからカチコミにいかないか」

斗真がハーレーの一台に跨った。グリップの感触を試している。

「俺なら構わんよ」

「撃ち逃げして、それぞれ別に走る。集合場所は山下ふ頭だ。コロシはやらない。壁狙いだ。和也も入れて三人で攻撃だ。いいか。遊びだよ」

「小学生のピンポンダッシュみてえな遊びだな」

「あ～、思い切り怖いところを狙う。けれども安全な相手でもある」

「よくわからんが、斗真とならとことん付き合うさ」

小林はとっくに肚をくっている。そうでなければ潜入捜査員など務まらない。

「バックファイアをかけたらいいんだな」

斗真がキーを回して、アクセルの感触を試している。ハーレー独特の低い唸り声がした。

「いいや。クラッチの真横を見ろよ」

「へぇ～。妙なところに黄色いボタンがあるな」

「そいつをブーツのつま先あたりで押し込むと、五百発は出る。実際は二千発まで可能だ」

「すげえトリガーなこった。早く撃ちてえよ」

和也も出てきて工場の電動シャッターを開けた。

潮の香りの混じった風を受け三台のバイクは海岸道路に向かった。先頭は斗真、次に小林、しんがりを和也が務めている。

どこへ行く気だ？

新橋から昭和通りを東上する。真冬の乾いた空気が気持ちいい。斗真のハーレーが上野駅の手前を左折し不忍(しのばず)通りに入った。

谷中(やなか)、根津(ねづ)界隈だ。

上野の喧騒から離れてこのあたりまで来ると、静寂が広がり闇も深くなる。界隈には寺が多く夜は早いのだ。

ふと斗真のハーレーが止まった。寺が並ぶ通りだった。

「どうした？」

横に並んで訊く。

「そこのでけえ門のある家の玄関と塀を撃とうぜ。せーので三台揃って尻を向けて、一斉銃撃だ」

百メートルほど先に高い塀を巡らせた鉄筋二階建ての家が見えた。その家だけが窓の全室から煌々(こうこう)と灯りが漏れていた。

「誰の家だよ」

「まぁいいじゃないか。いくぜ。撃ち終えたら、とりあえず直進だ。あとは三人ばらける。いいな」

斗真がいきなり発進させた。闇を切り裂くようにハイビームにしてすっ飛ばしていく。考えている余裕はなかった。

斗真のハーレーが見事に半回転し、巨大な門に排気口を向けた。小林も続き、すぐに和也も同じ体勢になった。

斗真が右足を大きく撥ね上げ、クラッチペダルの脇にある発射ボタンを蹴った。

爆音が鳴った。

ハーレーのエンジンをふかした時の音に似せてあるので機銃音には聞こえない。というか日本人は日常生活の中でマシンガンの音など馴染みがないので、わからないだろう。

三台揃って排気口からオレンジ色のマズルフラッシュを吐いた。斗真が玄関の鉄扉に向けて撃つ。硝煙の匂いが上がる。

カンカンと銃弾が撥ね返される音がした。

小林と和也は、コンクリートの塀に撃つ。バリバリとめり込む音がした。

といきなり真昼のような光を照射される。闇がホワイトアウトする。振り向くと二階の窓がすべて開き、三台の投光器が顔を出していた。

「逃げろ。あいつらもライフルぐらいは持っている」

斗真がハーレーをウイリーさせながら発進させた。

「だから、誰の家なんだよ」

「関東常闘会の総長、矢澤正宗の家さ。俺、既得権益に胡坐を搔いてるヤクザが大嫌いなんで、屁をこいてやりたかった」

「おいおい。必ず追ってくるぞ」

関東常闘会は国内第二位の勢力を誇る指定暴力団だ。その当代の総長が矢澤正宗である。とんでもないところに撃ち込んだものだ。

「だから全力で逃げろ！」

斗真はどんどん速度を上げていく。

小林もフルスロットルにした。

三人は次の交叉点で三方に分かれた。後方から黒塗りの車が何台も追いかけてきたが、所詮バイクの敵ではなかった。

ほぼ一時間後、小林は山下ふ頭に到着した。

斗真のバイクが待っている。

「豊洲の倉庫は今頃、百人ぐらいに囲まれているぞ。確かに奴らは警察にチクったりはしない。けど平気で焼き討ちぐらいはしてくるぞ」

星のない空を見上げながら言ってやる。

「だから、あの工場は閉めた。もうもぬけの殻だ。仲間も車もすべてここに移動している」

斗真がハーレーのヘッドライトを点滅させると、ふ頭に建つ倉庫のシャッターが上がった。メルセデスのSUVやレンジローバーが約二十台、ずらりと並んでいる。その横に戦闘服に身を包んだ男たちが五十人はいた。

「今日からジゼルは傭兵部隊になる。行く先は青森だ。すでに先発隊が青南芸術大学に警備員として潜り込んでいる。しばらくの間そこが隠れ家になる。ヤクザも追ってこねぇよ」

斗真が親指を立てた。

新過激派と呼ぶべき『日本烈火派』の拠点がそこだということだろう。

「阿部君、もう少し付き合ってくれるよね」

「俺は元々傭兵だ。金次第だ。あんたの傭兵に雇われたらいくらもらえるんだよ」

「取りあえず、一億。即座に前回と同じカリブ海の口座に振り込む」

斗真はスマホを掲げた。地下銀行経由なので入金は素早いはずだ。

「わかった。とことん付き合ってやる」

小林は頷いた。

入金通知を見て小躍りする小口稔の顔が浮かぶ。このところ裏工作資金を稼いでいるのは自分が一番だと思う。それを湯水のように使うのは同僚の紗倉芽衣子だ。腑に落ちないが、まあいい。

夜が明けると共に、ジゼルの一行はチャーターしたフェリーで横浜港を出た。太平洋を北上し津軽海峡から陸奥湾に入り、青森市の沖館（おきだて）埠頭に到着した。たっぷり二日かかってのことだった。

3

小口稔は警視庁十二階の公安特殊工作課の自席で、パソコンを覗き込んでいた。画面には女豹と虎から届いた情報が並べてある。

もう一度、女豹の報告から読み返す。

・大学のキャンパス自体が武装に適した城塞のような造り。
・海に面している棟はトーチカのようであり、美術工芸品の制作という名のもとに、武器製造の疑いがある。
・演劇学部の創作ダンス学科の授業は戦闘訓練のようであり、芸大にもかかわらず、サンボやスノーボードの部活に力を入れている。
・海上ロケ用の実習船は、機銃装着可能であり、いつでも武装船になれるものだ。

・地下はミサイル基地だ。

これで日本海で漁船から受け取っていたものが核である疑惑が深まった。

そして、虎の報告が繋がる。

ジゼルは日本烈火派の、傭兵部隊。青森へ向かう。

そこまで読んで、確信を得た。

武力革命を起こす以外に考えられない。

だが——。

小口は、椅子を回転させて、窓の外を見た。眼下は永田町と霞が関のビル群だ。

わからないのは、革命を起こす動機である。

山神秀憲が大学ビジネスに乗り出したきっかけは何か？

山神は学生運動世代ではない。バブル世代に入る人物だ。

W大を卒業後、就職した証券会社で、本来禁止されている手張り（てば）で、土地転がしや株への投機で資産を作ったとされている。

それを元手に大学経営ビジネスに着手する。

どうみても左翼思想者とはほど遠い印象だ。山神の本質を知る過去の情報がもっと欲しい。

小口は内閣情報調査室（サイロ）の狩谷へ電話した。

「山神秀憲とは利権屋だよな」

挨拶もなしに、そう切り出した。

「こっちもそこに目を向けたところだ。ロシアのオリガルヒと繋がりがある」

狩谷も切迫した声を上げていた。

「ロシア財界の代理人となろうとしているのでは？」

「そうだ……おっと。官邸からお呼び出しだぜ」

狩谷が素っ頓狂（すっとんきょう）な声を上げた。

そのとき小口の席にも、事務官が駆け寄ってきた。メモ用紙を持っている。

【至急、官房長官室へ。情報四部門会議開催】

「こっちにも来た。四部門？　防衛省情報本部（DIH）も入るってことだな」

言いながら、椅子の背にかけていた上着を取り、袖に腕を通し始めた。

「DIHが大きな情報を掴んだのだろう。シビリアンコントロールなどと言っている状況じゃなくなったんじゃないか」

「戦争になるかもしれない」

小口はきっぱり伝えた。

「官邸で会おう。そこで山神の詳しい情報をつたえる」

「こっちも潜入員からの報告をあげる」

十五分後。

官邸の官房長官室に、日本の情報機関四部門の代表者が集まった。

メンバーは公安の小口稔、サイロの狩谷正樹、公安調査庁の南田洋輔、そしてＤＩＨの神原幸弘だ。電波部の次長である。

「まずは山神秀憲について聞こうじゃないか」

長官の石原光三郎が隣接する総理大臣執務室から戻ってきて、テーブルに着くなり命じた。不機嫌そうな顔だ。このところ総理とうまくいっていないという情報が公安に上がっている。

「申し訳ありません。山神についてはもっと早くから深く調査しておくべきでした」

「どういうことかね」

石原が顔を顰めた。

「ロシアとの繋がりです」

「詳しく背景を説明してくれ」

「はい、山神はバブル景気が終焉に向かいだした一九九〇年に勤務していた証券会社を辞めていますが、その頃から集めた資産を一転して売りに出しています。この機転の速さで、バブル崩壊後の自己破産を防ぎ、後にやってきた長いデフレ期にさらに多くの会社を買収できたと伝えられています。経営手腕は産業界や政界からも高い評価を得て、学校教育ビジネスへの門戸も比較的容易に開かれました。そこまでは周知の事実ですが、裏がありました」

狩谷は前口上から始めている。サイロとしては、大きな見落としがあったということだ。

「裏？」

石原の眼が光った。同時にＤＩＨの神原も身を乗り出した。

「はい。その頃、山神の背後で経済分析を行っていたのは、旧ソビエト連邦のＫＧＢです」

懐かしい名称だ。現在のＦＳＢの前身だ。

「どういう経緯でだね」

ピシアの南田が前のめりになった。彼らの情報網にもなかったことらしい。

「山神は、一九八九年に、ソ連の体制がまもなく崩壊、解体すると見るや、すぐにモスクワやサンクトペテルブルクで物件を漁り、ビジネスなど知らない旧ソ連の官僚に資本主義社会での儲け方などを説き、パートナー作りを始めていたのです。その中に職を失くしたＫＧＢの経済分析官がいたのを見落としていました。アンドレイという男です。表向きは高校の歴史教師で、日本の政財界分析のプロでしたが、我々の先輩はノーマークだったわけです」

そうだったのか。

小口は額に手を当てた。狩谷が続ける。

「山神はアンドレイからＫＧＢが分析していたさまざまな情報を聞き出していたと思われます。一番大きかったのは九〇年三月の不動産総量規制の発令を、かなり前から予測していたということです。これは当時の大蔵省にＫＧＢのスパイがいたということではないでしょうか」

狩谷がメモを見ず、滔々と説明した。

不動産総量規制は、当時、実態経済からかけ離れるほど高騰していた地価を抑制するために、大蔵省が不動産取得のための融資に限度を決めた発令だ。

つぎつぎ買収を重ねては資金を回していた不動産ビジネスは一気に冷や水を掛けられ、倒産が相次いだ。一方銀行のほうも貸付を制限されたための倒産が増え、回収の見込みもたたなくなった。銀行破綻である。

これらの混乱を見抜き半年早く売り抜けていた山神は、ひとり勝ち状態になり、破産物件を買い叩き、今日の成功の礎を築いたわけだ。三十三年も前のことである。

「そこでロシアの情報機関と繋がりを持ったのですか」

ＤＩＨ電波部の神原が、初めて口を挟んだ。五十五歳のゴマ塩頭の一等陸佐だ。

「そういうことです。貿易業など直接的なビジネスにかかわっていなかったので見落としていました」

狩谷がすまなそうに眼を閉じた。

「大学ビジネスとは、うまい衣を被ったものだ。海外大学の教授や留学生などを呼び寄せてもなんら疑問を持たれない。その中に諜報員を紛れ込ませることも簡単ですね。長い年月をかけて、やつはロシアの手引きをしていたんでしょう」

小口が話を受け継いだ。

「ロシアはウクライナだけじゃなくて、日本を占領することも計画していたというＦＳＢの内部告発文書を米国の雑誌が伝えましたが、あれはほぼ事実でしょう。二年前の十一月の資料です。つまりウクライナへの特別軍事作戦の三か月前。彼らは日本を攻めてきてもおかしくなかったんです」

神原が他の三人を見回すようにして言った。他の三情報機関と異なり実戦を担う幹部だけあって殺気を纏(まと)っている。

「神原君、さきほど私に電話した内容を、この三方(さんかた)にも伝えてくれ」

石原が腕を組んだまま神原に諭すように言った。どうやら神原は伝えたくなかったようだ。

「ロシアの特殊核爆破資材(SADM)が、我が国に持ち込まれた可能性があります」

神原は単純明快に言った。言った後に大きく息を吸った。

――やはり。そうだったか。

小口は、傍受した中国漁船の通話を聞いた時から、その可能性を感じていた。それはおそらく他のふたりも同じだろう。

「あの通話を傍受した直後から我々は、渡島大島、渡島小島の界隈に絞って通信画像を探し、可能な限りズームアップしました。その中で、この青森県付近に接近するゴムボートを発見しました」

神原が官房長官はじめ四人に画像のプリントアウトを配った。官房長官はすでに見ていたようだ。

かなり粗い画像だ。影のようにしか見えない。

「リュックを背負った男が三人いるように見えませんか？」

神原がそう指摘した。

言われてみると、小型のドラム缶のような形をしたリュックを背負っているように見える。

「このリュックがそうだと？」

小口は食い入るように見た。

ＳＡＤＭとはアメリカが開発した別名スーツケース型核爆弾と呼ばれる超小型核爆弾のことだ。

一九六五年から配備されたが、実戦で使用されたことはない。米軍では冷戦の終結とともに退役させているはずだ。

「おそらく、ロシア海軍のリュックサック原爆で間違いないでしょう。写真資料はわずかしかないので百パーセントとはいえませんが、形状のほとんどは資料と一致します。重量は六十キロ程度で兵士ならば背負って歩けます」

神原が解説した。

「そう思ってよさそうだな」

石原がそう言い、狩谷と南田も頷いた。

「このゴムボートが上陸した先はわかりませんか？」

小口が確認した。

「残念ながら特定できません。この画像は十二月十八日の十六時〇七分のものです。数十秒後には可視範囲から外れています。青森県か秋田県というところではないでしょうか」

神原は顎を扱いた。衛星も地球も動いていると言いたげだ。

「もはや青森県の光浦町で間違いないでしょうが」

小口は断定し、紗倉芽衣子と小林晃啓の潜入捜査状況を詳細に報告した。

「ロシアの狙いは、三沢基地の在日米軍ということでは、防衛省としての見解と一致します」

神原も納得した。

「ロシアは北方領土を決して返還したくない。だがそれなしには日露平和条約の締結はできないというジレンマに陥っています。また日本との平和条約が締結されない限り、米軍が日本に駐留することの口実になってしまうわけです。これは、いつまでたっても日本はロシアを仮想敵国とみなしているのと同じことで、ロシア側からすれば、カムチャッカ半島の真下に米軍がいるということです。それはウクライナ以上の脅威でもあります。解決しないならば、いっそ紛争状態にしてしまおうと考えてもおかしくないわけですね」

小口は自説を述べた。

「ウクライナ同様に日本にナチス、ファシストのレッテルを張ろうとしているのもそのためだな。二〇二一年ぐらいからその傾向が顕著になっていた」

狩谷の言だ。

ロシアがウクライナか日本か、攻撃先を迷っていた時期のことだ。

結果として、すでに米軍が駐留している日本よりもＮＡＴＯの傘下に入ろうとしていたウクライナを先に攻めたほうが得策と考えたことになる。

「そこに利権屋の山神秀憲が乗った。日本がロシアの影響下に入ることで、いち早く経済界のトップに立ちたいということではないか？」

これも小口の立てた仮説だ。

「オリガルヒの日本版の先駆者になろうということだ」

南田が先を読んでくれた。オリガルヒとはロシアの資本主義化の中で生まれた新興財閥のことだ。私企業とはいえ、クレムリンの権力と一体化しており、もともとは国営企業だったものを継承している場合が多い。つまりかつては国営だった企業を、現在の為政者が私物化しているに過ぎない。

「もはや核が入ったと断定してよさそうだな」

石原が唸った。

「防御できるのは米軍と自衛隊しかありませんね」

情報機関としてはここまでと、狩谷が匙を投げるように言う。

「総理は米軍に要請するのも、自衛隊を動かすこともノーだ。さっき私が進言したが頑なだった。ここにきても隠密裏に処理してくれと」

石原も匙を投げたように言う。

神原が口を真一文字に結び、必死に拳を握りしめていた。無言の抗議だ。

「すべてが推論に過ぎないということだ。総理は、先制攻撃されない限り、自衛隊は一切動かせないとの一点張りだ。政治的リスクは冒せないと。だが、私が総理でもそう言うだろう。すべてが推論なのだよ。証拠はどこにもない」

石原もまた政治家であった。

「米軍は、依然一発食らうのを待っている状態ですよ」

狩谷が唇を噛む。

「ロシアもさすがに原爆を背負った兵士を直接上陸させることはないと考えます。それでは宣戦布告をしない奇襲となり、後々国際社会から批判を浴びることになる。彼らの狙いは日本の内部崩壊工作でしょう。いまさらですが革命を起こさせたいわけですよ。そのために原爆という最大の武器を供与した。ミサイルに搭載しようとも、それは日本国内のクーデターということです」

神原が自衛官らしい見解を述べた。

「ということは、あくまで公安による秘密破壊工作しかない」

結局は公安が背負いこむ羽目になったわけだ。小口はうんざりした。

さすがに原爆は重い。

「小口さん。我々は自発的には動けないが、裏でなら協力できます。武器も人もだせます」

神原が、そう申し出てくれた。

「助かります。それではまず人を借りられますか？」

「もちろんです」

小口は官房長官や他の情報機関の代表者がいる前で、堂々と破壊工作案のひとつを提案した。そのうえで自衛隊に協力を仰ぐ。

「これなら、武力攻撃にならないでしょう」

「せこい作戦ですが、面白いです。やりましょう」

神原が初めて笑みを浮かべた。

4

『爆破を早めよう。青森県警がレンジローバーのナンバーを割って東京の「イースタンゲイル」までたどり着いたようだ。さっきイースタンゲイルの社長から連絡があった。朝から東北弁の刑事が周囲のコンビニや飲食店に聞き込みをしていたということだ。もう時間はない。ロケは予定通り楢木森山だ。すでにジゼルが何度も下見をしている』

ヘッドホンの中から低くドスの効いた声が耳に響いてきた。山神の声だ。

理事長室で聞いた人懐こい印象の山神の声とはずいぶん違う。だがこの声こそが山神の本性を表しているのだろう。

楢木森山とはどこだ?

芽衣子は聞き耳を立てた。丘の上にある自宅マンションだ。夜十時。外はしんしんと雪が降っている。

『ちっ。傭兵は揃ったのかよ。場合によっては米軍が出てくるかもしれない。この国を内部崩壊させるための大勝負だぞ、失敗は許されん』

これは映画学部の教授、米田こと与根田一樹の声だ。

こちらも日頃と口調が違う。自分を雇い入れてくれた山神に対する敬意がまったくない口ぶりだ。

芽衣子は午後、理事長室での会議の出席者にコーヒーを淹れる際、コーヒーメーカーの底に平面マイクを隠していた。

シリコン製のコースターのようなマイクで、電波は約十五キロ飛ぶ。自宅のマンションにあるパソコンで受け自動録音されたものを再生していた。

この山神と米田との会話は二時間前の午後七時に録音されたものだった。学生も職員も帰宅してしまった時間帯だ。芽衣子が駅前商店街の、街の景観にはそぐわない洒落たイタリアンレストランでカツレツを食べていた頃のことだ。

『ウクライナ紛争に乗じてそれをするべきだと、引き受けたのはあんただろう。まったく厄介なリュックを持ち込みやがって』

『あのリュックは来るのが早すぎた。市街地に隠しておくには危険すぎる』

『あんたがリモコン操作しない限り、リュックは爆発しない。たとえ爆発しても、ここは、七十キロも離れているんだ。俺たちは飛ばないよ。青森市内が大変なことになるだけだ。だが山に埋めないことには、テロの意味がない。あのなヨネさん、俺はあんたの狂気は買うが、共倒れする気はないんだ』

ふたりは共闘しているわけではないようだ。

リュックという言葉がとびだしたところで、芽衣子は卒倒しそうになった。夕方、小口からSADMの密輸について聞かされたばかりだった。

そいつが奴らの手にある。七十キロ先とはどこだ？

昂奮で、息苦しくなる思いだ。

『ふん、ロシアとの商売の糸口をつくってやったのは俺だろう。あの時KGBの分析官を紹介してやらなければ、あんたは間違いなく破産していた。俺の失った時間を取り戻すために力を貸してくれるのは当然だろう。そうだろう山神！』

米田がKGBとつながっていたということだ。とうとうふたりの背後関係が見えてきた。

『そんなことはわかっている。だから六年前から、ばかげていると思いながらも、あんたの計画に協力してきたんだ。しかし本当にロシアが戦争を始めるなど思っていなかった。だがよ、先輩、女にはもう少し慎重になって欲しかったな。あの棒田純子というカメラマンを気に入って講師に迎えたのが結局仇になったじゃないか。四十年前と同じだ。あんたは女で失敗する』

どういうことだ？

芽衣子は聞き耳を立てた。

『まさか彼女が、日本海の定点撮影をしているなんて思わなかった』

『だから言っただろう。スパイはどこから入ってくるか知れないと。特に女には気をつけろと』

『いや純子はスパイなんかじゃなかった。純粋にカメラマンとして自然の動きを捉えようと撮影していただけだ。それは間違いない。私は彼女の芸術性を高く評価している』

米田が声を荒らげた。あきらかに棒田純子に熱を上げている様子だった。

『はいはい、わかったよ。傭兵も装備も揃った。とにかく県警がここまで辿りつく前に決行してしまいたい。あんたの計画通りでいい。日程は一週間早める』

山神が断言した。撮影イコール爆破ということらしい。八甲田山で雪崩でも起こす気か？

『女に気をつけろと言えば、あの今村明子という広報の女はどうなんだ。創作ダンス学科の荒川未知が、自分の蹴りを躱したのは偶然とは思えないと言っていたぞ』

芽衣子は背筋が凍った。やはり読まれていた。

そう気づいた瞬間だった。

微かに窓が割れる音を聞いた。

ヘッドホンをしていたので気づくのが遅れたようだ。あわててヘッドホンを外して立ち上がったが、すでに遅かった。

毛糸の目出し帽を被り、金属バットを手にした男が三人飛び込んできていた。

「何をするんですか！」

「あんた、公安の潜入捜査員だろ。生きては返さんよ」

先頭の男が言った。聞き覚えのある声だ。

「何を言いだすんですか。森川さんでしょう。これも映画のワンシーンですか？　だったら度が過ぎますよ」

言いながら芽衣子はパソコンに背を向けたまま、武器になりそうなものを探した。

「なによりもその冷静さが、公安（イヌ）の証拠だよ。普通のＯＬは、金属バットを持った男が侵入して来たら、まず悲鳴をあげるものだ」

森川がバットを突き出したまま前進してきた。隙のない足の運びだった。残りの男たちも左右から詰めてきた。扇形の囲みだ。徐々に狭めてくる。これは包囲の仕方として正しい。無手勝流の喧嘩技ではなく、きちんと戦闘訓練を受けた者の所作だ。

「きゃぁあああああああ」

芽衣子は叫んだ。相手のどこかに隙が生まれないか、懸命に探したが逆に三人が一斉にバットを水平に振ってきた。正面が首、右から腹、左から足を狙ってくる。身体を歯車で巻き込むような振り方だ。躱して向こう側に出る隙はなかった。

「食らえ！」

正面の森川が飛び込んできた。

身体を最大限に屈め、首と腹を避けるのが精一杯だった。そのため足は掬われた。脛を打たれ、床に横転した。それでもバットのスイートスポットは外し、尖端で受けたので衝撃は少なかった。

「いやぁあああああああ」

おおげさに悲鳴を上げ、腹部への攻撃を避けるために床にうつ伏せになり頭を抱えた。

「その受け身が何よりの証拠よ。普通のＯＬだったら、今頃は失禁しているよ」

森川がそう言った瞬間に、右腕をとられた。つづいて静脈がチクリと痛んだ。注射針が入った。

「あっ」

すーっと液体が入ってくる。睡眠剤のようだ。

「バットなんか振り回させやがって、ひと手間増えたじゃないか……」

数秒後には睡魔に襲われすぐに意識が遠のいた。

5

芽衣子はオイルとガソリンの臭いで目覚めた。

剝き出しのコンクリートの部屋に寝かされていた。拉致されたときと同じ、タートルネックの白いぶ厚いセーターとライトブラウンのコーデュロイのパンツを穿いていた。睡眠剤を注射されたが、どうやら致死量にはいたっていなかったようだ。殺すにも手順があるということか。

時間の経過が定かではなかった。芽衣子はコメカミを押さえながらあたりを見回した。どういうわけか、愛用の濃紺のボーダージャンパーとスノーブーツ、黄色の毛糸の帽子も置いてある。芽衣子のマンションの玄関に置いてあったものだ。

これは次の手立てへの準備品であろうと推測できた。

縛(いまし)められてはいなかったので、芽衣子は上半身を起こした。

「ううう」

あちこちの筋肉が、痛んだ。腕を動かすだけでも骨が軋(きし)むような感覚だ。神経剤がまだ効いているのだ。床に腕をついて立ち上がるのもままならなかった。

数分後、ガラガラと音が鳴り、赤錆(さ)びた鉄のスライドドアが開いた。ドアの向こうにずらりと車が並んでいた。黒や濃緑色の大型ＳＵＶが何台も並んでいたが、一台だけ国産小型車が駐まっていた。後部席にジェラルミンのケースが積まれていた。カメラや撮影道具のようだが、ケースには青南芸大のマークが付いている。棒田純子の車に違いない。数人の男たちが、大型ＳＵＶのフロントグリルに鉄板を貼り付ける作業をしているようだった。

どうやらここは自動車修理工場であるらしい。

「気が付いたようだな」

ドアを開けた森川が入ってきた。

「ずいぶん頑丈な撮影車両を用意したみたいですね」

森川の背中越しに、バージョンアップされつつある車両の様子を眺めていると、ふと視界の隅に小林晃啓の姿が映った。

――虎。

そこに潜っていたとは驚きだ。

「おっと。舞台裏を見せてしまったな」

芽衣子の視線を遮るように森川が鉄の扉を閉めた。勢いよく閉めたので、ドアから赤錆びが飛び散った。

「戦争映画でも撮るの？」

芽衣子は首をまわしながら訊いた。

「まだシラを切る気だな。青森でおまえを襲ったときにはっきり気づいたんだよ。ヘルメットの頭突きを、あれだけうまく吸収できる奴なんていない。未知の言った通りだ。あんたは戦闘訓練を受けた捜査員だ」

森川がセーターの縁に手をかけてきた。捲られる。白のスリップが見えた。

「何をするんですか？」

「口を割らないなら、身体に訊くまでだ」

筋肉が硬直したままの腕を無理やり上げさせられたので、激痛が走った。白いセーター
が腕と首から抜けた。

「痛い！」

「いやなら白状しろよ。おまえは何を探っていた」

好色な眼をした森川の指が今度はパンツに向かう。前のホックが外され、ズルズルと脱
がされた。抵抗しようにも筋肉に力を入れただけで激痛が走り、どうにもならなかった。

「白状することなんてないわよ」

「いまに言うさ」

森川に一気に下着を剝ぎ取られた。あえて抵抗はしなかった。無理に動かすと痛みが増
すだけだからだ。

芽衣子の全裸を目にして、森川が唸った。

「なるほど、これは鍛え抜かれた筋肉だ」

特に足と腹部を凝視している。裸を見られては観念するしかなかった。ボディビルダー
の肉体だった。

「色気のない裸です」

自嘲した。

森川も脱いだ。大学の職員にしては屈強な肉体だった。この男こそテロリストの訓練を受けていたに違いない。

右脚の踵を森川の肩の上まで掲げられた。筋肉が伸び、これまでで最大の痛みが走ったが、それ以上に恥辱に見舞われた。

紅い秘肉が森川の眼前に晒されているのだ。

「痛いです。筋肉が攣れて痛すぎます」

羞かしさをごまかそうと、懸命に顔を歪めた。

「ここだけは柔らかそうだぜ」

森川はもう一方の足首も肩に乗せると、芽衣子の身体を丸め、禍々しいほどに膨張させた肉茎を、秘口に宛てがい腰を送り込んできた。太い亀頭が肉層を無理やり開き、いっきに根元までめり込んできた。

「あぁあああ」

筋肉痛も和らぐほどの快感が、子宮から脳へと広がった。

どんなに厳しい訓練をうけても膣を不感にさせることはできない。ここの粘膜は男も女も気持ちよくなるように、神が決めているのだ。

「締まるぜ」

森川がゆっくりとピストンを開始した。

肉が馴染みだし、じわじわと快感が高まっていく。男根はほぼ垂直に食い込んできて、芽衣子は鮮烈な快感に掻き立てられていった。

「くぅう」

徐々にピッチを上げた森川が、乳首にも吸いついてきた。バストを思い切りせり上げるほどに、芽衣子は顔を真っ赤にして乱れた。

その様子を一部始終見られているかと思うと、さらなる羞恥に塗(まみ)れた。殴られても、蹴り上げられても耐えることは出来るが、セックスばかりは、耐えようがないのだ。

「あっ、ふう」

不覚にも喘ぎ声を連発させる。筋肉の痛みも忘れるほどの快感に、身体も動き出す。セックスによる快感は麻薬のような効果があることを知った。

ここが攻め時とみたのか、森川はさらに激しく腰を振ってきた。ビシッビシッと肉が擦れる音がした。ひと擦りごとに敏感になる膣の快感に、芽衣子は追い詰められていく。

「あぁっ、イク。イクわ」

自分から森川の背中に手を回し、きつく抱きしめた。

不意に動きを止められた。

「何を探った」

森川は芽衣子の顔を見下ろしながら、ズルズルと亀頭を引きあげて行く。

「あっ、止めないで！」

極みに到達しようとしていた膣が、突然の停止にただヒクヒクと波打っていた。

「おまえイヌだな？」

芽衣子は頷いた。

情けないが、早く律動を再開してもらいたくて、たまらなかった。

「潜入の目的は？」

「中国の諜報員の特定」

咄嗟に嘘をついた。森川の眼が泳いだ。

「中国？」

「そう。留学生の中に諜報員が紛れているかの捜査」

お門違いに見せかけた。案の定、森川の頬が緩む。

「見つけたかよ」

頷く。ブラフが当たったようだ。

早くあの鍛え抜かれたような逞しい男根で女壺を抉って欲しいものだ。

「誰だよ」

「創作ダンス学科の荒川未知と女子スノーボード部の指原、渡辺、園部よ」

さらに出鱈目(でたらめ)を言う。

「けっ。ハッタリもいい加減にしろよ。あいつらはな……」

と言いかけて、森川は口を噤(つぐ)んだ。膣の浅瀬で微妙に亀頭が動いた。それだけで気持ちいい。芽衣子は自分から腰を打ち返した。極上の快感が戻ってくる。

「あぁ……いいっ。味方と思わせて、土壇場で裏切るのが中国のやり方よ。あの子たちは青南芸大を中国の工作活動の拠点にしようと思っている。去年ごろから北京や上海からの留学志望者が多くなったでしょう。お願い、擦って……」

どんどん揺さぶりをかける。森川の胸中に疑心暗鬼を広げたことは確実だ。

「さっさとあの世へ行けよ」

森川がフルピッチでピストンを再開した。膣がのたうち回った。

「あぁあああ、イクッ、イクゥ！」

芽衣子は極限を見た。

「おぉっ」

森川も極まったようだ。亀頭の切っ先から熱波が飛んできた。芽衣子はぐったりとなった。腕を取られ、今度は筋肉ではなく静脈に注射を打たれた。

心地よい疲労感と共に眠りについた。

6

眠りからまた目覚めた。

どれだけ眠ったのかわからないが、まだ多少意識は朦朧（もうろう）としている。

廃屋だった。窓はない。

寒かった。

スノーボーダー用のジャンパーを着せられ、毛糸の帽子も被せられていた。

のろのろと立ち上がり、廃屋の扉を開けた。

あたり一面が雪に覆われているが、木立が多い。山の中のようだ。曇り空だった。

芽衣子はその白い空にむかって深呼吸をした。

睡眠剤を打たれたのは間違いない。それも何度か打たれた。脳の底にその記憶がしっかり残っている。うっすらと覚醒しだすと、また打たれるのだ。睡眠時間を計算し、なおかつオーバードーズにならない量を、こまめに打っていたようだ。

他殺に見られないための巧妙な手口だ。

おそらく拉致された棒田純子もこの手で、どこかに放置されているに違いない。そして自分もこのままでは、凍死する。

都会の人間が迷い込んだ末に廃屋の中で息絶えたという設定だろう。そして発見されるのは雪が解けてからということになる。司法解剖の結果、睡眠薬が検出され、自死と断定される。上手いシナリオだ。

冗談じゃない。

口の中で舌先を動かし、奥歯に埋めたGPSを確認した。舌が小さな金属片に触れる。こいつが作動していれば、小口は、この位置を捕捉しているはずだ。

問題は、救出する気があるのかどうかだ。

芽衣子は憮然(ぶぜん)としポケットに手を突っ込んだ。何かが当たる。冷たい金属だった。取り出すと方位磁石だった。

——虎だ。

裏に小さな紙片が貼り付いている。

その紙片を取った。広げると名刺二枚ほどのサイズになった。びっしりと数字が並んでいる。暗号伝文である。

現在の場所はバリカン山と呼ばれる地らしい。

小林がジゼルに潜っていることもわかった。

メモから監禁されていたのは青森市内の自動車修理工場だったということも知る。

伝文にはさらに信じられないことが書かれていた。

【リュックサック原爆がすでに青森に持ち込まれている。どこかに埋めたらしい。俺はそこに行くことになりそうだが、場所は不明だ】

リュックサック原爆。それはＳＡＤＭのことだ。

芽衣子にはピンときた。

ロケ地にされた楢木森山だ。

芽衣子は磁石を見た。

――北に向かうと青森市内ではないか。

そう思い、暗くなる前に歩き出した。

とにかく何か手がかりを得たい。

磁石を頼りに、狭い雪道を歩き続けた。

雪と灌木を踏みながら黙々と歩く。八甲田山ほどではないにせよ、真冬の山道を歩くのは不気味だった。特に烏の啼き声に、不気味さを感じた。屍になると、奴らに啄まれるのだ。

ふいに神社の鳥居が見えてきた。

古ぼけた神社だ。

木彫りの看板は風化しており読めない。鳥居の横に観光用の看板があった。ざっくりとしたマップが描かれている。

やはりここはバリカン山で、米田たちがロケを行うという楢木森山と連なっていた。マップによると『バリカン山・楢木森山』とひとくくりにされて周回コースが設けられているようだ。

想像していたよりもはるかに市街地に近く、なるほどこれならば、ロケ隊も出しやすいと納得した。

芽衣子はマップを頭に叩き込んだ。一度目を閉じる。瞼(まぶた)の裏にマップが浮かんだ。大丈夫だ。

そのマップの中に驚く発見があった。

標高四百八十七メートルの楢木森山の真下には東北新幹線が走っているのだ。

八甲田トンネルである。

——狙いはここだ！

リュックサック原爆がいったいどのくらいの威力かは計り知れないが、冷戦時代にアメリカが開発した戦術核兵器デイビー・クロケットは広島に投下されたリトルボーイの七百五十分の一とされていた。

その後、どれほど威力が増したかは不明だ。

すくなくともリュックサック一個で楢木森山の真下を通る八甲田トンネルを破壊するこ

とはできるのではないか。

そうなれば日本中が混乱する。

青南芸大のミサイルのことを思いだした。

同じタイミングでの発射を計画しているに違いない。小口の読みでは狙いは三沢基地だ。

その双方の発射が、刻一刻と迫っているようだ。

芽衣子は唇をかみしめながら大空を見上げた。絶望と無力感に包まれる。

その時、空にヘリコプターの音が轟いた。

ロビンソンR44。米国製の四人乗りだ。

かなりの低空飛行だ。ボディに『陸奥テレビ』と青い文字が見える。

芽衣子が懸命に手を振ると、ヘリコプターはさらに下降してきた。木々が揺れ、雪が舞った。

「今村明子さん、今村明子さんはいねが？」

ヘリのスピーカーから三宅の声がする。相当大きな出力だ。

芽衣子は神社の境内を走った。発見してもらうには、少しでも広いところに出ることだ。

本殿に上がる。何か適当な物はないかと探した。

祭壇に大鏡があった。一礼して鏡を取った。太陽は出ていないが、ヘリに向かって掲げた。光が伸びる。左右に振った。

「今村さんがぁ？　だったら光をもっと早く振ってくれ」

　芽衣子は大鏡を動かした。首を振るような速さだ。

「おおっ、神社だなぁ。いまいぐがら」

　声と共にヘリコプターは旋回しながら、接近してきた。地上十五メートルぐらいから縄梯子が降ろされてきた。

　芽衣子は駆け上がった。寒風に揺られながら昇っていく。陸奥湾に臨む青森市街が一望できた。

　ヘリコプターの内部に転がり込むと、後部席に三宅ともうひとり青森県警の田辺がいた。

「いやさ、棒田さんの行方不明事案を追っていたら、半グレ集団にたどり着いてさ。なんとそいつらが青森の自動車工場をアジトにしていたんで張り込んでいたんだ。そしたら、今日の未明、あんたが運び出されるのを目撃した。追跡したものの、雪上をとんでもなく早く走る大型車でな。見失ってしまった。はっきりしない事案に県警のヘリを出すわけにもいかねぇんで、三宅さんに相談したら、これを飛ばしてくれたってわけさ」

　田辺が早口で言う。並んで座っている三宅が頷く。

　パイロットがヘリを上昇させた。

「三宅さんは顔、もういいんですか」

「いや、まだしゃべると痛い」

無表情で口だけ動かしている。

「ありがとうございます。それでその半グレはまだ市内にいますか」

リュックサック原爆のことが気になった。

「いいや。あんたを運び出した後、すぐに二十台ぐらいのバイクを仕立てて出て行ったさ。バイクだけじゃねぇ。装甲車ばりの車もだ」

田辺の言葉はヘリの轟音にかき消され気味だ。

「すみません。楢木森山の方へ移動してくれませんか？」

陸奥テレビ機のパイロットに頼んだ。

「おお。さっき、すげえ人だかりが見えたな」

パイロットが頷きながら言う。

「はい、青南芸大の商業映画作品の撮影です。私をそこで降ろしてください」

「なんだって？」

田辺が驚いた。

「仕事ですから」

ヘリが連なっている楢木森山に向かった。

陸奥テレビのヘリコプターの前方、二時の方向に迷彩色を施したヘリコプターが現れる。

陸上自衛隊の国産ヘリコプター、ＵＨ―２だ。

後方の窓からペンライトで信号を送ってきている。

【奮闘祈る。工作装備持参】

救出ではない。小口からのデリバリーを届けに来ただけのようだ。自衛隊みずからは手を下さないということだ。

芽衣子は、親指を立てた。

陸奥テレビのヘリが、楢木森山の上空に入る。

見下ろすと頂上付近で格闘シーンが始まっていた。

ヘリが着陸するには狭く危険すぎた。

芽衣子は一度引き上げた縄梯子を再び降ろした。

「おいっ、あそこにいるバイクや車の群れは、東京の半グレ『ジゼル』のものじゃないか」

田辺が叫んだ。

「その通りです。過激派の片棒を担いでいるようです。田辺刑事、私ここで飛び降ります。すみませんが、旋回して待機してもらえませんか。特殊任務です。事情は警視庁からのちほど。パイロットさん低空でお願いします。それとサーチライトの照射願います」

それだけ言うと芽衣子は扉を開けた。機内に暴風が飛び込んでくる。

「あんた、公安かよ！」

田辺の声には答えず、芽衣子は梯子を下りた。さきほどよりも風に揺れる。

視界にロケの様子が入ってきた。

ジゼルのメンバーはオートバイで旋回し、サンボ武術の使い手たちと闘っている。女子スノーボーダーたちも、ジゼルの大型車のルーフから飛んでいたりする。

それ自体がロケであり模擬訓練だ。

ビニールシートのベースが見える。

雪上バトルの撮影に見せかけて、この現場に人が近づかないように守っているのだ。

視線を格闘現場から百メートルほど離れた位置に移すと、別の二十人が雪を掘っていた。掘削ドリルを使っている。

脇には三個のリュックサックが置かれていた。迷彩色のリュックは円形で、小ぶりなドラム缶サイズと言ったところだ。

山の真下は、八甲田トンネルだ。

棒田純子は、あのリュックを背負い、浜辺にたどり着いたロシア工作員と出会ってしまったのだろう。それで拉致の謎が解ける。

リュックは、ロシア工作員のアジトである市内の自動車工場に隠されていたということだ。

雪山に埋めるための工作がこのロケだ。堂々と行われる映画のロケは、逆に不審に思われない。

くそったれめが。

穴は、相当深く掘られている。雪に混じって土が吐き出されている。

芽衣子は、自衛隊ヘリUH−2に向かって手を振った。続いて、指を下方に向けた。四個の雪の瘤の中央を指した。

濃いグリーンのサングラスをしたパイロットが親指を立てる。

機体中央の扉が開き、カーキ色の大型アーミーバッグが放り投げられた。

芽衣子の存在に気づいたジゼルの一団が、拳銃を撃ってきた。粗悪品のトカレフらしく弾丸は、あちこちに逸れていく。

アーミーバッグが雪の瘤の間に見事に落下した。

ええい、飛んじゃえ！

芽衣子はそのバッグを目印に飛び降りた。

「ふっ」

空中で身体を横にし、柔道の受け身の体勢で着地した。硬い雪に体当たりを食らわせたようなもので、総身に激痛が走った。

歯を食いしばり、雪上を何度か回転しながら、バッグにたどり着く。雪の瘤の下が塹壕の役割をしてくれている。

ファスナーを開けると防弾ジャンパーとサブマシンガンＭＰ５、それにスマートポリスモードと専用レシーバーが、二セット、入っている。

すぐに防弾ジャンパーを着こむ。迷彩色のマウンテンパーカーだが、内側にいくつものセラミック板が挿し込まれている。よほどの至近距離でもない限り弾丸は弾き返す。着ると防寒にもなった。

ＭＰ５には弾丸が装塡（そうてん）されている。一分間に八百発発射できる銃だ。二セットあるのは、虎もいるということだ。

すぐにヘッドセットをつけてスマートポリスモードで一番を押す。

「女豹（レパード）、現着。作業に入ります。まもなく青南芸大のミサイルも発射されると思います。ＰＣ３の準備は」

早口で伝えた。迎撃の必要がある。

『かまわん。撃たせろ。そっちは米軍の仕事だ。リュックサック原爆の奪還に集中しろ。電話はこのままホールド』

小口の口ぶりから、米軍とは緊急連絡がついているとみた。

「了解！」

撮影隊のベースに向かって走る。荷物が半分になったアーミーバッグは背中に背負った。

ベースの中央にいるのは、米田ではなく森川だった。植木もいた。指導教授である米田がいないのはどういうことか？

「早く、穴を掘れ。リュックはさかさまにして、三個並べるんだぞ」

森川が、芝居を映すモニターは見ず、掘削ドリルで穴をあけている連中に叫んでいた。

噴射装置が付いているということだ。地中に向かって打ち込む気だ。

すぐ近くでは雪の下から、オレンジ色の花火が上がっていた。

爆破シーンだ。マシンガンの打ち合いになった。もちろん模造ガンだ。派手に火花が上がっている。本物よりも美しい炎だ。

演技をしている者のすべてが兵士で、これは模擬訓練なのだろう。

雪穴に一個が落とされようとしていた。

「ボス、すぐに新幹線を止めてください！」

『無理だ。事情を説明しようがない』

「ちっ」

芽衣子は、サブマシンガンで、ベースの背後を掃射した。けたたましい音と共に雪の破片が飛び散った。

森川が振り返る。

「おいっ、あいつをバックファイアで打ち殺せ！」

狂ったような叫び声を上げた。

ジゼルのメンバーが操る何台ものハーレーが、一斉に芽衣子に向かってきた。

「お前ら、本気で撃てよ。実際は機動隊や米軍と戦うことになるんだぞ」

中央の男が声を張り上げていた。その顔は芽衣子も知っていた。解散したはずのジゼルの総長、三原斗真だ。

ロシアの民間軍事会社の日本支部にでもなるつもりだろうか。

「私のは、小道具じゃないからね！」

そう叫んで、MP5をぶっ放してやる。右から左へと掃射すると、ハーレーは急ブレーキを掛け、スピンした。全車両がテールを向ける。

左端から一台だけ、前をむいたまま、突っ込んでくる。

「さがれ、さがれ、後退だ。おまえハチの巣にされるぞ」

小林の声だった。叫びながらリアシートを指差している。

「どういうこと？　私を攫いたいの？」

芽衣子は、ジャンプして小林の背後に飛び乗った。ぎゅっと抱きつく。一気に加速し、大きな雪の瘤の背後に向かう。

ほぼ同時に、マシンガンの音が鳴る。振り向くと、ハーレーのエキゾーストパイプから一斉に火が吹き、弾丸が飛んできた。品のない撃ち方だ。

「最低ね」

巨大な雪の瘤の背後に入り込んだ。アーミーバッグをバイクを降りた小林に渡す。

「すぐに反撃だ。いくらスパイクタイヤでも、バーストさせたらそれきりだ」

小林が素早く防弾ベストと、ヘッドセットを装着した。雪の瘤の上に這いあがる。

「虎、合流。カウンター攻撃に出ます」

小口に報告している。

『了解。急いでくれ。リュックの一個が完全にセットされた』

小口は自衛隊ヘリからのカメラで、モニターしているようだ。いるのは官邸か。

「射程内に入ったわよ」

芽衣子は小高くなった位置から銃口を向けた。

ハーレー軍団はバックファイア攻撃を諦め、拳銃を握って、突進してくる。

「しゃらくさいわね」

正確にタイヤを狙い。右から順に掃射した。

「うわぁあああ」

「ぐわっ」

前輪がバーストして前のめりになったハーレーが、ライダーを振り落としていく。

「やるな」

小林が左から順に掃射した。

暴れ馬から振り落とされる騎手のように、黒いライダースーツの男たちが白い空と雪を背に飛んでいく。

「あいつらは俺が潰しておく。ハーレーを使え。アクセルグリップの横で、エキゾーストパイプから弾が出る」

「ありがとう」

芽衣子は、MP5を肩に掛け、ハーレーに飛び乗った。ベースに向かう。

「阿部！　てめぇ、裏切りやがったな」

「斗真君、コロンビアで出直しなよ」

背中でそんな声がして、小林のマシンガンが火を噴く音がした。

「痛てぇ、あぁ」

全員の足を撃ったはずだ。

芽衣子は、ハーレーを操りながら、ビニールシートのテントを見やった。美術学部工芸学科の本橋がパソコンを操作しているだけだ。

視線を彷徨（さまよ）わせ森川を探す。

掘り上げた雪と土の山の横にいた。二個目のリュックサック原爆を穴にセットしようと、指示している。

芽衣子は飛んだ。

森川の頭上に脚を伸ばしながら舞い降りる。

見上げた森川の顔が歪んでいる。

「くそ！　まだ生きていたのか！」

「今度は私がぶち込んでやるわ！」

落下しながら、脚を畳む。

突き出た膝を森川の顔面に叩き込んだ。

「ぐわっ」

森川が鮮血を上げながら雪の上に仰向けになった。

芽衣子はそのまま雪面に転がり降りた。

「邪魔すんなよ！　時代を変えるんだ」

植木陽太が襲いかかってきた。ベアハッグだ。サンボをやっているだけあって、とてつもなく力がある。足を浮かされ、強烈に胴が締め付けられた。

「くっ」

そのまま腕をきめられた。右腕を反るように背中側に押される。

このままでは折れる。

芽衣子は渾身の力を込めて、頭突きをした。

「ぐえっ」

植木の鼻梁が折れる音がして、腕が緩んだ。

その植木の股間を摑んでやる。ボーダーパンツの奥に睾丸の感触があった。思い切り握りつぶす。

「玉ハッグ！」

「うぇぇぇぇぇぇぇぇ」

植木が涎を流して白目を剝いた。

股間から手を離すと、植木はそのまま雪の上に倒れた。しばらくは起き上がれまい。

「植木君になんてことを！」

スノーボードに乗った荒川未知が激突してきた。吹っ飛ばされた。

「心配しないで。潰したのは玉で棹じゃない。使えるわよ。なかなか立派なコックだったわ」

起き上がりながら言ってやる。

「やったのね！」

スノーボードを外し嫉妬に満ちた目で、足蹴りを見舞ってきた。ダンサーだけあって普通より早い。だが、芽衣子は簡単に見切った。

腕をとりオクトパスホールドをきめてやる。腕をきりきりと反転させる。

　未知は尻を振って逃れようとした。その尻の底に指を走らせる。ボーダーパンツ越しに女の亀裂をまさぐった。

「いやっ、なにすんのよ」

「女芽(めめ)潰し」

　片腕をきめたまま、女の泣き所である亀裂の尖りを押した。グリグリ潰す。

「んんんんんっ。ぐはっ！」

　未知は悶(もだ)えた。

　悶えて一瞬痛覚を失った隙に、腕を折った。ぼきっと骨が折れる音がした。技を解くと、未知は腕をぶらぶらさせたまま雪面に座り込んだ。

「うわあああああああ」

　遅れてやってきた激痛に声をあげて泣いている。

「ふたりで、ここで凍死しな」

　小林が駆けつけてきた。

「これ」

　芽衣子は残っているリュック二個を指差した。

「一個ずつ、背負うしかねぇか？」

「いや、それは無理でしょう」

原爆を背負うのは勘弁してほしい。

『すでに、自衛隊の爆処理が向かっている。戦闘はできんが処理は任せて欲しいと』

続いて小口が誰かに報告している声が聞こえた。官房長官か。

「了解しました」

空を見上げると、陸自のヘリが数機現れた。ロープで何人も降りてきている。

「任せてよさそうだな」

小林も安堵の表情だ。

「さてと。私たちは元締めを探さないとね」

芽衣子は転がっていた金属バットを拾い、ビニールテント内にいる本橋に向かって歩いた。

「来るな！　来るなよ」

本橋は、キーボードを盛んに叩いた。

芽衣子の周囲で仕掛け火薬がボンボン音を立てて、打ち上がる。オレンジの炎と黒煙がいくつも上がった。

「米田はどこにいるの？」

バットをブンと鳴らして素振りを見せる。我儘（わがまま）に育った生意気な子供は、泣かせるのが一番だ。

「稚内(わっかない)です！」

「あーら、スイッチ入れて、樺太に逃げる気だったわけね」

「そこまでのことは、知りません」

本橋が涙目になっている。

背後でガサッという音がした。

「死なばもろともだ！」

雪に倒れたままの森川が、リモコンを握っている。その眼はすでに死んだ人間のようだ。

「バカはよしなさいよ」

そう叫んだとたんに、森川はスイッチを押した。

雪穴の中で、爆発音がした。オレンジ色と黄色の炎が舞い上がる。

続いて地震が起こった。

芽衣子と小林は、穴から必死で離れた。本橋も一緒に駆けてくる。パソコンは抱えたままだ。

山がグラグラと揺れた。局地的だがマグニチュード8クラスの揺れだ。

「ボス、リュック、一個爆破です」

インカムに向かって叫んだ。

『なんだと！』

イヤホンの向こう側で、どよめく声が上がった。

十秒ほどで、地震は止まった。

自衛隊と陸奥テレビのヘリが穴の上を旋回していた。

『八甲田トンネルまでは、到達していないようだ。新幹線は地震警報システムが働いて、自動的に停車した』

小口の冷静な声が響いてきた。

「放射能は！」

小林が叫んでいる。

『いま自衛隊機が上から計測したが線量は微弱だ。リュック一個の核は相当小型だったのだろう。三個なければ、貫通もできなかったということだ。穴ごと自衛隊が処理する』

リュックを運ぶロシア兵も、怖かったはずだ。それで超小型にしたのだと思う。

「そのパソコンに教授の居場所があるわね」

芽衣子は改めて、本橋に向き直った。

「はい、ここです」

ノートパソコンを回転させ、液晶のマップを出した。さすがに素直になった。

ノシャップ岬のある一点が点滅していた。

「それ貰うから」

パソコンを奪った。

「こいつら、どうする」

小林が聞いてきた。ジゼルの連中もあちこちに倒れたままだ。

「警察呼ぶわよ」

芽衣子はヘリコプターに手を振った。窓から顔を出している田辺を指差し、降りてくるように頼む。

コートの裾を翻しながら田辺が降りてきた。

「大変申し訳ないのですが、ここにいる全員、逮捕してくれませんか」

「一体、何が爆発したのかね？」

「保秘です。すぐに県警本部に警察庁から連絡が入ると思います。いまは撮影小道具の爆発ということに。棒田さんの居場所はこちらが突き止めます。穏便に頼みます」

「わかった。所轄は所轄の仕事をするまでよ。下山して逃げた連中もすべて麓で逮捕する。理由は何とでもつけるさ」

「陸奥テレビのヘリはお借りします」

空を見上げると青森県警のヘリからぞくぞくと捜査員が舞い降りて来ていた。これで米田にも山神にも誰も連絡できまい。

芽衣子と小林は縄梯子を上った。

「三宅さん、すみませんが、稚内までこのヘリで送ってくれませんか。ただし撮影はＮＧです」

「わがった。ここまで付き合ったんだ。オラだちも最後まで見てえべ。な、パイロットさん」

三宅がそう言うとパイロットもガッツポーズをした。ヘリは日本海側に出て、ノシャップ岬へと向かった。

＊

稚内市のはずれ。

米田のいるマンションはすぐにみつかった。

近くに縄梯子を降ろしてもらい、小林とともに降りた。

海沿いの岸壁に建つ古ぼけたマンションだった。米田や山神はここにはジェットクルーザーで来ていたようだ。そんなことが、本橋から奪ったノートパソコンで判明した。

小林が万能鍵で解錠する。

芽衣子がまっさきに部屋に飛び込んだ。真っ裸の男女が見えた。

「なんだ！」

家具などない部屋だ。敷布団の上で米田が棒田純子に挿入中だった。男根がずっぽり入っている。

「み、見ないでください！」

棒田純子が悲鳴を上げた。トロンとした目だ。拉致されて以来セックス漬けにされていたようだ。

「米田！　おまえの原爆だ。返すよ！」

芽衣子は背負っていたアーミーバッグを放り投げた。

「うわぁああああ」

真っ裸のままで、原爆を抱かされたと思った米田は、いきなり失禁した。

芽衣子は部屋の隅のタブレットを拾い上げた。

「ミサイルの解除方法は？」

リモコンを手にして脅す。

「知らん。わしがここで解除したら、山神がすぐにもうひとつのリモコンで、発射させる。そういう約束になっている。三沢基地にドカンだ」

米田が不敵に笑った。筋金入りのテロリストだ。しゃべるまい。

「逮捕・監禁罪だ。罪状は順に増える」

「わかったから、これをどけてくれ」

米田がアーミーバッグを動かそうとした。

芽衣子はためらいなくリモコンを押した。

爆音がしてアーミーバッグが破裂した。ただの花火だ。撮影現場にあったものだ。

米田は気絶した。

「この男のことは忘れることね」

芽衣子は棒田純子を抱きしめた。小林は毛布に包(くる)んだ米田を抱いていた。マンションを出ると北海道警の護送車が待機していた。

棒田純子だけを引き渡す。

近くの野原に、公安部調達のヘリが待機していた。シコルスキーのヘリだ。米田を乗せて、再び津軽海峡を渡った。

光浦町が見えてきた。

空から見る青南芸術大学は、まさにペンタゴンであった。

『何としても、ミサイルを解除させてくれ』

ヘリのスピーカーから小口の声がする。

「米田が解除すると、山神が逮捕を知って、発射させてしまうようですが」

『それは構わんよ。何度も言うようだが、米軍は、ＰＣ３で待ち構えているんだ』

やけに冷淡な言い方だ。

日頃の小口ならば、青森県全体を危険に晒すような策はとらないはずなのだが。

「わかりました。米田を泣かせちゃいますよ」

芽衣子は言って、米田を揺り起こした。

「うっ」

米田が目覚めた。

「解除してくれないなら、ここから落ちてもらうわ」

毛布を剝ぎ取ってやる。米田は真っ裸だ。人は裸にされると本能的に気弱になる。

あうんの呼吸で小林がいきなりヘリの扉を開けた。

「うわ」

突風に身を晒される。

芽衣子は米田の銀髪を掴んだ。

「裁判なんてぬるいこと、やる気ないから」

扉の前に突き出した。

「待てっ、正当な裁判を受ける権利はある」

「ない！」

小林が腰を押した。

「うわわっ。解除する！」

眼を尖らせた米田が観念した。顔も強張り、唇は嚙み過ぎて血が出ていた。

タブレットを渡す。

震える指でタップし、解除ページを引き出している。十六桁のパスワードを打ち込んでいた。

「これで解除したが、同時に山神に緊急メールが飛んだぞ。わしが捕まったことを知らせるメールだ」

米田がわなわなと震えている。

「ボス、解除したようです」

『でかした。青南芸大の近くを旋回して待機だ。いずれ山神が飛び出してくる』

小口の声が少し上擦っていた。

山神の前に、ミサイルが打ち上がるのではないのか？

真横で米田が耳を押さえながら、時計台を凝視している。

十数秒後だった。

キャンパス中央の円形池から、大きな火柱が上がった。真上に向かって伸びて行く。

「えっ？」

芽衣子は目を疑った。

三沢方面に向かってミサイルが音速で飛ぶはずが、そこには大輪の花火が上がっている。ロケットの尖端のような物は上がったが、すぐに花火の真下の池に落ちていく。

「ボス、やりましたね」

小林が気の抜けたような声をあげた。

『防衛省さんがね。表向き直接攻撃はできないが、裏で爆弾の回収は可能だというのさ。地下に入り核弾頭は回収して、代わりに花火を仕込んでくれた。自衛隊基地では、ときどき地域住民と花火大会をするんだそうだ。どうだ、ハリウッド映画みたいな終幕だろう』

小口の大きな笑い声が聴こえてきた。

じきに栈橋を走る山神秀憲の姿が見えた。

実習船に乗り込んでいる。

「あいつは一級船舶の操縦ライセンスを持っている。ロシアに逃げる気だ」

米田が口を尖らせた。

『ブルーアート号』が栈橋を離れた。

「逃がさないわよ。ねぇパイロットさん、すみませんが、あの船の後部デッキの真上でホバリングしてくれない」

「かなり波風が立つぞ。船をひっくり返すつもりか?」

警視庁のパイロットが海上を見下ろしながら言う。

「いえ、私、飛び降りるから」

「そういうことなら、ギリまで寄せてやる」

シコルスキーは、旋回しながら徐々に降下をはじめた。ブルーアート号の周囲に大きな波がいくつも立った。

『女豹、お前なにする気だよ』

小口がマイクの前で声を荒らげている。

「ハリウッド映画風なら、負けませんから」

青い海の上で揺れるブルーアート号のデッキがはっきり見えてきた。

「無茶だろ」

小林が呆れた顔をしている。

それには答えず、芽衣子は、

「このヘリ、救援用のゴムボートありますよね？」

と、パイロットに向かって聞いた。

「あるけど」

パイロットは当惑気味だ。だがすでにギリギリまで降下してくれている。すでにデッキがはっきり見えた。

「じゃぁ、後をよろしく。波風をたくさん立てて援護してくださいね」

いうと、パイロットは得意そうな顔をした。捜査に参加したいタイプのパイロットだ。

芽衣子はヘリの扉を開けた。突風が舞い込んでくる。肌を刺すような潮風だ。

今回は、やたら飛び降りる。

「ええいっ」

芽衣子は逆巻く波に揺れるブルーアート号のデッキに向かってダイブした。スカイダイビングなんてダイナミックなものではない。

約三メートル。

飛ぶというより落ちた。

クッションのよく利いたスニーカーで着地し、膝に負担をかけないようにすぐに寝転んだ。

操舵室の山神が振り返った。

頬を真っ赤にし、鬼の形相になっている。

ガラス窓を叩き壊し、拳銃を向けてくる。トカレフではなく、S&WのM16だ。

「てめぇ、邪魔立てしやがって。十五年もかけて、この計画を練ったのに、よくも潰してくれたな。シベリアのロシア軍を連れて引き返してきたときには、お前を真っ先にぶっ殺してやるつもりだったが、その手間が省けた。死にやがれ！」

乾いた音と共に銃弾が飛んできた。

甲板を回転して躱す。尻ポケットにスマホがあることだけは確認する。山神は連発してきた。甲板に銃弾が跳ね返る音がほうぼうでした。

ヘリに向かって指を回転させた。

シコルスキーが、急降下してきて、ブルーアート号を煽り立てた。ナイスなパイロットだ。ブルーアート号はグラグラと揺れた。

「おぉっ」

山神が顔を歪ませ、操舵室で横転した。芽衣子はダッシュした。操舵室に飛び込み、ブルーのスーツを着た山神の顔にストンピングを見舞う。

「この悪党め！」

鼻が折れ、顔が真っ赤になるまで踏み続ける。極悪人のことは、顔を踏みつけなければ気が済まない。

わざわざ飛び降りてきた理由のひとつだ。

「やめろ。いまからでも遅くない。俺と手を組んで、この国を乗っ取らないか」

顔の中心を真っ赤な血で染めた山神が、しぶとく声を上げてきた。

クルーザーは漂流し始めた。

「過激派世代でもないあんたが、なんでこんな革命ごっこみたいなことを企んだのよ」

山神の腹に足裏を乗せたまま訊いた。吐かなければ、次はフット・スタンプを撃ち込むつもりだ。

「規制だよ。もっと言えば暗黙の規制だよ」

「具体的には、どういうこと?」

飛び降りてまで山神と対峙したかった、もうひとつの理由はそれを訊くためだ。

「新興企業は、どんなに頑張っても既得権益を持っている老舗企業に阻まれる。雷通だの旧財閥系の三津川（みつかわ）商事だのという連中と永田町や霞が関のエスタブリッシュメントたちは組んでいる。そして外資系というのは、そのほとんどが欧米系じゃねぇか。その体制を崩すには、これしかないのさ」

山神が嘯（うそぶ）いた。

「政治を変えたきゃ、政界と組んだらいいじゃない。武力行使は最低なやり方よ」

「何をいいやがる。俺が大学の設立の許可を求めても何度も難癖をつけて潰しに来たのは国家権力だ。メディアも雷通や博学社が仕切っている。そもそも『東日テレビ』なんかは、親米印象操作のために出来たテレビ局じゃねぇか」

たしかにそれは第二次世界大戦後のアメリカの親米工作の一環であったと、すでに公表されている。

結果的に、そうではなくなったが、旧ソビエト連邦、そして当時は中共と呼ばれていた中華人民共和国の通信を傍受させようと、ＣＩＡは日本の民間テレビ局に専用の電波塔を全国津々浦々に建築させる計画まであったという。

「占領下でのことだわ。講和条約発効後に、その話はお流れになった」

「しかし、それから八十年近くも経つのに、いまだにこの国はアメリカ一辺倒じゃねぇか」

「だって、アメリカが唯一の同盟国だもの」

「それがおかしいんだよ。地政学的にはロシアや中国と組むのが自然な流れだろう！　俺はそっちにつくことで、次の百年の経済界を引っ張る企業を作ろうとしたんだ」

「令和の渋沢栄一（しぶさわえいいち）になりたかったのね」

芽衣子はせせら笑った。

実業界を徒手空拳でのしあがってきた者の、国家に対するある種のルサンチマン。だがそれを乗り越えた、この国の経済人はたくさんいる。

「あんたのやっていることは、金儲け主義の傭兵部隊と変わらないのよ。ほら、ロシアの軍事会社のハゲ。あいつと一緒だよ」

芽衣子は、大きく脚を上げ、踵を山神の腹に叩き落とした。

「ぐえっ」

山神の口から灰色の吐物が上がった。

ゲロと鮮血に塗れた顔の山神をそのままにして、後部デッキに戻った。船べりへと進む。

今度こそダイブだ。

上空を旋回しているヘリに手を振る。急降下したヘリが、ブルーアート号の真横にゴムボートを放った。

デッキを蹴り、ゴムボートに乗り移る。

百メートルほど離れたところで、スマホの爆弾マークのアプリをタップした。

すぐにブルーアート号が爆発を起こした。

操舵室のルーフが飛び、火柱があがっている。キャビンの左右からは黒煙だ。すぐにガソリンに引火し二次爆発、三次爆発が起こりはじめた。

「ミッション完了！　ボス、ハリウッドの映画のエンディングは、やっぱり花火じゃなくて本物の爆発でしょう」

芽衣子はスマホを耳に当て、そう声を張り上げた。

『お疲れさん。女豹は新千歳空港からマニラで新任務だ。虎は北京へ。新任務だ。米田の身柄は捜査一課が取りに行く』

小口はにべもなかった。

要はさっさと姿を消せということだ。

公安部特殊工作課はあくまで影の存在である。これで小口は官邸の信頼を厚くしたはずだ。いよいよ首相補佐官として官邸入りだろう。

まあいいわ。

芽衣子はゴムボートに乗ったまま暮れゆく日本海をぼんやり眺めた。

テキーラが飲みたい。

光文社文庫

文庫書下ろし
女豹刑事（めひょうデカ） 雪爆（スノウボムズ）
著 者　沢里裕二（さわさとゆうじ）

2023年9月20日　初版1刷発行

発行者　三宅貴久
印 刷　KPSプロダクツ
製 本　榎本製本

発行所　株式会社　光文社
〒112-8011　東京都文京区音羽1-16-6
電話（03）5395-8147　編集部
8116　書籍販売部
8125　業務部

落丁本・乱丁本は業務部にご連絡くだされば、お取替えいたします。
ISBN978-4-334-10038-4　Printed in Japan

組版　萩原印刷